MORT DANS LE TYNESIDE

LES ÉNIGMES D'AGNÈS LOCKWOOD
LIVRE 2

EILEEN THORNTON

Traduction par
HANÈNE GATTOUSSI

© Eileen Thornton, 2018

Conception de la mise en page © Next Chapter, 2024

Publié en 2024 par Next Chapter

Édité par Marie-Pier Deshaies

Couverture illustrée par CoverMint

Édition À Gros Caractères

Ceci est une œuvre de fiction. Les noms, personnages, lieux et situations décrits dans ce livre sont purement imaginaires : toute ressemblance avec des personnages ou des événements existant ou ayant existé n'est que pure coïncidence.

Tous droits réservés. Aucune partie de ce livre ne peut être reproduite ou transmise sous quelque forme ou par quelque moyen que ce soit, électronique ou mécanique, y compris la photocopie, l'enregistrement, ou par tout système de stockage et de récupération d'informations, sans la permission de l'auteur.

1

Sous le choc, Agnès tremblait tout en fixant le cadavre sordide camouflé derrière un grand buisson. Le visage de l'homme, couvert de sang séché, avait été lacéré sans pitié. Un œil vitreux, toujours accroché à son orbite, pendait sur sa joue et semblait la regarder fixement. Les mains, ainsi que le visage, étaient aussi sévèrement tailladées. Elle voulait fuir cette scène macabre, mais ses jambes refusaient de bouger. Tout se bousculait dans sa tête. Qu'allait dire l'inspecteur Alan Johnson lorsqu'il découvrirait qu'elle était accidentellement impliquée dans un autre meurtre ?

***

Il était environ dix heures, par une matinée fraîche du mois de mars, quand Agnès Lockwood descendit du taxi. Elle contempla au-delà de la route le fleuve Tyne. De l'autre côté de la rive se trouvaient le Sage Gateshead et la Baltic Art Gallery. Son regard dériva un peu plus en amont, vers le Tyne Bridge qui les surplombait tous. Elle avait été impatiente de revenir dans le Tyneside et elle n'était certainement pas déçue.

Un mouvement à proximité attira son attention. Le Millennium Bridge avait entrepris de se lever pour permettre à un bateau de poursuivre sa navigation sous la structure massive. Les touristes attendaient des heures pour voir ce spectacle alors qu'il se déroulait sous ses yeux en ce moment même. C'était presque comme si le pont saluait son retour.

Agnès sourit pour elle-même en admirant la scène. Comme il était bon d'être de retour.

Ses pensées furent interrompues au moment où le chauffeur de taxi lui demanda si elle voulait qu'il portât ses valises jusqu'à l'hôtel.

— Vous avez apporté beaucoup de bagages, ajouta-t-il en regardant les trois grandes valises. Vous envisagez manifestement de séjourner longtemps dans le Tyneside.

— Merci, Ben. C'est très gentil, dit-elle en adressant un sourire au chauffeur. Je ne sais pas combien de temps je resterai ici, alors je me suis préparée à toutes les éventualités.

Puis, elle posa son regard sur les valises.

— Bien que je pense que j'ai un peu exagéré, ajouta-t-elle, avant de marquer une pause. Pouvez-vous les laisser à la réception et dire au personnel que je serai là dans quelques minutes ?

Agnès avait rencontré Ben, un jeune homme asiatique, lors de sa dernière visite dans le Tyneside. Un jour, elle avait hélé un taxi et lui avait demandé de lui faire visiter la ville. Depuis, chaque fois qu'elle avait besoin d'un taxi, elle l'appelait.

En jetant un coup d'œil en direction du fleuve, elle repensa à toutes ces années. Elle se souvenait que sa mère parlait avec tendresse de ses racines dans le Tyneside. Pourtant, à sa connaissance, sa mère n'y était jamais retournée. Pas même pour une courte visite.

Toutefois, depuis qu'elle avait visité la région il y a quelques mois, Agnès comprenait maintenant le dilemme de sa mère. Peut-être pensait-elle que son arrivée dans la région l'aurait dissuadée de la quitter.

Agnès avait éprouvé de la peine à faire ses valises et à retourner dans l'Essex lors de sa dernière visite, même en sachant qu'elle pourrait revenir quelques mois plus tard et rester aussi longtemps qu'elle le souhaiterait. L'idée était bonne : visiter la région, avant de rentrer chez elle pour préparer son vol vers l'Australie où elle devait retrouver ses fils. Mais ce ne fut pas aussi simple. Une fois ici, elle n'avait plus eu envie de partir. Même lorsqu'elle était à l'autre bout du monde, ses pensées revenaient sans cesse vers le Tyneside... et vers Alan.

Alan était un vieil ami d'école, maintenant inspecteur en chef de la police de Newcastle. Ils s'étaient rencontrés par hasard lors de sa dernière visite et leurs retrouvailles après toutes ces années avaient été très agréables. Ils appréciaient leur complicité et ils avaient dîné ensemble plusieurs fois. Elle l'avait même aidé dans une enquête sur un meurtre. Même si elle savait qu'il ne voulait pas réellement la mêler à cette affaire. Il lui avait manqué pendant son absence et elle avait souvent pensé à lui.

— La réceptionniste fait monter vos bagages dans votre chambre. Vous n'êtes donc pas obligée de rentrer dans l'hôtel tout de suite.

La voix de Ben avait encore une fois interrompu ses pensées.

— Merci, Ben, le remercia Agnès, puis elle fouilla dans son sac à main et en sortit son portefeuille. Bon, combien je te dois ?

— C'est offert par la maison, répondit-il en

souriant, avant de faire un geste vers le taxi. Je n'ai pas mis le compteur en marche.

— Ben, vous ne pouvez pas donner gratuitement...

Mais elle ne put poursuivre, car Ben avait levé les mains.

— J'insiste. De toute façon, comme le compteur était éteint, je n'ai aucune idée de ce qu'il faut facturer. C'est juste bon de vous revoir dans le Tyneside... et avant de dire un mot de plus, vous vous souviendrez que lors de votre dernière visite, vous avez insisté pour me payer une course, qui en fait ne s'est jamais effectuée.

Néanmoins, Agnès ouvrit son portefeuille et poussa un billet de vingt livres dans sa main.

— Ok, c'est d'accord. La promenade était gratuite aujourd'hui. Ça, ajouta-t-elle en montrant le billet, c'est simplement un pourboire.

Ben sourit et secoua la tête en montant dans son taxi.

— Je devrais le savoir maintenant. Je ne peux pas gagner avec vous. Mais, ajouta-t-il en agitant l'argent en l'air, merci beaucoup.

Agnès regarda le taxi s'éloigner. Ben était un homme bon et elle savait que l'argent serait utilisé à bon escient. Lors de sa dernière visite, elle avait appris que Ben et sa femme avaient un fils souffrant de problèmes de santé et que la majorité de leur argent servait à rendre sa vie plus confortable. Mais c'étaient des gens fiers qui n'acceptaient pas la charité. Un gros pourboire de temps en temps était le moins qu'elle puisse faire.

Une fois le taxi au coin de la rue, Agnès décida de passer quelques minutes de plus à l'extérieur avant de s'inscrire à l'accueil de l'hôtel. Elle traversa la route et se tint près du fleuve, comme elle l'avait fait le premier jour de sa dernière visite.

Alors qu'elle contemplait l'eau, elle constata qu'elle était plus propre que dans son souvenir. L'industrie lourde avait gouverné le quai ces dernières années, rendant l'eau du fleuve trouble. Elle s'était même demandé combien de personnes avaient pu mourir en tombant simplement dans le fleuve ces années-là. Ou si des meurtriers y avaient jeté des corps, dans l'espoir qu'on ne les revît jamais.

Elle ferma les yeux et poussa un soupir. Ce jour-là, alors que toutes ces pensées lui trottaient dans la tête, il ne lui était jamais venu à l'esprit que de telles choses pouvaient encore se produire. Pourtant, peu de temps après, elle avait découvert le corps d'un homme flottant autour du pont tournant, à quelques pas de l'endroit où elle se trouvait.

Chassant cette pensée de son esprit, elle se retourna pour faire face au grand et gracieux bâtiment en face d'elle. Il était temps de s'inscrire à l'hôtel Millennium.

* * *

Au quartier général de la police de Newcastle, l'inspecteur en chef Alan Johnson raccrocha le téléphone.

— C'était l'inspecteur en chef Aldridge à Gateshead. Il pense qu'ils ont trouvé leur meurtrier.

Le sergent Andrews leva le nez de ses papiers.

— Le tueur des corps retrouvés récemment par des promeneurs de chiens ?

— Oui. Tu te souviens que l'un a été découvert sur un espace non aménagé près du terrain de golf de Wrekenton, tandis que l'autre a été retrouvé dans le parc de Saltwell.

— Eh bien, tant mieux pour eux, s'exclama Andrews en tapant sur le bureau. C'est bien d'avoir des résultats aussi rapidement.

Cependant, il ne put s'empêcher de remarquer que son patron n'avait pas l'air aussi enthousiaste.

— C'est *bien*, non ?

— Oui, répondit Alan, pensif.

— Mais ? demanda son sergent. J'ai l'impression qu'il y a un « mais » là-dedans, qui ne demande qu'à sortir.

— Oh, ce n'est rien, dit Alan en haussant les épaules.

— Rien ? répéta Andrews, en inclina la tête sur le côté. Je sens qu'il y a quelque chose qui te met mal à l'aise.

Alan claqua ses mains sur l'accoudoir de sa chaise.

— D'après ce que nous savons, ils ont conclu cette affaire un peu trop rapidement, je le crains.

Se rasseyant sur sa chaise, Alan souleva ses pensées, en les comptant sur ses doigts.

— Un, les deux corps ont été trouvés il y a peu de temps. Deux, il n'y avait aucun indice laissé sur les lieux – le tueur n'avait rien laissé tomber qui aurait pu mener la police à lui. Trois, il n'y avait pas d'empreintes digitales et quatre, pas d'ADN. Ils n'avaient donc absolument rien sur quoi s'appuyer – nulle part où commencer une enquête.

Il réfléchit.

— Pourtant, l'inspecteur en chef Aldridge est convaincu d'avoir attrapé l'homme qui a commis les crimes.

— L'inspecteur a-t-il dit pourquoi il avait des raisons de croire qu'ils détenaient le véritable coupable en garde à vue ?

— Non ! s'exclama Alan, les yeux fixés sur le téléphone. Je pense juste qu'ils voulaient se vanter d'avoir attrapé leur homme aussi vite.

— Bon, on ne rien y faire, constata le sergent Andrews, en replongeant dans sa paperasse. Il y a tout de même un avantage, ajouta-t-il en se retournant aussitôt vers l'inspecteur en chef. Au moins, cette affaire a été résolue avant que Mme Lockwood ne revienne dans le Tyneside. Autrement, je pense qu'elle serait allée à Gateshead pour apporter son aide à l'enquête.

Il fit une pause.

— Quand doit-elle rentrer d'Australie ? reprit-il.

— Pas avant trois semaines et deux jours, répondit Alan en regardant son calendrier.

Depuis qu'Agnès avait quitté le Tyneside, il n'avait cessé de compter les jours.

— Et encore, je ne sais pas si elle reviendra directement ici. Elle a peut-être besoin d'un peu de temps pour se reposer après le vol, expliqua-t-il dans un soupir. Tu vois ce que je veux dire. Déballer ses affaires et faire le tri avant de décider de la suite.

Il se tut. Le fait de revoir ses fils après une si longue absence pourrait lui donner envie de déménager là-bas.

— Bref, ajouta-t-il, avec un sourire forcé. Tu as raison sur le fait qu'elle aurait voulu aider l'inspecteur Aldridge sur cette affaire. Il n'aurait pas cru ce qui l'attendait.

Tous les deux rirent.

À ce moment-là, le téléphone portable d'Alan

sonna. En le sortant de sa poche, il fut surpris de voir que l'appel provenait d'Agnès.

— Tu n'arrives pas à dormir ? lui dit-il en riant dans le téléphone. C'est probablement le milieu de la nuit là-bas.

C'est Mme Lockwood, dit-il sans un son à son sergent.

— Oui, je suppose que c'est le cas, mais je ne suis pas là-bas.

— Alors, où es-tu ?

— Je suis ici.

— Tu veux dire que t'es de retour en Angleterre ? s'étonna Alan.

— Je veux dire que je suis ici, dans le Tyneside.

— Je n'en crois pas mes oreilles ! Je pensais que..., commença Alan, puis il regarda son sergent. Agnès est ici, dans le Tyneside.

— Pourquoi ne pas prendre un déjeuner matinal et aller la retrouver ? suggéra Andrews. Je peux finaliser cette paperasse. On n'a pas besoin d'être deux.

Alan fit un signe de tête à Andrews. L'idée lui avait déjà traversé l'esprit.

— Où es-tu exactement ? Je passerai te voir.

2

— Je pensais que t'allais rester avec ta famille encore quelques semaines. J'ai dû me tromper dans les dates.

Alan avait déjà rejoint Agnès à l'hôtel Millennium. Ils avaient commandé du café et des scones servis dans le salon. Depuis son arrivée, il n'avait pu la quitter des yeux. Pour lui, elle était magnifique.

Elle portait une robe qu'il n'avait jamais vue auparavant. Il n'était pas surpris ; elle semblait posséder une multitude de tenues. La façon dont celle-ci mettait en valeur sa superbe silhouette le captivait. Elle exhibait également une nouvelle coiffure. Une coupe assez courte, mais qui lui allait à ravir ; elle avait l'air encore plus jeune et elle arborait un bronzage superbe.

À l'école, il avait eu le béguin pour elle et il avait été déçu lorsque sa famille avait quitté la région. Cependant, il ne l'avait jamais oubliée et avait du mal à le croire lorsqu'il l'avait revue à l'hôtel après toutes ces années. Elle était amusante, gracieuse, elle prenait la vie comme elle venait, et elle était… étonnante. Oui, étonnante ! Il se fichait de savoir combien de fois il l'avait pensé. Il n'y avait pas d'autre mot pour ça.

— C'était le plan, approuva Agnès, avec un sourire. Mais cette bonne vieille Angleterre me manquait, et être ici, dans le Tyneside, me manquait et…

Sa voix faiblit.

— Et ? l'incita Alan.

Elle avait été tentée d'ajouter à quel point sa présence lui avait manqué, mais elle s'était retenue.

— Et j'avais hâte de revenir, termina Agnès.

Elle détourna le regard. Pourquoi ne pouvait-elle pas admettre la vérité ? C'était un homme bon, honnête, travailleur et toujours élégant, même en tenue décontractée. C'était le genre d'homme à paraître élégant dans une combinaison de travail sale. Même si aujourd'hui, comme il était de service, il portait un costume, une chemise blanche impeccable, une cravate et – quoiqu'elle ne puisse pas les voir pour le moment – elle était sûre que ses chaussures étaient bien cirées. Grâce à sa formation militaire, présuma-t-elle. Néanmoins, pourquoi ne pouvait-elle pas simplement lui dire la vérité ?

Jetant un coup d'œil vers la porte, elle fut soulagée de voir le serveur se diriger vers eux avec le café qu'ils avaient commandé. Le court intervalle durant lequel il dressait la table lui donnerait l'occasion de changer de sujet.

— Raconte-moi ce qui s'est passé ici à Newcastle pendant mon absence, dit-elle, dès le départ du serveur. Tu n'as pas reçu une médaille pour avoir attrapé le voleur ?

— Non, dit Alan en riant. D'ailleurs, je pense que c'est toi qui nous as mis sur la voie pour attraper le voleur et le meurtrier.

— Alors que s'est-il passé d'autre ? Ne me dis pas que tout le monde s'est bien comporté en mon absence ?

— Je dois dire que c'est très calme depuis ton départ, répondit Alan, en se caressant le menton. Bien sûr, il y a eu les problèmes habituels dans le centre-ville les week-ends. Mais rien que la brigade des uniformes ne pouvait gérer.

Il fit une pause.

— Cependant, il y a eu quelques décès suspects à Gateshead, mais apparemment le commissaire a arrêté une personne.

— Oh, donc ils n'auront pas besoin de mon aide, déduisit Agnès en souriant.

— Il semble que non, répondit Alan, avec un sourire en coin. Combien de temps comptes-tu rester ? On ne sait jamais, une autre affaire pourrait surgir pendant ton séjour ici.

— Je n'ai pas encore décidé de la durée de mon séjour, mais je suis venue bien équipée. Ben – tu te souviens de Ben le chauffeur de taxi ?

Elle marqua une pause pour permettre à Alan de se souvenir du nom.

Il acquiesça.

— Eh bien, Ben a été choqué quand il a vu mes bagages à l'aéroport, poursuivit-elle. Il a eu du mal à faire entrer mes trois grandes valises dans son taxi.

Agnès prit une gorgée de son café.

— J'ai réclamé mon ancienne chambre, ici à l'hôtel, avoua-t-elle, dans un haussement d'épaules. Je ne sais pas vraiment pourquoi. Je suppose qu'elles sont toutes pareilles, mais je m'y sentais chez moi, alors pourquoi changer ? Il y a eu quelques changements, cependant. Je vois que la chambre a maintenant un petit coffre-fort caché dans l'armoire et la chaîne fragile de la fenêtre a été remplacée par un dispositif beaucoup plus solide. Maintenant, je doute que quelqu'un puisse facilement ouvrir la fenêtre assez largement pour regarder dehors.

— Oui, j'ai entendu dire qu'ils allaient ajouter un coffre-fort dans chaque chambre une fois que le calme serait revenu après les vols de bijoux, renchérit Alan. Je ne savais pas pour la chaîne de fenêtre, par contre.

Il se tut, une seconde.

— Agnès, veux-tu dîner avec moi ce soir ?

— Oui. Merci, Alan. J'en serais très heureuse.

* * *

De retour dans sa chambre, Agnès jeta son sac sur le lit. Elle est furieuse contre elle-même. Pourquoi n'avait-elle pas avoué à Alan qu'il lui avait manqué pendant son absence ? Pourquoi éluder la question, alors qu'il était la principale raison pour laquelle elle avait écourté son séjour dans sa famille ? Oui, elle avait été honnête en disant que l'Angleterre et le Tyneside lui avaient manqué, mais, pour l'amour de Dieu, il lui avait encore plus manqué.

Elle avait senti la déception d'Alan lorsqu'elle ne l'avait pas inclus dans les raisons pour lesquelles elle avait écourté sa visite en Australie. Bien qu'elle eût fait l'impasse sur cette question, elle s'en voulait. Elle voulait lui dire, mais avait paniqué à la dernière minute. Et si elle s'était trompée il y a quelques mois, quand elle avait eu le sentiment qu'il était attiré par elle ?

Elle regarda ses bagages près de la penderie ; les valises attendaient toujours d'être déballées. Elle jeta ensuite un coup d'œil à sa montre. C'était encore le début de l'après-midi. Elle avait pris le premier vol pour Newcastle et Ben l'attendait à l'aéroport pour venir la chercher. Le déballage ne pouvait-il pas attendre un peu plus longtemps ?

Elle lança un regard vers la fenêtre. C'était une belle journée ensoleillée ; demain, il pourrait faire humide et misérable. Une promenade tranquille serait peut-être la bienvenue.

Elle avait l'intention de faire une simple promenade le long des quais. Cependant, en sortant de l'hôtel, elle eut soudainement l'idée de visiter le parc situé à l'extrémité nord de la ville. Elle se souvint d'y être allée quand elle était enfant ; il serait intéressant de voir comment il avait changé au fil des années.

* * *

Le sergent Andrews leva la tête au moment où l'inspecteur en chef rentrait dans le bureau.

— Ça va ? demanda-t-il. Mme Lockwood a apprécié son séjour en Australie ?

— Oui, je pense bien, répondit lentement Alan. En fait, maintenant que t'en parles, elle n'a pas vraiment dit grand-chose sur la visite de sa famille. Cependant, elle a dit qu'elle était heureuse d'être de retour dans le Tyneside.

— Je pense que ta compagnie lui a manqué.
— Peut-être, répondit Alan en souriant.

Il l'espérait vraiment, mais seul le temps révélerait les véritables sentiments d'Agnès à son égard.

3

Le taxi déposa Agnès à l'entrée du parc. Elle avait pris le premier taxi à la station proche de l'hôtel, plutôt que de contacter Ben. Il aurait pu se sentir enclin à lui offrir une autre course gratuite, ce qu'elle refusait.

Malgré la fraîcheur de l'air, elle rencontra un certain nombre de personnes dans le parc. La plupart étaient des adolescents qui utilisaient la piste de skateboard. Les écoles locales étaient fermées pendant les vacances de Pâques. Elle se contenta de les regarder monter et descendre les pentes. Les plus audacieux se déplaçaient à grande vitesse sur les pentes les plus hautes, appréciant visiblement chaque instant. Certains d'entre eux étaient très habiles et donnaient l'impression que tout se faisait sans effort. D'autres, moins sûrs d'eux, préféraient avancer plus prudemment et rester sur les pentes inférieures. Agnès estima que si elle avait été jeune aujourd'hui, elle aurait fait partie du dernier groupe.

De son temps, les patins à roulettes étaient à la mode. Quelqu'un l'avait même laissée en emprunter une paire un après-midi. Mais, une fois attachés à ses pieds, ils donnaient l'air de prendre leurs propres marques. Les roues s'étaient mises en marche, l'entraînant avec elles. La rue où ils vivaient avait une légère pente, ce qui permettait aux patins de prendre de la vitesse. Pourquoi personne ne lui avait dit comment s'arrêter ? Elle avait fini par s'arrêter en percutant un mur au bout de la rue. Ça la fit sourire. À présent, ce souvenir lui paraissait amusant, alors que cette expérience l'avait effrayée à ce moment-là.

En traversant le parc, elle tomba sur l'aire de jeux destinée aux jeunes enfants. Elle y était venue de nombreuses fois lorsqu'elle était enfant et était heureuse de voir qu'elle n'avait pas été abandonnée au profit d'un divertissement plus moderne.

Jetant un coup d'œil à sa montre, elle décida de retourner à l'entrée. Alan devait venir la chercher à dix-neuf heures et elle devait encore défaire ses valises. De plus, le soleil se couchait et le froid commençait à se faire sentir. Cependant, elle se dit qu'elle reviendrait un autre jour ; il y avait encore beaucoup de choses qu'elle voulait voir.

Elle approchait de l'entrée, lorsqu'elle remarqua la présence de plusieurs oiseaux rassemblés près d'un des buissons. Deux ou trois oiseaux planaient autour du buisson quand elle était passée plus tôt, mais elle avait supposé qu'ils profitaient des restes du déjeuner à emporter. Mais à présent, ils étaient plusieurs au même endroit. Le sandwich, ou autre, avait sûrement déjà été mangé ou emporté ?

Agnès avança un peu plus près pour comprendre ce qui se passait. Au début, elle ne voyait rien et hésitait à s'approcher de trop près, par crainte que les oiseaux ne volent vers elle – surtout s'ils pensaient qu'elle allait prendre leur nourriture. Mais quand un couple d'oiseaux au sol se déplaça légèrement sur le côté, elle put voir une partie d'une chaussure qui dépassait sous le buisson.

On aurait dit une chaussure de sport ; en assez bon état, en plus.

— Peut-être qu'ils reviendront la chercher, marmonna-t-elle en reculant.

Cependant, alors qu'elle continuait sa marche le long du sentier, sa curiosité naturelle commença à prendre le dessus.

Elle s'arrêta et se retourna. Plusieurs oiseaux étaient encore là. Certains se trouvaient sur le sol, tandis que d'autres planaient au-dessus des buissons.

À ce moment-là, elle prit une décision : oiseaux ou pas, elle allait devoir revenir en arrière et regarder de plus près.

***

— À quelle heure as-tu rendez-vous avec Mme Lockwood ce soir ? demanda le sergent Andrews, après qu'Alan lui eût dit qu'il l'emmenait dîner. Je croise les doigts pour qu'il n'y ait rien de bouleversant d'ici là.

— Je passe la prendre à dix-neuf heures, au fait, je dois réserver une table, expliqua-t-il, puis il réfléchit. Peut-être que ce serait mieux si nous dînions à l'hôtel. Agnès doit être fatiguée après son vol.

— Son vol ? Tu veux dire qu'elle est venue en avion jusqu'ici ? s'étonna le sergent, en souriant. Tu m'as dit que le Tyneside lui manquait, mais on dirait que son impatience à revenir ici était palpable.

— Oui, j'ai cru comprendre qu'elle avait pris le premier vol...

La phrase d'Alan fut coupée court lorsque son téléphone portable se mit à sonner.

— Tu te fiches de moi, hein ?

Au moment même où il prononçait ces mots, l'inspecteur en chef savait qu'il n'était pas dupe.

— Tu dis que t'as trouvé un corps dans le parc des expositions ? reprend-il. Où es-tu exactement dans le parc ?

Le sergent Andrews reprit les mots de son patron.

— Un corps… dans le parc ? Qui l'a trouvé ?

Alan leva la main, ordonnant à Andrews de patienter.

— On arrive tout de suite.

— Prends ton manteau. C'était Agnès. Elle a trouvé un corps dans le parc des expositions.

Alan saisit le récepteur du téléphone sur son bureau et laissa des instructions pour le médecin légiste et son équipe. Ceux-ci devaient se rendre au parc.

— Nous sommes déjà en route.

— Mme Lockwood ne traîne certainement pas dans le coin, dit Andrews en prenant son manteau et en se précipitant vers la porte.

4

L'inspecteur principal Alan Johnson et le sergent Andrews trouvèrent Agnès au lieu indiqué, près des grands buissons où elle avait trouvé le corps.

Pendant qu'ils parlaient au téléphone, Alan lui avait suggéré de s'éloigner un peu de la scène jusqu'à ce qu'ils arrivent, expliquant que cela pourrait être trop bouleversant pour elle. Mais elle avait refusé, arguant que des enfants sans méfiance pourraient courir dans les buissons pour jouer au ballon et tomber sur cette pauvre personne étendue là.

— Assister à un tel spectacle pourrait les marquer à vie.

Après avoir jeté un coup d'œil au corps, Alan comprit où elle voulait en venir. Le visage et les mains étaient gravement mutilés. S'assurant de ne rien contaminer, il se pencha sur le corps pour l'examiner de plus près. Cependant, il était difficile de déterminer si les coupures avaient été faites par le meurtrier ou par les corbeaux et autres oiseaux qui voltigeaient encore au-dessus de sa tête.

— Qu'en penses-tu, sergent ?

— C'est au médecin légiste de le découvrir, répondit Andrews, en secouant la tête. Mais quelqu'un a certainement essayé de cacher l'identité du corps. Regardez le bout des doigts.

En examinant plus attentivement, Alan constata que même le bout des doigts avait été brûlé.

— Je peux demander à l'un des officiers de te ramener à l'hôtel, suggéra Alan, lorsqu'il retourna auprès d'Agnès qui patientait.

Il remarqua qu'elle était très pâle et que ses mains tremblaient. Il passa un bras autour de son épaule et dirigea son regard vers l'entrée, au moment où deux voitures de police arrivaient, suivies de la camionnette du médecin légiste.

— Tu as déjà eu une longue journée, et maintenant ça, poursuivit Alan en faisant un geste vers l'endroit où gisait le corps. En plus, il commence à faire froid.

Au moment même où il parlait, Alan sut qu'il se trouvait sur une pente glissante. Il avait appris lors de sa dernière visite qu'elle n'était pas du genre à s'effacer durant une enquête de police.

— Non, je vais bien, insista Agnès, bien qu'elle tremblait encore. Je ne suis pas fatiguée et je n'ai pas froid. Tu vois bien que je porte un manteau épais et une écharpe.

Elle désigna d'un geste le lourd manteau qu'elle portait.

Même si elle était encore sous le choc d'avoir trouvé le corps étendu derrière le buisson, il était hors de question qu'elle se laissât renvoyer.

— De toute façon, j'ai trouvé le corps. Je suis donc un témoin, ajouta-t-elle d'un air de défi.

Andrews, qui avait écouté la conversation, esquissa un sourire en haussant les sourcils. Cependant, il resta silencieux.

— Elle a raison, souligna Alan, en comprenant l'amusement de son sergent. Mme Lockwood est un témoin puisqu'elle a trouvé le corps.

— Oui, je suis d'accord, renchérit le sergent.

— Ah bon ? fit Alan, surpris. Ça ne te ressemble pas. Pourquoi es-tu d'accord ?

— C'est plus facile, dit Andrews, en souriant à son patron.

— Je vous signale que je suis juste à côté de vous, s'exclama Agnès. Elle reprenait peu à peu son ancienne personnalité. Alan toussa.

— D'accord, mais tiens-toi à l'écart quand le

docteur Nichols, le médecin légiste, et l'équipe médico-légale commenceront à examiner le corps. As-tu touché quelque chose avant ou depuis que tu m'as téléphoné ?

— Es-tu fou, Alan ? rétorqua Agnès. Bien sûr que non ! Je sais très bien qu'il ne faut pas toucher à une scène de crime. J'ai jeté un coup d'œil dans les buissons et quand j'ai vu le corps, j'ai reculé. Tu ne penses pas que n'importe qui aurait reculé en voyant... ça ?

Elle pointa du doigt l'endroit où gisait le corps.

— Ok, ok, répondit Alan en levant les mains. Mais je devais demander. Tout ce avec quoi tu as pu entrer en contact, nous devrons l'éliminer de nos enquêtes.

— Je sais, soupira-t-elle, avant de réfléchir un moment. C'est mon empreinte, rajouta-t-elle en montrant du doigt un petit carré de feuilles aplaties par terre, à côté d'un buisson. J'ai posé un pied là et je me suis penchée en avant pour regarder de plus près la chaussure qui dépassait du buisson.

Puis, elle se tourna vers Alan.

— Mais je n'ai rien touché. Je n'ai même pas eu besoin de tirer le buisson d'un côté. De là où je me tenais, je pouvais voir... je pouvais voir...

Agnès fut incapable de continuer et les larmes lui montèrent aux yeux.

— C'est bon, Agnès. On comprend parfaitement.

Même lui, un policier endurci et un ancien soldat, avait été choqué lorsqu'il avait posé les yeux sur le corps.

— T'es certaine de ne pas vouloir retourner à l'hôtel ? Je peux prendre ta déposition plus tard.

— Non, Alan. J'ai vraiment besoin d'être ici, répondit Agnès, sur un ton lent et délibéré alors qu'elle essuyait ses larmes. Je veux rester.

— Bon, qu'avons-nous ici ?

La voix du docteur Nichols retentit alors qu'il s'approchait de la scène. Il portait déjà ses vêtements de protection, même si son masque pendait encore mollement autour de son cou.

— Qui a trouvé la victime ?

— C'est moi.

Agnès avait parlé avant que quelqu'un d'autre ne puisse dire un mot.

— Avez-vous touché quelque chose ?

— Non. Mon seul contact a été de marcher sur les feuilles pour voir ce qui intéressait tant les oiseaux.

— Mm, les oiseaux, acquiesça le docteur Nichols, avant d'examiner Agnès de haut en bas et de sourire. Le nombre de fois où j'ai été appelé sur une affaire parce que quelqu'un avait vu des oiseaux planer au-dessus de la scène d'un crime vous étonnerait. Je vous en parlerai un jour.

Il jeta un regard en arrière vers les buissons, où son équipe attendait pour procéder.

— Cependant, pour le moment, j'ai un travail à faire.

Sans un mot de plus, il se dirigea vers les buissons. Agnès lança un regard vers l'endroit où travaillait le médecin légiste.

— Ça m'a l'air d'un gentil monsieur.

— Oui, acquiesça Andrews, en haussant les épaules. Il l'est et il est aussi très bon dans son travail.

— Tu veux vraiment rester ici pendant que le docteur Nichols examine la victime ? s'enquit Alan, en changeant de sujet. L'équipe médico-légale va commencer dès qu'il leur donnera le feu vert. Ça peut prendre un moment.

— Mais si quelqu'un a besoin de me demander quelque chose ?

— Comme quoi ?

— Je ne sais pas...

Agnès réfléchit un moment. Elle était déterminée à trouver une raison pour laquelle elle devrait rester.

— Par exemple, s'ils trouvent un fil ou un morceau de tissu accroché à l'un des buissons ? Ils pourraient vouloir vérifier que ça ne vient pas d'un de mes vêtements.

Alan ne pouvait pas argumenter – enfin, il pouvait s'il voulait passer son temps à argumenter alors qu'il savait qu'il ne gagnerait pas ! De plus, il faisait trop froid pour qu'Agnès reste dehors, de plus en plus froid. Le soleil s'était déjà couché derrière les grands immeubles qui se trouvaient à une extrémité du parc.

— Pourquoi ne pas nous asseoir dans ma voiture pendant que je prends ta déposition ? On gagnera du temps plus tard – tu n'as pas oublié qu'on dîne ensemble ?

— Bonne idée, répondit Agnès en resserrant son écharpe. Non, je n'avais pas oublié, ajouta-t-elle doucement.

— Mais si tu changes d'avis..., commença Alan, puis il soupira doucement, comme s'il s'attendait au pire.

— Non, j'ai hâte de rattraper le temps perdu, répondit Agnès, rapidement. Par contre, est-ce que ça te dérangerait si on dînait à l'hôtel ce soir ?

Agnès ne voulait pas l'admettre, pas même à elle-même. Elle se sentit pourtant soudainement fatiguée.

— Pas du tout.

Le fait que leur repas ensemble n'allait pas être remis soulagea Alan.

— En fait, j'allais suggérer qu'on dîne à l'hôtel ce soir.

* * *

Une fois la déposition d'Agnès terminée, Alan laissa celle-ci dans la voiture et retourna rejoindre Andrews et le reste de l'équipe.

Peu de temps après, le docteur Nichols réapparut de derrière les buissons et se dirigea vers eux.

— L'équipe médico-légale étudie la scène, je ferai ensuite transporter le corps au laboratoire.

Il fit un signe de tête vers l'endroit où trois personnes tentaient de rassembler tout ce qui pourrait donner à la police un indice sur l'enquête.

— Cependant, je dois dire que cela va être un cas difficile à résoudre. Jusqu'à présent, je n'ai rien trouvé sur le corps pour l'identifier. Bien sûr, je pourrai y regarder de plus près lorsqu'on le ramènera au laboratoire. Il pourrait y avoir un tatouage, une tache de naissance ou même un dossier dentaire qui pourrait aider. Mais en apparence, le meurtrier semble s'être assuré qu'il n'y ait rien pour identifier la victime avant de se débarrasser du corps.

— Vous voulez dire qu'il n'a pas été assassiné ici ? demanda Alan.

— Non. C'est la seule chose dont je *suis* sûr pour l'instant. Il n'y a pas assez de sang sur la scène. Il a été poignardé plusieurs fois dans la poitrine et aussi dans le cou. Avec des coupures pareilles, il y aurait eu plus de sang – beaucoup plus de sang.

— Et ses blessures au visage ? voulut savoir Alan. C'est le meurtrier qui a fait ça ? Ou c'était les oiseaux ?

— J'ai bien peur de ne pas pouvoir l'affirmer pour l'instant. Certaines ont très probablement été faites par les corbeaux, mais d'autres...

Il fit une pause, ne voulant pas s'engager.

— Je ne peux vraiment pas en dire plus avant d'avoir pratiqué l'autopsie.

— Merci, Keith, dit l'inspecteur en chef, en opinant du chef. Nul doute que vous resterez en contact.

— Tu penses à ce que je pense ? demanda Andrews.

— Je pense que l'inspecteur en chef Aldridge a peut-être la mauvaise personne en garde à vue, répondit Alan. Et toi ?

— La même chose, renchérit Andrews, qui se tourna vers le médecin légiste. Et vous, qu'en pensez-vous ? Voyez-vous une quelconque ressemblance dans ce cas avec les victimes trouvées à Gateshead ?

Le docteur Nichols réfléchit un moment.

— Nous savons qu'il y avait de graves blessures au visage des victimes, tout comme sur cet homme, répondit-il en faisant un geste vers le corps qui gisait encore dans les buissons. Je comprends qu'il y avait également quelques autres blessures à l'arme blanche sur leurs victimes. Les jambes et les bras avaient été coupés en plusieurs endroits. Cependant, vous devrez attendre qu'un examen complet soit effectué avant de savoir si cet homme porte l'une de ces marques.

— Mais il est possible que la police de Gateshead se soit trompée et que le vrai meurtrier soit encore dans la nature ?

La voix provenait de derrière. Les trois hommes se retournèrent et aperçurent Agnès debout à une courte distance.

Une fois qu'elle eût donné sa déposition à Alan, il lui avait suggéré de rester dans sa voiture pour se protéger du froid. Mais maintenant, en la voyant se tenir là, il réalisa qu'il aurait dû se méfier. Agnès n'était pas du genre à manquer quoi que ce soit.

— Nous pensons simplement à voix haute pour l'instant, répondit Alan. Le docteur Nichols ne veut pas s'avancer. Il pourrait s'agir d'un cas totalement différent, peut-être même d'un imitateur. Nous devrons attendre que le médecin légiste nous envoie son rapport.

Au même moment, un des hommes derrière les buissons leva la tête et fit un signe de la main.

— Je crois qu'ils sont prêts à déplacer le corps, indiqua le docteur Nichols, en faisant un signe en retour à son collègue. Si on me cherche, je serai au labo.

— Et vous savez où nous trouver, lança Alan, alors que le médecin légiste se dirigeait vers sa camionnette. N'oubliez pas, je dois être informé dès que vous avez quoi que ce soit qui puisse nous aider à trouver le tueur.

À présent, le corps se trouvait dans la camionnette et le chauffeur se préparait à retourner au laboratoire.

— Compris ! fit savoir le docteur Nichols avec un dernier salut en montant dans la camionnette.

— Et maintenant, que se passe-t-il ? demanda Agnès en regardant la camionnette s'éloigner.

— On attend, répondit Alan.

5

— On attend. C'est tout ? C'est tout ce que tu peux dire ? s'exclama Agnès, les mains en l'air en signe de désespoir.

Plus tard ce même jour, elle et Alan allèrent à la salle à manger de l'hôtel. Juste avant, alors qu'ils prenaient quelques verres au bar, ils avaient réfléchi aux événements de la journée, et Alan conclut tout en répétant la même phrase que plus tôt.

— Donc, nous attendons que vous ayez des nouvelles du médecin légiste ? Il y a sûrement quelque chose que nous pourrions faire pendant qu'il procède à l'autopsie.

— Quelque chose que *nous* pourrions faire ? répéta Alan. Qui est ce *nous* ?

— Nous ! Vous ! Moi ! La police ! Pour l'amour du ciel, Alan, tu ne peux pas me laisser en dehors de cette enquête. J'ai trouvé le corps. C'est moi qui ai téléphoné. Ce pauvre homme pourrait encore être allongé là sans moi…

— Ok, ok. J'ai compris, l'interrompit Alan.

Il s'arrêta soudainement de marcher et tira Agnès sur le côté.

— Tu veux participer à la résolution de cette affaire de meurtre. Tu n'as pas encore compris à quel point t'as failli être assassinée, la dernière fois que t'as mis ton nez dans une enquête pour meurtre ?

— Alan, je sais que j'ai failli me faire tuer il y a quelques mois, contra Agnès, en prenant son bras et ils reprirent leur promenade dans le bâtiment. Mais je m'en suis sortie. Regarde-moi. Je suis toujours là – vivante et en bonne santé, et prête à être impliquée dans cette affaire. Si le corps avait été découvert par quelqu'un d'autre, j'aurais pu ne pas m'en mêler. *J'aurais* pu, répéta-t-elle en agitant son doigt vers lui. Mais ce n'est pas le cas. *Je* l'ai trouvé. Et maintenant, je veux aller jusqu'au bout.

Elle s'arrêta de marcher et pivota vers lui.

— Alan, je t'en prie, j'ai *besoin* d'aller jusqu'au bout.

Elle était manifestement décidée à être impliquée dans cette affaire et rien de ce qu'il disait ne la ferait changer d'avis. Pourtant, malgré sa bravade cet après-midi-là, il avait remarqué qu'elle avait été terriblement choquée en trouvant le corps mutilé. Il avait également compris qu'elle sentait le froid traverser son manteau à mesure que le soleil disparaissait. Néanmoins, il savait qu'elle ne l'admettrait jamais non plus.

— Oui, je sais, dit-il calmement.

Il savait aussi qu'il ne pouvait pas gagner. S'il refusait, elle essaierait de travailler sur l'affaire toute seule et Dieu savait où cela la mènerait. Au moins, s'il l'impliquait, dans une certaine mesure, il saurait où elle se trouvait et ce qu'elle faisait. Le mieux qu'il pouvait faire était de s'assurer qu'elle ne s'attirait pas de réels ennuis – bien qu'avec une femme comme Agnès, c'était plus facile à dire qu'à faire.

— Cependant, comme je l'ai dit, pour l'instant, on n'a rien pour avancer. Tant qu'on n'aura pas l'identité de la victime ou les empreintes digitales du meurtrier, on est coincés.

— Et les empreintes digitales de la victime ? demanda Agnès. S'il a déjà été dans votre système pour une raison ou une autre, vous seriez sûrement en mesure de trouver qui c'était.

— Oui, Agnès, en effet. Cependant, il semble que tu n'as pas remarqué que le bout des doigts de la victime avait été brûlé, ne laissant que peu ou pas de traces d'empreintes, expliqua Alan, patiemment. À moins, bien sûr, que le docteur Nichols parvienne à trouver une infime partie que le tueur aurait négligée. Mais alors, même si c'est le cas, il se peut qu'il n'y en ait pas assez pour établir l'identité de la victime. Pour l'instant, notre meilleure option est de consulter les journaux. Avec un peu de chance, une fois que la nouvelle d'un corps trouvé dans le parc sera publiée, une personne se présentera pour signaler une disparition.

Juste à ce moment-là, ils arrivèrent dans la salle à manger.

— Maintenant, Agnès, poursuivit Alan en maintenant la porte ouverte, pouvons-nous s'il te plaît changer de sujet ? Au moins pendant que nous dînons ? ajouta-t-il en riant.

— Oui, Alan, accepta Agnès en souriant.

Pendant le repas, ils discutèrent du voyage d'Agnès en Australie.

— Mon sergent voulait savoir si tu avais apprécié ton séjour à l'autre bout du monde. Cependant, je ne pouvais pas vraiment lui répondre. Tu n'as pas dit grand-chose à ce sujet lorsqu'on a parlé plus tôt, déclara Alan. Pourtant, je suis sûr que tu étais contente de revoir ta famille.

— Oui, c'était génial de les revoir.

Agnès continua en lui racontant certaines des activités qu'ils avaient faites pendant son séjour.

— J'ai passé un moment merveilleux, mais c'est bon d'être de retour.

Elle hésita avant de poursuivre :

— Ne te méprends pas... J'ai vraiment apprécié mon séjour. C'est juste que ça m'a manqué d'être ici, dans le Tyneside.

— Qu'est-ce qu'ils ont dit au sujet de ton implication dans une enquête de police ? reprit Alan. Je suis sûr qu'ils ont dû être horrifiés d'apprendre que tu as échappé de justesse à une fusillade dans l'une des tours du Tyne Bridge.

Agnès détourna le regard pendant quelques secondes, revivant le terrible événement qui s'était produit il y a quelques mois à peine. Elle s'en était sortie de justesse lorsque David Drummond, un voleur et un meurtrier, avait pointé une arme sur sa tête. En un instant, sa vie entière avait défilé devant elle.

Mais, contre toute attente, un homme avait surgi de nulle part et avait abattu Drummond une fraction de seconde avant qu'il n'appuie sur la gâchette. Agnès savait qu'elle devait sa vie à cet homme, même si elle ne savait toujours pas qui il était. Il avait disparu aussi vite qu'il était arrivé.

Elle se retourna pour faire face à Alan.

— Je ne leur en ai pas parlé. Je n'ai pas pu. J'ai simplement dit que j'ai pu vous fournir des informations sur les cambriolages de l'hôtel.

— Donc l'affaire n'a pas été rapportée par la presse australienne ?

— J'imagine que non, répondit Agnès,

calmement. Je n'y ai jamais vraiment pensé. Peut-être que l'affaire est passée à la télé et que les garçons l'ont manqué.

— Ou peut-être qu'ils ont lu un article à ce propos et qu'ils attendaient que vous en parliez en premier ?

— Peut-être bien.

Agnès se détourna et Alan comprit qu'elle ne voulait pas en parler davantage.

— Ils ont été déçus quand tu as écourté ta visite ? s'enquit Alan, pour faire avancer la conversation.

— Oui. Mais j'y retournerai plus tard dans l'année, car il y a un nouveau bébé en route. Je vais être grand-mère encore une fois, annonça-t-elle, tout sourire. Jason et sa femme vont avoir leur deuxième enfant.

— Sais-tu, je crois que c'est la première fois que tu mentionnes le nom d'un de tes fils.

— Ah bon ! Vraiment ?

Alan acquiesça.

— Je suppose que je les appelle toujours mes garçons, car je ne veux pas faire passer l'un avant l'autre. Jason est l'aîné. Il a trente-deux ans et son frère, William, a deux ans de moins. Mais l'âge ne compte pas. Ils se sont toujours si bien entendus qu'ils auraient presque pu être des jumeaux.

Ils discutèrent encore un peu puis Alan regarda

sa montre. Il se faisait tard et, même s'il savait qu'Agnès ne l'admettrait jamais, elle devait être vraiment fatiguée maintenant.

— Je pense qu'on devrait s'arrêter là, dit-il.

Agnès aurait aimé dire non. Mais elle commençait à se sentir épuisée. Elle ne l'avait pas remarqué pendant qu'ils parlaient. Mais maintenant que la soirée était presque terminée, son lit l'appelait.

— Merci, Alan. C'était une soirée merveilleuse, lui dit-elle, puis elle hésita. Tu m'as manqué quand j'étais partie. On s'entend si bien tous les deux.

— Tu m'as aussi beaucoup manqué, Agnès.

— Même si je te rends fou avec mes questions sur les affaires sur lesquelles tu travailles ?

— Oui, Agnès, même dans ce cas.

6

Agnès dormit profondément cette nuit-là. Elle était si fatiguée que même un char d'assaut traversant la pièce ne l'aurait pas dérangée.

À son réveil, elle se sentait fraîche et reposée devant ce que la journée pouvait lui apporter. Elle se doucha, s'habilla et descendit pour prendre son petit-déjeuner.

Larry, le jeune liftier qu'elle avait rencontré lors de sa dernière visite, n'était pas de service la veille, mais il était de service ce matin, plus élégant que jamais dans son uniforme. Il ne lui manquait que le chapeau, qui faisait partie de la tenue. Il lui avait dit qu'il détestait le porter. Dès son arrivée, il mettait la casquette dans son casier pour le reste de la journée. Le directeur fermait les yeux, sauf en cas d'inspection du siège social. Dans ce cas, le chapeau devait ressortir jusqu'au départ des hauts gradés.

Larry avait l'air sincèrement heureux de la revoir.

— Je pensais que vous n'aimeriez pas revoir cet hôtel après ce qui s'est passé lors de votre dernier séjour.

— Pas du tout, Larry. J'adore cet endroit.

Il lui demanda combien de temps elle allait rester cette fois.

— Je n'ai pas encore décidé, répondit-elle. Disons simplement que j'ai apporté assez de vêtements pour me permettre de rester un bon moment, surtout avec le superbe centre commercial à deux pas d'ici.

Elle se retint de dire que M. Jenkins, le directeur, heureux qu'elle ne fût pas rebutée après sa dernière expérience à l'hôtel, lui avait fait une grosse remise et lui avait dit que la chambre lui appartenait à ce prix aussi longtemps qu'elle voulait rester. Tout ce qu'il avait demandé en retour était qu'elle ne mentionne à personne les incidents précédents.

— Ce n'est pas quelque chose dont nous sommes fiers, avait-il dit. Je préférerais que ça ne se sache pas.

Ils arrivèrent au rez-de-chaussée et les portes de l'ascenseur s'ouvrirent.

— À plus tard, Mme Lockwood. Bon petit-déjeuner, dit Larry, alors qu'elle sortait.

— Merci, dit Agnès, avec un sourire.

La salle à manger était plutôt animée lorsqu'elle entra. C'était le début de l'année et pourtant, il y avait un certain nombre de personnes qui séjournaient déjà à l'hôtel. Agnès se demandait s'il ne se passait pas quelque chose en ville. Elle se rappela qu'il y avait un hippodrome à Gosforth, un peu plus au nord de Newcastle. Peut-être que les gens passaient quelques jours à l'hôtel Millennium pendant le déroulement de la course. Mais il pourrait y avoir d'autres raisons.

Un serveur la conduisit à une table vide prévue pour deux personnes. Il tira une chaise et lui fit signe de s'asseoir.

— Votre mari se joint-il à vous ?

— Non. Je reste seule à l'hôtel…

— Je pourrais peut-être me joindre à vous.

Agnès et le serveur relevèrent la tête avec surprise. Ils n'avaient pas remarqué qu'une personne s'était approchée d'eux.

— Je n'ai pas encore pris de petit-déjeuner et je suis affamé, poursuivit Alan. Je peux, Agnès ?

— J'en serais ravie, répondit-elle, pour ensuite lever les yeux vers le serveur, qui avait toujours l'air un peu déconcerté. Ça va. Je connais cet homme, c'est un ami.

Le serveur acquiesça, quoiqu'il n'eût pas l'air convaincu. Agnès fit un geste vers Alan.

— Ce monsieur est un inspecteur en chef de la police de Newcastle.

— Dans ce cas, j'espère que vous apprécierez tous deux votre petit-déjeuner.

Il leur tendit un menu avant de retourner à l'entrée de la salle à manger pour escorter une autre dame à une table.

— Je suppose qu'il est nouveau ici. Je ne me souviens pas l'avoir vu auparavant, dit Alan en ouvrant le menu.

Agnès jeta un regard vers le serveur.

— Je pense que oui. Il a l'air gentil.

Alan n'avait pas l'air aussi convaincu. Il s'était avéré que le dernier nouveau serveur de l'hôtel avait été le complice d'un voleur et d'un meurtrier. Mais il choisit de ne pas en parler pour l'instant. Il changea plutôt de sujet.

— Alors, quels sont tes plans pour aujourd'hui ?

— Je n'ai pas encore décidé, répondit Agnès. Je pensais aller faire des emplettes. Mais, comme c'est une si belle matinée, je vais peut-être retourner au parc pour finir ma visite. Je n'ai pas tout vu hier.

— Est-ce bien sage, Agnès ? s'enquit Alan en lançant un regard par-dessus le menu. Je veux dire, après ce qui s'est passé hier, il vaudrait peut-être mieux que tu restes à l'écart pendant quelques jours.

— Pourquoi ? Tu ne crois pas que je pourrais tomber sur un autre corps, n'est-ce pas ?

— Non, c'est juste ce qu'Andrews a dit quand on est rentré à la gare hier et il pourrait avoir raison.

— Qu'est-ce qu'il a dit ? demanda Agnès en se penchant sur la table.

— Il se demandait si le tueur ne traînait pas encore quelque part dans le parc pendant que nous étions là. En fait, il a envoyé deux inspecteurs en civil jeter un coup d'œil aux alentours pour voir si quelqu'un rôdait près de la scène du crime, mais ils n'ont trouvé personne. Peut-être aurions-nous dû organiser une meilleure recherche à ce moment-là.

— Mais quel rapport avec le fait que je veuille aller au parc aujourd'hui ?

Alan resta silencieux, laissant Agnès réfléchir à la question.

— Attends une minute, murmura-t-elle, en voyant soudain où Alan voulait en venir. Tu penses que le tueur aurait pu traîner autour de la scène de crime quand j'ai trouvé le corps et qu'il pourrait y retourner aujourd'hui au cas où j'irais y jeter un second coup d'œil.

Agnès rit.

— C'est un peu tiré par les cheveux, non ? Toute personne dotée d'un demi-cerveau n'attendrait pas que quelqu'un trouve par hasard le corps de la personne qu'elle a mutilée et jetée derrière un buisson dans un parc. N'importe qui aurait pu le trouver – même un enfant cherchant un ballon de football.

— Mais ce n'était pas n'importe qui, Agnès. C'était toi, dit Alan tout bas.

— Et alors, c'était moi... quelle différence cela fait-il ?

Agnès ne comprenait toujours pas quel était le problème.

À ce moment-là, le serveur revint pour prendre leur commande. Une fois qu'il eut disparu dans la cuisine, Alan commença à expliquer ses craintes.

— La dernière fois que t'es venue ici, ton visage est apparu dans tous les journaux locaux et nationaux. C'est toi qui as failli être assassinée pour t'être trop approchée d'un voleur et d'un tueur. Si cette personne était *encore* dans le parc et qu'elle t'a reconnue grâce à ta photo, elle pourrait craindre que tu aies vu quelque chose, expliqua Alan, en la fixant. Ta réputation te précède.

— Mais je n'ai pas vu qui a mis le corps là, gémit Agnès. Je n'ai vu que des gens qui s'amusaient dans le parc.

Elle secoua la tête en repensant à la journée précédente.

— Il y avait des adolescents qui faisaient du

skateboard. J'ai vu des mères qui poussaient des landaus ou des poussettes..., s'interrompit Agnès. Je n'y ai pas vraiment réfléchi. Ce n'est qu'en sortant du parc que j'ai remarqué que d'autres oiseaux étaient apparus près de ces buissons. Même pendant que j'hésitais à aller voir ce qui les intéressait, je n'ai vu personne traîner dans le coin.

Agnès s'interrompit de nouveau et secoua la tête.

— Pourquoi est-ce que je te raconte encore tout ça ? J'ai fait une déposition.

— Je sais, Agnès, dit Alan, en tendant le bras de l'autre côté de la table pour prendre sa main. Mais celui qui a fait cette chose terrible ne sait pas que tu n'as rien vu. S'il attendait toujours dans le parc, pour quelque raison que ce soit, il aurait pu te voir découvrir le corps. S'il a compris qui tu étais, il pourrait vraiment croire que tu as vu quelque chose.

— C'est pourquoi tu es ici ce matin, n'est-ce pas ? dit Agnès, en comprenant soudain la raison de la visite matinale d'Alan. Tu n'as pas simplement décidé de passer et d'avoir une conversation amicale. T'es venu ici pour me prévenir que quelqu'un pourrait être à ma recherche ?

Alan hocha la tête.

— Ça m'est soudainement venu à l'esprit hier soir après être rentré chez moi et j'ai passé une bonne partie de la nuit dernière à y réfléchir. À la première heure ce matin, j'ai téléphoné à Andrews et je lui ai fait part de mes pensées. Je lui ai aussi dit que je serais en retard.

— Mais qu'est-ce qui te fait croire que le tueur pourrait encore être dans le parc ?

— Les oiseaux, répondit Alan. Tu as dit qu'il y avait quelques oiseaux lorsque tu es passée devant le corps pour la première fois, mais qu'il y en avait davantage lorsque tu es retournée sur place.

— Donc tu penses que lorsque je suis passée la première fois, le corps n'était là que depuis peu de temps ?

— Oui.

Il poursuivit en expliquant le raisonnement derrière ses préoccupations.

— Je me demande si le tueur aurait pu se débarrasser du corps quelques minutes seulement avant ton arrivée dans le parc. Il aurait pu être sur le point de quitter les lieux quand il t'a repérée marchant le long du chemin. À ce moment-là, il ne devait pas savoir si tu l'avais vu ou non. Par conséquent, il a pu décider de rester dans le coin pour voir ce que tu ferais ensuite.

Alan marqua une pause pour prendre une inspiration.

— Le temps que t'atteignes l'endroit, poursuivit-il, quelques oiseaux curieux s'étaient déjà posés dessus. Heureusement, tu n'as pas fait attention à ce moment-là. Sinon, le tueur aurait pu croire que tu l'as vu pendant qu'il se débarrassait du corps.

— Oh, mon Dieu, je n'avais jamais pensé à ça.

Pendant quelques minutes, Agnès resta visiblement secouée. Mais elle se ressaisit rapidement.

— Mais ce ne sont que des suppositions, souligna-t-elle. Tu ne fais que supposer que le corps était là depuis peu, n'est-ce pas ?

— Non. Le docteur Nichols pense maintenant que la personne n'a été tuée que quelques heures auparavant. Donc, en prenant en compte le fait que le meurtre n'a pas eu lieu au parc, je pourrais très bien avoir raison dans mon hypothèse quant au moment où le corps a été déposé là.

— Ok, donc, si *tu* as raison et que le tueur était encore là quand je suis passée devant le corps, il était sûrement parti au moment où je suis revenue. Pourquoi aurait-il continué à attendre ?

Alan haussa les épaules.

— Qui sait ce qui traverse l'esprit d'un tueur ? Peut-être que ça l'amuse de voir comment une personne réagit à la découverte d'un cadavre.

Il hésita. Avait-il été trop loin ? Il voulait seulement qu'elle soit plus prudente.

— Agnès, je n'essaie pas de t'effrayer. Je veux simplement que tu saches qu'il faut être prudent. Ce que je veux dire, c'est que tu dois essayer de ne rien faire qui puisse attirer l'attention sur toi. Par exemple, ne parle pas aux journalistes. Je suis sûr qu'ils voudront parler à la femme qui a trouvé le corps, bien que j'aie ordonné que personne ne donne ton nom. Néanmoins, les journalistes ont un moyen de découvrir ces choses. Si l'un d'entre eux arrive à te joindre, dis-leur simplement que tu as trouvé le corps et appelé la police. Ne leur dis rien d'autre.

— Que pourrais-je leur dire d'autre, Alan ? s'exclama Agnès, frustrée. Je ne sais rien d'autre.

— Tu en sais autant que moi.

Tout ce qui pouvait encore être dit fut mis en attente lorsque le serveur apparut avec leur petit-déjeuner.

— Bon appétit, dit-il en posant les assiettes.
— Merci.

Agnès essaya de paraître plus enthousiaste qu'elle ne l'était. Elle regarda le badge épinglé à la chemise du serveur.

— Ça a l'air délicieux, Richard.

— Donc, tu n'as plus de nouvelles du docteur Nichols ? s'enquit Agnès, une fois que le serveur fut parti. À part l'heure de la mort, je veux dire.

— Non, nous n'avons aucune nouvelle, ce qui n'est pas rassurant. Cependant, je vais téléphoner au laboratoire dès que je serai au bureau, à moins que le sergent Andrews n'apprenne quelque chose entre-temps – bien qu'il m'appellerait s'il y avait quelque chose d'important à signaler.

Il fit une pause.

— Agnès, promets-moi que tu ne feras rien sans m'en parler d'abord.

— Je dois dire qu'ils font un très bon petit-déjeuner dans cet hôtel. Tu n'es pas d'accord ? dit Agnès en regardant l'assiette de nourriture devant elle.

— Ne change pas de sujet, Agnès. Je m'inquiète pour toi.

Néanmoins, en sachant qu'il n'allait pas aller plus loin à ce stade, il baissa les yeux sur son assiette.

— Oui, je suis d'accord. Je sens que je vais vraiment aimer ça.

* * *

Une fois le petit-déjeuner terminé, Alan repartit au poste de police et Agnès monta dans sa chambre.

À l'étage, elle s'assit sur le lit et referma ses bras autour d'elle. Elle n'était pas vraiment sûre de ce qu'elle voulait faire aujourd'hui. Le centre commercial Eldon Square était très tentant. Mais le parc l'était aussi. Son plan avait été de retourner voir le reste du parc aujourd'hui. Cependant, Alan avait semblé si convaincant lorsqu'il avait exposé sa théorie sur le tueur. Peut-être que ce ne serait pas une si bonne idée après tout.

Pourtant, elle ressentait vraiment l'envie d'y aller et, en repensant à leur discussion du petit-déjeuner, elle n'avait pas vraiment accepté de rester loin du parc. En fait, de mémoire, la veille, elle n'avait pas non plus promis de se tenir à l'écart de l'enquête.

Sa décision prise, Agnès fourra quelques affaires dans son sac, prit un manteau et se dépêcha de sortir de la chambre, ne s'arrêtant que quelques secondes pour s'assurer que la porte était bien fermée derrière elle.

* * *

— Comment ça s'est passé ? demanda le sergent Andrews lorsque l'inspecteur en chef entra dans le bureau.

— D'après l'expression de Mme Lockwood, j'ai eu l'impression qu'elle était choquée par mes explications sur la raison pour laquelle le tueur aurait pu l'observer quand elle a trouvé le corps.

— A-t-elle accepté de rester à l'écart du parc pendant quelques jours ? persista Andrews.

Alan poussa un gros soupir en faisant glisser son manteau sur la patère près de la porte.

— Non ! Agnès est une loi à elle seule. As-tu eu des nouvelles du légiste ou de la police scientifique ?

— Non, pas un mot, ce qui signifie probablement qu'ils n'ont rien d'autre à nous dire.

— Bien, je vais téléphoner au laboratoire maintenant.

Alan décrocha le combiné.

— Pour l'amour du ciel, marmonna-t-il en frappant les chiffres dans le téléphone. Ce meurtrier prend un grand plaisir à nous regarder tourner en rond.

Alan écouta attentivement ce que le docteur Nichols avait à dire. Il formula quelques observations et posa quelques questions. Néanmoins, pour autant, il y avait encore très peu de choses à dire.

— Rien ! s'exclama Alan, en claquant le téléphone. Rien d'utile, en tout cas. Il semble que Keith ait trouvé des blessures similaires sur les bras et les jambes de la victime. Vraisemblablement les mêmes que celles trouvées sur les victimes de Gateshead. Mais jusqu'à présent, il n'y a aucune empreinte digitale, ni de la victime ni du tueur. Ni aucune preuve trouvée sur la scène du crime. L'équipe semble penser que les oiseaux ont pu emporter de petits indices – des fils de vêtements, des cheveux, etc.

L'inspecteur en chef secoua la tête en signe de frustration.

— Tu comprends ce que je veux dire. Le genre de choses sur lesquelles on se base habituellement. Même les blessures sur le corps ont été faites avec différents couteaux, donc nous ne cherchons pas un seul couteau, mais plusieurs. Certaines des blessures ont été causées par de grandes lames, d'autres par de plus petites.

Alan jeta le stylo qu'il tenait. Il s'était apprêté à prendre quelques notes, mais rien n'avait valu la peine d'être noté.

— Quel genre de personne on cherche ici ? On doit réfléchir comme lui avant qu'il ne frappe à nouveau.

Alan décrocha le téléphone et composa le numéro de la police de Gateshead.

— Je vais recontacter l'inspecteur Aldridge. Il pourra peut-être nous en dire plus sur les meurtres de Gateshead, dit-il en espérant que quelqu'un décroche à l'autre bout du fil. Le docteur Nichols n'a pas pu contacter le médecin légiste qui a travaillé sur l'affaire. Je suppose que celui-ci se trouve à une conférence. Mais Keith a laissé un message disant qu'il devait lui parler dès son retour.

Alan reporta son attention sur le téléphone lorsque son interlocuteur décrocha. Il demanda à parler à l'inspecteur en chef.

— J'imagine que tu as entendu parler du corps trouvé dans l'Exhibition Park ? demanda Alan, une fois connecté. Je dois savoir s'il y a des similitudes entre notre victime et les corps que vous avez trouvés à Gateshead, car si c'est le cas, je pense que tu détiens la mauvaise personne en garde à vue.

Il mit le téléphone sur haut-parleur et replaça le récepteur. Ce qui lui éviterait d'avoir à tout expliquer à son sergent plus tard.

Andrews écouta la conversation entre les deux inspecteurs en chef. Alors que les deux victimes avaient été assassinées avant d'être abandonnées et qu'elles portaient les mêmes cicatrices, Aldridge répugnait à admettre qu'il avait peut-être été trop hâtif en inculpant l'homme qu'ils avaient en cellule.

— C'est quoi votre problème ? explosa Alan. Le tueur est peut-être toujours en liberté, et vous êtes là, tout content d'avoir inculpé la mauvaise personne !

Il jeta un coup d'œil à Andrews et secoua la tête.

— Croyez-moi, on va se moquer de vous au tribunal.

Sans ajouter un mot, il mit fin à l'appel.

— Je suis d'accord avec toi, dit Andrews. Le tueur est toujours en liberté. Mais qui est-ce et qu'est-ce qu'il a contre ses victimes ? S'agit-il de personnes avec lesquelles il a un différend ?

Pourraient-ils lui devoir de l'argent et ne pas vouloir le payer ?

— J'aurais pensé qu'après la découverte du premier corps, toute personne devant de l'argent à ce type aurait payé immédiatement.

Il réfléchit un moment.

— Penses-tu qu'il pourrait s'agir d'un tueur imitateur ?

Andrews hocha la tête.

— C'est possible. Si seulement nos gars avaient trouvé quelque chose sur les lieux, ça aurait pu aider.

Il y eut une longue pause.

— Prends ton manteau, ordonna Alan, se levant soudainement d'un bond.

— Où est-ce qu'on va ?

En même temps qu'il parlait, Andrews prenait son manteau sur le crochet près de la porte.

— Nous retournons sur les lieux. On va aller fouiner un peu plus avant qu'il ne soit trop tard.

7

Sur le chemin du parc, Alan expliqua sa théorie.
— C'est quelque chose que Nichols a dit. À propos des oiseaux qui ramassent des éléments et les emportent.

Il s'interrompit lorsqu'il fut soudain obligé de freiner brusquement pour éviter de heurter un jeune enfant qui s'était élancé sur la route. Il fit signe à la mère, qui levait la main pour le remercier d'avoir agi si rapidement. Heureusement, il ne conduisait pas très vite. Néanmoins, le garçon avait agi si précipitamment, le résultat aurait pu être bien pire.

S'éloignant lentement, Alan regarda dans son rétroviseur la femme qui réprimandait le garçon, probablement plus par peur que par colère. Mais, en un instant, la femme changea de comportement et rapprocha son fils, le serrant très fort dans ses bras.

Pendant cette fraction de seconde, il repensa à son enfance. Il n'y avait pas beaucoup de voitures sur la route à l'époque, ses parents n'auraient pas eu à se soucier du trafic. Mais il changea rapidement de point de vue, se demandant comment il se comporterait s'il avait été un jeune père aujourd'hui. Il aurait fort probablement réagi comme cette femme...

— Tu allais dire quelque chose à propos des oiseaux, dit Andrews, ce qui interrompit ses pensées.

— Oui, désolé, se reprit Alan, en retrouvant ses esprits. Les médecins légistes ont dit que les oiseaux avaient pu emporter quelque chose. Toute nourriture aurait été mangée presque sur place, mais qu'en est-il des oiseaux qui cherchent à construire des nids ?

— Ce n'est pas un peu tôt dans l'année ?

— Oui, pour beaucoup d'oiseaux, ça l'est. Mais les corbeaux et quelques autres oiseaux ont tendance à construire des nids à cette époque de l'année si le temps est clément.

— Tu ne manques jamais de m'étonner, remarqua Andrews. Comment sais-tu ça ?

— C'est juste un truc que j'ai appris au fil des ans. Quoi qu'il en soit, nous y sommes, conclut Alan, tandis qu'ils s'enfonçaient dans le parc.

Heureusement pour les deux détectives, il n'avait pas plu pendant la nuit, ce qui signifie que tout ce qu'ils pourraient trouver n'aurait pas été contaminé.

— Bien, dit Alan en sortant de la voiture. Nous allons tous les deux commencer les recherches à l'endroit où le corps a été trouvé, bien que je doute que nous trouvions quelque chose à cet endroit. La police scientifique a déjà vérifié cette zone de manière approfondie et n'a rien trouvé... pas même une empreinte de pas, à part celle de Mme Lockwood. Néanmoins, nous devons commencer quelque part. À partir de là, nous allons nous séparer et partir dans des directions différentes.

Pendant qu'il parlait, Alan ouvrit le coffre de sa voiture et en sortit les boîtes de gants en latex et les sacs de preuves qu'il gardait toujours à l'intérieur.

— Tiens, dit Alan, en en donnant un peu de chacun à Andrews. Emballe tout ce qu'on ne trouve pas normalement dans cette zone du parc.

Les cordons de police, avertissant les gens de ne pas s'approcher de la scène de crime, étaient toujours en place. Andrews en souleva un pour permettre à l'inspecteur en chef de passer en dessous. Les marques blanches, où le corps avait été couché, étaient encore visibles.

Les deux inspecteurs regardèrent attentivement les environs, espérant trouver quelque chose que l'équipe médico-légale aurait manqué. Mais il n'y avait rien à trouver.

— Ok, c'est ici que nous devons nous séparer, dit Alan. Des arbres bordent le bord du parc. En partant d'ici, vous vous dirigez dans cette direction.

Il fit un geste vers la gauche.

— Pendant ce temps, je vais aller de ce côté. Nous devons tous deux regarder attentivement le terrain dégagé. Cependant, une fois que nous aurons atteint les arbres, nous devrons être encore plus minutieux. Quelque chose ramassé par un oiseau pourrait avoir été laissé tomber à cet endroit. Ensuite, nous continuerons lentement notre chemin à travers les arbres et nous nous retrouverons ici. Avec un peu de chance, nous aurons couvert toute la zone entre nous. As-tu des questions ?

— Pas au sujet de notre recherche, répondit Andrews. Mais je ne peux m'empêcher de me demander pourquoi le tueur s'est débarrassé du corps ici dans les buissons, plutôt que dans les arbres. Les buissons sont assez épais à cet endroit, pourtant le corps n'aurait probablement pas été trouvé aussi rapidement s'il avait été laissé là-bas. De plus, les oiseaux planant au-dessus de la victime n'auraient pas été aussi visibles.

— C'est un excellent raisonnement, sergent.

Pensif, Alan fixait l'endroit où le corps avait été trouvé. Quelques instants plus tard, il parcourut le sol des yeux, en direction des arbres.

— Bien sûr ! s'exclama l'inspecteur en chef.

Il se tapa la tête, dégoûté de ne pas l'avoir relevé plus tôt.

— Le meurtrier a laissé le corps dans les buissons près du chemin piétonnier parce qu'il ne voulait pas laisser d'empreintes dans les feuilles humides ou sur la terre dégagée. Ayant déjà éliminé tout ce qui, sur la victime, aurait pu donner à la police un indice sur son identité, pourquoi aurait-il pris le risque de laisser ses empreintes derrière lui ?

Alan tourna la tête et regarda derrière lui. Il ne voyait que les grands buissons.

— Reste ici, ordonna Alan, avant de passer sous le cordon de police.

Sans se retourner, il marcha jusqu'à l'autre côté du sentier. Puis, il pivota sur lui-même et se dirigea lentement vers les buissons. En s'approchant, il remua les pieds d'un côté à l'autre plusieurs fois, avant de s'arrêter brusquement.

— Ici ! C'est probablement là qu'il se tenait

quand il a prévu de jeter le corps par-dessus les buissons. Il pensait qu'il ne serait pas découvert avant un bon moment, poursuivit-il. Et ça aurait pu marcher, s'il n'avait pas été pris au dépourvu par quelqu'un qui approchait.

— Mme Lockwood ? demanda Andrews.

Alan hocha la tête.

— Peut-être qu'il a entendu des bruits de pas au loin et qu'il a essayé de se débarrasser du corps trop rapidement, ce qui lui a fait rater son objectif, pour ainsi dire. Après ça, j'imagine qu'il a simplement voulu se mettre à l'abri avant que la personne ne le voie.

— Mais il y a une chose que je ne comprends pas, dit Andrews, en jetant un coup d'œil sur le sentier. S'il transportait un homme en plein jour, comment a-t-il réussi à aller aussi loin sans être vu ? De plus, il devait être très fort pour soulever le corps et a fortiori le soulever par-dessus les buissons.

— Ce sont deux choses, sergent, répondit Alan. Cependant, nous les laisserons de côté jusqu'à notre retour au bureau. En attendant, commençons notre recherche.

Andrews hocha la tête et suivit le regard de l'inspecteur en direction des arbres. Il y avait beaucoup de terrain à explorer.

— N'aurait-il pas été préférable d'emmener une équipe d'officiers en uniforme pour nous aider ?

s'enquit Andrews. Quand ils fouillent épaule contre épaule, aucune preuve n'est manquée.

— L'argent, souligna Alan, sans hésiter. C'est une question de restrictions budgétaires. C'est juste une idée à laquelle j'ai soudainement pensé ce matin, alors que nous parlions de ce que le médecin légiste a dit sur les oiseaux. Si j'avais rapporté l'idée là-haut, nous n'aurions peut-être pas eu de réponse avant demain. D'ici là, toute preuve que nous pourrions trouver aujourd'hui pourrait avoir disparu depuis longtemps, expliqua-t-il, avant de soupirer. C'est une marque de notre époque.

— Je ne comprendrai jamais comment fonctionne le soi-disant « calcul du coût d'un travail », avoua Andrews, en faisant des guillemets dans l'air. Les hommes sont payés, qu'ils soient assis dans un bureau, une salle d'incident ou autre. Par conséquent, comment cela peut-il coûter plus cher si un groupe d'officiers fouille un champ ?

— Je suis sûr que quelqu'un serait en mesure de te l'expliquer, mais pour le moment, pouvons-nous nous concentrer sur l'ici et maintenant ?

— Oui, compris. Tant que je n'ai pas à grimper aux arbres pour récupérer des preuves, ça me va.

— Si c'est ce qu'il faut, sergent...

— T'as vu à quelle hauteur les corbeaux construisent leurs nids ? protesta Andrews. Ils sont généralement au point le plus haut des arbres...

Il s'interrompit en voyant l'inspecteur en chef lui faire un sourire.

— Tu te moques de moi, n'est-ce pas ?

Toujours souriant, Alan acquiesça.

Mais son sourire disparut.

— Ok, la fête est finie. Allons-y.

8

Quand Agnès sortit de l'hôtel, elle trouva Ben qui l'attendait déjà près de son taxi. Elle lui avait téléphoné dès qu'elle avait pris la décision de retourner à l'Exhibition Park.

Malgré ce qu'Alan lui avait dit, elle estimait qu'elle devait à l'homme mort et à sa famille de montrer au monde qu'elle n'avait pas peur – et, qui sait, elle pourrait aussi tomber sur quelque chose qui aiderait à trouver le tueur.

Elle avait pensé à appeler Alan pour lui faire part de son plan. Peut-être se cachait-il dans les parages afin de la surveiller. Quelqu'un pouvait être mystérieusement intéressé par chacun de ses mouvements. Cependant, il aurait plus que probablement essayé de l'en dissuader.

De plus, sa décision était déjà prise. Elle voulait le faire.

Néanmoins, au fond d'elle, elle savait qu'Alan avait raison. C'était une idée stupide. Que diable ferait-elle si l'homme s'approchait d'elle ? Elle jeta un coup d'œil à son sac à main. Au moins, elle avait quelque chose pour l'aider en cas d'urgence. Mais, en désespoir de cause, aurait-elle le temps de l'utiliser ?

Si quelque chose devait mal tourner, Ben, son chauffeur de taxi, pourrait dire à la police où et à quelle heure exactement il l'avait déposée. Au moins, ce serait un début. Un autre chauffeur de taxi n'y penserait peut-être pas, mais elle savait qu'elle pouvait compter sur Ben.

Ce dernier lui tenait la porte ouverte à son arrivée.

— L'Exhibition Park, Ben , annonça Agnès, en montant dans le taxi.

— Vous êtes sûre de vouloir y aller aujourd'hui ? demanda Ben, les sourcils froncés. Selon les médias, un corps a été retrouvé dans le parc hier soir. Vous devriez peut-être attendre un jour ou deux jours. Pourquoi ne pas aller au Eldon Square plutôt ?

— Mais c'était hier, Ben, gloussa Agnès.

Elle était soulagée d'avoir quitté la scène du crime avant l'arrivée de l'équipe de télévision et des journalistes de la presse écrite, ce qui signifiait qu'elle n'était pas dans les journaux. Pas encore, en tout cas.

— Mais...

— Je suis sûre que celui qui a fait ça doit être bien loin d'ici maintenant, l'interrompit Agnès. Je me souviens être allée au parc quand j'étais enfant. Je veux juste voir comment c'est aujourd'hui.

— À peu près comme à l'époque, je pense, marmonna Ben en s'installant sur le siège conducteur. Bien que, je suppose qu'il y a eu quelques innovations pour les adolescents, ajouta-t-il, après coup.

— Je comprends que vous n'avez pas emmené votre fils là-bas ?

Ben démarra et s'éloigna de l'hôtel avant de répondre.

— Non, on est sûr qu'il adorerait ça, mais on a peur que ce soit trop pour lui.

Agnès ne répondit pas. Elle comprenait les inquiétudes de Ben et de sa femme concernant la santé de leur fils. Le pauvre garçon souffrait d'un trouble respiratoire depuis sa naissance, ce qui avait entraîné d'autres problèmes. Pourtant, il y avait des moments où elle pensait qu'ils étaient trop prudents. Le petit avait tout de même besoin d'avoir une vie.

Mais d'un autre côté, n'aurait-elle pas agi pareillement si ça avait été un de ses fils ?

— Vous êtes bien calme, dit Ben. Ça ne vous ressemble pas de rester silencieuse.

— Désolée, j'étais perdue dans mes pensées.

— À quoi pensiez-vous ? demanda Ben en riant. Je parie que vous pensiez à l'inspecteur en chef. Je suis sûr qu'il était ravi de vous voir de retour dans le Tyneside.

— Oui, vous avez raison. Je pensais à Alan, mentit-elle. On a dîné ensemble à l'hôtel hier soir et il m'emmène quelque part ce soir – mais je ne sais pas trop où.

— Il veut peut-être vous faire une surprise.

— Oui, sûrement.

Ils arrivèrent à l'entrée du parc et, une fois qu'elle eut payé la course, incluant un beau pourboire, elle sortit du taxi.

Cependant, avant de fermer la porte, elle se pencha à l'intérieur.

— Ben, vous êtes un homme charmant et vous vous souciez tellement de votre fils. Mais, croyez-moi, vous devriez l'emmener au parc de temps en temps. Il a vraiment besoin de rencontrer d'autres enfants. Parlez-en avec votre femme.

* * *

Ben suivit Agnès du regard tandis qu'elle disparaissait dans le parc, avant de reporter son attention sur l'argent qu'elle avait placé dans sa main. Il réfléchit à ce qu'elle avait dit et au gros pourboire qu'elle lui avait donné. C'était presque comme si elle pensait ne jamais le revoir.

Il se gratta la tête. Qu'est-ce qu'il a manqué ? Malgré ses conseils, elle était restée inflexible avec son idée de venir au parc. Serait-ce à cause du corps trouvé ici hier ? Cela ne le surprendrait pas. Il savait qu'elle avait aidé la police il y a quelques mois. Presque au point de se faire tuer.

Il devait faire quelque chose, mais quoi ? C'est alors qu'il songea à quelqu'un qui pourrait l'aider. Sur ce, il sortit son téléphone.

9

Alan avait presque atteint les arbres et commençait à croire que lui et son sergent étaient sur une fausse piste lorsqu'il vit soudain un minuscule lambeau de tissu devant lui.

Il était soit bleu marine, soit noir. Il était mouillé, ce qui rendait difficile de distinguer la couleur. Il avait été extrêmement chanceux de le repérer sur un paquet de feuilles sombres. Alan essaya de ne pas trop se réjouir en le ramassant soigneusement entre ses doigts gantés et en le plaçant dans un sac à preuves. Ça ne mènerait peut-être à rien. Il avait pu être transporté d'une autre partie du parc, ou même du Town Moor, par un oiseau faisant son nid dans l'un des arbres voisins. Mais, si la chance était de son côté, il pourrait s'agir d'un objet laissé par le tueur lorsqu'il avait déposé le corps.

Alan glissa le sac dans sa poche et poursuivit ses recherches avec un enthousiasme renouvelé. Néanmoins, il savait qu'à partir de maintenant, cette partie de la recherche serait la plus difficile. Si un oiseau avait laissé tomber un autre élément de preuve en volant vers son nid, il aurait pu très facilement se coincer dans l'une des branches au-dessus. Par conséquent, Andrews et lui devaient regarder en haut, dans les branches, ainsi qu'en bas, sur le sol.

Alan se redressa et arqua son dos pour ne plus avoir mal. Toutes ces flexions sur la scène de crime ne lui faisaient pas du tout du bien. Quelques années plus tôt, il s'était fait mal au dos en tombant d'un immeuble alors qu'il poursuivait un criminel et, bien que les médecins aient dit qu'il avait guéri, il avait encore des douleurs occasionnelles qui lui rappelaient cet incident. Il allait certainement souffrir demain.

Alan lança un regard en direction de son sergent. Andrews ne semblait pas avoir de problèmes de dos. En fait, il avait déjà atteint les arbres et s'étirait pour démêler quelque chose d'une des branches inférieures.

— C'est beau la jeunesse, marmonna-t-il, avant de se remettre à chercher.

Avec un peu de chance, à eux deux, ils auraient trouvé un indice qui les aiderait dans leurs recherches. Il ne supporterait pas que tout ce cheminement ici n'eût servi à rien.

À peine avait-il fait quelques pas que son téléphone portable sonna.

— Alan Johnson, dit-il brusquement dans le micro, même s'il ne reconnaissait pas le numéro de l'appelant.

— C'est Ben. Vous vous souvenez de moi ? Je suis le chauffeur de taxi de Mme Lockwood.

— Ah oui, Ben. Comment puis-je vous aider ?

Cela faisait quelques mois qu'Alan n'avait pas parlé au chauffeur de taxi. Mais, comme Agnès avait utilisé son taxi chaque fois qu'elle avait besoin d'un chauffeur, il avait donné son numéro à Ben au cas où il aurait besoin d'aide.

— C'est au sujet de Mme Lockwood, répondit Ben.

— Qu'est-ce qu'il se passe avec elle ? demanda Alan.

— Ce n'est probablement rien. Peut-être que je n'aurais pas dû appeler.

— Qu'est-ce qu'il y a, Ben ?

— Je l'ai déposée à l'Exhibition Park et je suis un peu inquiet. Aux infos hier soir, j'ai appris qu'un corps avait été retrouvé là-bas hier. Elle pourrait...

— Oui, dit Alan en l'interrompant. Je

comprends. Comme vous le dites, ce n'est probablement rien. Mais merci de me l'avoir fait savoir. Je vais m'en occuper.

— Agnès, t'es une idiote, marmonna Alan pour lui-même, avant de fermer son téléphone et de le glisser dans sa poche. Tu es la femme la plus merveilleuse que j'aie jamais rencontrée, mais il y a des moments où tu peux être une vraie idiote.

— Qui était-ce ? lança Andrews. Des nouvelles de la police scientifique ?

Alan observa l'endroit où il se trouvait, s'assurant qu'il savait où poursuivre sa recherche avant de se diriger vers son sergent.

— Non, c'était Ben, un chauffeur de taxi que Mme Lockwood emploie, répondit-il, en observant ses alentours. Elle est ici.

— Je croyais qu'elle avait accepté de ne pas venir aujourd'hui ?

— Moi aussi. Je pensais vraiment avoir réussi à la convaincre, mais elle n'en fait qu'à sa tête. Tu restes ici et continues les recherches, pendant que je vais la trouver.

Il fit un geste vers l'endroit où il se tenait lorsqu'il avait reçu l'appel.

— J'étais là, près de cette petite fleur jaune. Tu pourrais faire le tour de cet endroit, mais j'espère être de retour ici avant que tu n'arrives jusque-là.

* * *

Alan se précipita vers l'entrée où Ben avait dit qu'il avait déposé Agnès. Heureusement, le chauffeur de taxi était très vigilant. Alan avait fait quelques recherches discrètes à son sujet et avait découvert qu'il était bien apprécié par ses collègues du centre-ville. C'était à ce moment qu'il avait décidé de donner son numéro de téléphone, sans vraiment s'attendre à avoir de ses nouvelles. Cela avait apparemment porté ses fruits.

Tandis qu'il se dirigeait vers l'entrée, il aperçut Agnès au loin. Elle marchait en direction du lac.

— Agnès, Agnès, murmura-t-il pour lui-même. Dieu merci, je t'ai trouvée.

Quoiqu'il fixât Agnès du regard, du coin de l'œil, Alan aperçut un homme qui marchait non loin derrière elle. Pouvait-il la suivre ? Ou bien l'homme se promenait-il simplement dans le parc ?

Alan accéléra le pas ; dans les deux cas, il voulait la rattraper avant que l'homme ne soit trop près.

— Je t'ai dit de m'attendre ! cria Alan, lorsqu'il l'eut presque rattrapée.

Il était déterminé à faire savoir à l'homme qu'Agnès n'était pas seule dans le parc. Il lui attrapa le bras et la contraignit à s'arrêter.

— Je croyais t'avoir perdue !

Agnès fut si surprise de sentir quelqu'un lui tirer

le bras qu'elle ne perçut pas les mots d'Alan. Elle commença immédiatement à tâtonner dans sa poche pour récupérer son poivre de Cayenne. Mais comme elle ne la trouvait pas, elle prit peur et s'apprêta à frapper avec son poing quand elle se retourna et vit Alan.

— Le bus touristique va bientôt partir, inventa Alan, alors que l'homme arrivait à côté d'eux. T'as dit que tu ne voulais pas le manquer.

— Mais qu'est-ce que tu racontes, un bus touristique ? s'exclama Agnès. Oh, bonté divine ! Je profitais tellement de ma promenade dans le parc que j'ai complètement oublié l'heure, ajoute-t-elle, en comprenant soudain l'inquiétude d'Alan au sujet de l'homme qui se trouvait maintenant à une courte distance devant eux.

Elle observa l'homme qui continuait à marcher lentement vers le lac. D'après le peu qu'elle avait vu de lui lorsqu'il les avait dépassés, il ne lui avait pas paru être un rôdeur. Il avait plutôt l'air d'un homme d'affaires qui prenait l'air avant de retourner à une réunion ennuyeuse du conseil d'administration. Maintenant, en y regardant de plus près, elle voyait qu'il était grand et rasé de près. D'environ trente ans, avec des cheveux châtain clair, bien que coupés court, légèrement en désordre. Même si cela pouvait être dû à la brise, plutôt qu'à la façon dont il les aimait. Il transportait également une grande mallette.

Cependant, son attention fut attirée par le pardessus noir plutôt élégant qu'il portait. Il était boutonné jusqu'au cou, probablement pour se protéger du froid. Néanmoins, elle ne put s'empêcher de remarquer que c'était le même style que celui que son défunt mari avait toujours privilégié. Alors qu'elle regardait, son manteau se gonfla légèrement dans la brise et afficha une doublure rouge vif.

À ce moment-là, l'homme se retourna et les regarda tous les deux.

— Je ferais mieux de rentrer avant que le bus ne parte sans moi, dit Agnès, à voix haute, en espérant que l'homme ne s'était pas rendu compte qu'elle l'observait.

— Vous me suiviez ? protesta Agnès, pendant qu'Alan la ramenait là où il avait laissé Andrews.

— Non ! Je ne vous suivais pas, répliqua brusquement Alan. Andrews et moi étions déjà ici en train de fouiller la zone où le corps a été trouvé.

Il était sur le point de lui dire qu'il avait reçu un appel de Ben lui indiquant où elle se trouvait, mais il s'en abstint. Agnès faisait confiance au chauffeur de taxi. S'il lui disait que c'était Ben qui lui avait appris ses déplacements, elle pourrait décider de ne plus prendre son taxi.

— Il se trouve que je prenais une pause dans les recherches quand je t'ai vue et j'ai remarqué un homme qui marchait quelques mètres derrière toi. J'étais inquiet qu'il soit en train de te suivre.

Au moins une partie de son histoire était vraie.

Quelques instants plus tard, ils arrivèrent à l'endroit où Agnès avait découvert le corps la veille. Andrews se tenait là où Alan s'était trouvé avant de recevoir l'appel de Ben.

Agnès regarda derrière elle dans la direction d'où ils venaient et réalisa qu'il était impossible qu'Alan l'ait vue de cet endroit. Soit il était à sa recherche, ce qui signifiait qu'il avait appris qu'elle était ici dans le parc, soit il s'était éloigné de cette zone pour vérifier autre chose.

— T'as trouvé quelque chose ? s'enquit-elle.

— J'ai trouvé quelque chose avant de décider de me dégourdir les jambes, répondit Alan, rapidement.

Il sortit le sac de preuves de sa poche et le montra. Il espérait qu'Andrews ne le contredirait pas en parlant de l'appel téléphonique.

— J'ai trouvé deux ou trois choses, aussi, répondit Andrews, tout en tapotant sa poche. J'espère que la police scientifique pourra en tirer quelque chose.

Il tourna son attention vers Agnès.

— Ravi de te voir, Mme Lockwood. Tu profitais d'une promenade dans le parc ?

— Oui, en effet, répondit-elle, en regardant Alan, les yeux plissés. Mais Alan m'a aperçue et a eu l'impression que quelqu'un me suivait, alors ma promenade a été écourtée.

— Mieux vaut prévenir que guérir, dit Andrews, avant de se tourner vers l'inspecteur en chef. Pourquoi ne raccompagnes-tu pas Mme Lockwood à l'hôtel, pendant que je continue ici ? J'ai presque atteint le lieu où tu étais avant de partir. Tu pourras me récupérer dans environ quarante minutes. J'espère que d'ici là, j'aurai recueilli d'autres preuves et que nous pourrons les remettre plus tard.

— Bonne idée, répondit Alan.

Après avoir promis de revenir rapidement, Alan escorta Agnès jusqu'à l'endroit où il avait laissé la voiture. Pendant qu'ils marchaient, aucun des deux ne dit un mot.

— On dîne toujours ensemble ce soir ? demanda Alan, une fois qu'il eut roulé hors du parc.

— Oui, ce serait bien.

— Agnès, je ne te suivais pas, reprit Alan, car le silence le mettait mal à l'aise. Comme je l'ai dit, Andrews et moi étions déjà dans le parc, pour vérifier la scène.

— Oui, j'ai compris ça, rétorqua Agnès.

Elle poussa un soupir, se sentant soudain

honteuse de son attitude envers Alan. Pourquoi se comportait-elle ainsi ? Elle savait qu'il ne faisait que veiller sur elle. Mais qui sait ? L'homme derrière elle dans le parc aurait très bien pu être le tueur qui attendait le bon moment pour se jeter sur elle.

Elle se souvint que lorsqu'Alan lui avait attrapé le bras, sa première pensée avait été qu'elle était attaquée. À ce moment-là, elle avait mis la main dans sa poche pour prendre le poivre de Cayenne afin de se défendre, mais elle avait constaté qu'il n'y était pas. Il lui avait fallu un ou deux instants pour réaliser qu'il était toujours rangé dans son sac à main. Mais, dans ces quelques secondes, elle aurait pu être assassinée.

— Alan, je suis désolée, dit-elle, hésitante.

Pendant un moment, Alan crut qu'elle allait changer d'avis pour leur dîner ensemble ce soir-là. Mais avant qu'il puisse dire quoi que ce soit, elle continua.

— Je suis désolée, je me suis comportée bêtement aujourd'hui. Je n'aurais jamais dû aller au parc. Je ne sais vraiment pas ce qui m'a pris.

À présent, ils avaient atteint le quai et l'hôtel se profilait devant eux.

— Oublie ça, dit Alan en se garant devant l'hôtel Millennium. Y a-t-il un endroit particulier où tu aimerais dîner ce soir ?

— Pourquoi ne pas le faire dans l'hôtel à

nouveau ? répondit-elle. On pourra se détendre dans le salon après.

— Pas de problème, répondit Alan. Tu réserves une table ?

— Oui, je la réserve pour 19 h 30 environ. Et au fait, le dîner est pour moi ce soir.

Elle ouvrit la porte et sauta hors de la voiture avant qu'il ne puisse protester.

— On en reparlera, rétorqua-t-il.

— On vient de le faire ! dit-elle, en riant. Et j'ai eu le dernier mot.

Et elle referma la porte de la voiture.

* * *

De retour dans le parc, Alan rejoignit l'endroit où il avait parlé à Andrews pour la dernière fois. Au début, il n'y avait aucun signe de son sergent et, pendant une fraction de seconde, Alan paniqua. Si, comme il l'avait d'abord pensé, le tueur était revenu dans le parc, aurait-il pu apercevoir Andrews en train de sonder les lieux tout seul et… ?

Alan fut soulagé d'apercevoir son sergent à travers les arbres. Il choisit soigneusement son chemin jusqu'à l'endroit où il s'était trouvé lorsque Ben avait appelé. Après une brève pause pour s'assurer qu'il n'avait rien manqué plus tôt, il continua à fouiller le sol en se dirigeant lentement vers Andrews.

— Je ne m'attendais pas à ce que vous alliez si loin dans les arbres, s'écria Alan.

— Je n'en avais pas l'intention, admit le sergent. Mais j'ai trouvé quelque chose de plutôt intéressant et je me suis demandé s'il n'y avait pas autre chose qui traînait.

— Qu'as-tu trouvé ? s'enquit l'inspecteur en chef, interrompant sa recherche.

— C'est un bouton de manchette, répondit Andrews, en montrant un sac de preuves. Il doit y avoir de l'ADN là-dessus. À mon avis, c'est cher aussi. Je suis sûr que celui qui l'a perdu est très contrarié.

— Un bouton de manchette, dit Alan pensivement.

Ce n'était pas vraiment le genre de chose auquel le commissaire s'attendait. Il avait espéré quelque chose de plus proche d'une vieille écharpe en lambeaux ou d'un gant complètement imbibé d'ADN.

— Il y a eu des meurtres commis par ceux qui se croient au-dessus de nous, dit Andrews. Il suffit de se rappeler qu'il y a quelques mois, nous avons découvert qu'un agent travaillant pour le MI5 était non seulement un voleur, mais aussi un double meurtrier.

81

Alan repensa à la façon dont l'agent les avait tous trompés.

— Bien sûr, tu as raison, Andrews. On ne peut pas se permettre de laisser quoi que ce soit nous échapper. As-tu trouvé autre chose ?

— Non, pas encore, mais je suis toujours..., s'interrompit Andrews, car une lueur provenant d'un objet sur le sol attira son attention. Attends ! s'exclama-t-il, tout excité. Je viens de trouver quelque chose d'autre.

— Où, qu'est-ce que c'est ? hurla Alan, tout en rompant le protocole et en courant à travers la courte étendue de terrain non défriché jusqu'à l'endroit indiqué par son sergent.

— Ici ! cria Andrews, en pointant le sol. Ça ressemble à une épingle de cravate.

Il la ramassa et l'examina de plus près.

— C'est une épingle de cravate, confirma-t-il, en la déposant dans un autre sac de preuves. Et, sauf erreur de ma part, elle correspond au bouton de manchette que j'ai trouvé.

Il les montra tous les deux.

— Bien joué, Andrews. Bien joué, dit Alan en tapotant le sergent dans le dos. Maintenant, nous devons apporter ces objets à la police scientifique pour qu'ils vérifient l'ADN. Une fois qu'on aura établi qu'ils n'appartiennent pas à la victime, on pourra commencer à les montrer aux différents magasins de la ville. Avec un peu de chance, l'un d'entre eux pourra nous aider à trouver qui les a achetés.

Alan fit une pause et jeta un regard sur l'espace ouvert derrière eux.

— Quelque chose te tracasse ? demanda Andrews, tout en glissant les sacs de preuves dans sa poche.

— Je me demandais juste si la personne à qui appartenaient ces objets pourrait s'aventurer à les retrouver.

— Ne l'aurait-il pas déjà fait ? s'interrogea Andrews, ses mains gantées jointes dans un effort pour les réchauffer. Je veux dire, si le type pensait avoir perdu les objets en déposant le corps dans le parc, ne serait-il pas revenu hier soir, ou même tôt ce matin, pour jeter un coup d'œil ? Il n'a probablement rien vu et a supposé qu'il ne les avait pas perdus ici.

— Oui, je suppose qu'il le ferait, renchérit Alan, puis il marqua une pause. Mais s'il n'avait pas réalisé qu'il les avait perdues avant ce matin ?

— Est-ce possible ? remit en question le sergent, perplexe. Il aurait sûrement remarqué qu'elles manquaient quand il s'est déshabillé pour aller se coucher hier soir.

Alan baissa les yeux vers le sol et tapota du pied un petit monticule de feuilles humides. Ce que disait Andrews était vrai. La plupart des gens qui se déshabillent pour se coucher seraient enclins à retirer les objets coûteux avec précaution. À moins que...

Soudain, il leva les yeux vers son sergent et lui fit un clin d'œil.

— Mais, et s'il passait la nuit avec une femme ? L'aurait-il remarqué ?

* * *

Une fois déposée à l'hôtel, Agnès s'arrêta pour discuter brièvement avec les femmes derrière la réception, avant de monter dans sa chambre. Elle jeta son manteau et son sac à main sur le lit, se dirigea vers la fenêtre et s'affala dans un fauteuil, regardant oisivement la vue en contrebas.

Il y avait un certain nombre de personnes qui se promenaient sur le pont du Millénnium, profitant probablement du soleil printanier tant qu'elles le pouvaient. Une brise ébouriffait aujourd'hui, mais demain il pourrait en être tout autrement avec les vents de mars soufflant sur le fleuve à pleine puissance.

Assise, les yeux sur les gens en bas, elle repensa à sa balade dans le parc. Elle n'aurait pas dû y aller aujourd'hui. Elle avait été stupide. N'avait-elle rien appris de son expérience d'il y a quelques mois ?

Elle devait être plus prudente et ne pas se précipiter. Elle aurait dû écouter Alan plus tôt dans la matinée et aller faire du shopping, au lieu de retourner à l'endroit même où elle avait trouvé le corps.

Elle n'avait rien obtenu du tout et, comme si cela ne suffisait pas, elle avait entraîné Alan loin des recherches qu'il menait avec son sergent. Poussant un soupir, elle posa son menton sur sa main et continua à regarder par la fenêtre.

Néanmoins, après environ cinq minutes, elle décida que ce n'était pas son genre de rester assise à ruminer le passé et qu'elle n'allait pas commencer maintenant. La meilleure chose à faire pour elle en ce moment était de se promener sur les quais. Il était évident qu'elle devait se réconcilier avec Alan, mais pour l'instant, il était occupé à essayer de résoudre une affaire de meurtre. La réconciliation viendrait plus tard.

S'apprêtant à s'éloigner de la fenêtre, Agnès se leva de sa chaise, mais quelqu'un en bas attira soudainement son attention. Elle se précipita dans la pièce et ouvrit le tiroir supérieur de la commode. Attrapant les jumelles qu'elle avait emportées de sa maison dans l'Essex, elle se hâta de retourner à la fenêtre pour regarder de plus près. Dieu sait pourquoi elle les avait emportées, mais il se trouvait qu'elles s'avéraient utiles.

Pointant les jumelles sur les quais en contrebas,

elle les balaya de long en large jusqu'à ce qu'elle repère la personne qu'elle cherchait. Son cœur manqua un battement. Cheveux noirs et courts, rasé de près et portant un manteau noir ; il pourrait presque s'agir du même homme qu'elle avait vu dans le parc le matin même. Mais elle était ridicule, sûrement ; combien d'hommes dans la ville correspondraient à cette description ?

10

Ne voulant pas être vue, Agnès se recula de la fenêtre. Néanmoins, ses yeux ne quittèrent pas l'homme en bas. Pourrait-il s'agir de l'homme qu'elle avait vu passer devant elle dans le parc ? À ce moment précis, une forte brise provenant de la rivière souleva l'ourlet de son manteau et révéla la doublure rouge brillant.

Agnès claqua la main sur sa bouche. *C'était* le même homme qu'elle avait vu dans le parc, après tout. Mais que faisait-il devant son hôtel ?

Les questions se bousculèrent dans sa tête tandis qu'elle restait là à l'observer. Était-ce une simple coïncidence qu'il se trouve maintenant sur les quais devant son hôtel ? Ou, plus inquiétant, avait-il suivi la voiture d'Alan quand il l'avait escortée hors du parc ?

Mais pourquoi aurait-il fait cela ? À moins qu'Alan n'ait eu raison de soupçonner l'homme de la suivre.

À ce moment-là, Agnès avait pensé qu'Alan était un peu trop protecteur. Pour elle, l'homme avait simplement fait une pause après une réunion de travail étouffante. Mais peut-être que l'inquiétude d'Alan était justifiée. Après tout, en tant que détective, différencier les bons des mauvais était son travail au quotidien. Il devait savoir ce qu'il faut surveiller. Pendant tout le temps où ces pensées lui trottaient dans la tête, l'homme n'avait pas bougé d'un centimètre.

Dans l'espoir de se tromper, Agnès essaya de se convaincre qu'il ne s'agissait pas du même homme. Après tout, il y avait sûrement d'autres hommes avec des manteaux similaires. Mais soudain, il leva la tête et regarda l'hôtel. Portant à nouveau les jumelles à ses yeux, elle tourna légèrement le cadran au centre et regarda vers lui, en bas.

Il n'y avait pas d'erreur. C'était bel et bien l'homme qu'elle avait vu dans le parc : rasé de près, cheveux courts, manteau noir avec une doublure rouge. Cependant, ses yeux perçants confirmèrent son identité.

Juste à ce moment-là, elle remarqua autre chose. Ce n'était pas quelque chose qu'elle avait vu dans le parc ; c'était un détail qu'elle venait juste de découvrir. Mais le temps qu'elle recadre ses jumelles, il s'était détourné et se dirigeait vers le pont du Millénium.

Elle l'observa pendant quelques secondes alors qu'il traversait le pont, essayant de se rappeler ce qui avait soudainement attiré son attention. Mais, comme elle n'arrivait à rien, elle se demanda où il allait. Où que ce soit, il n'avait pas l'air pressé.

Oubliant toutes ses résolutions antérieures de ne pas s'impliquer davantage dans les enquêtes policières, elle saisit son manteau sur le lit et s'apprêtait à l'enfiler lorsqu'elle vit son reflet dans le miroir. Peut-être serait-il sage de porter quelque chose de différent. Pas la peine de se trahir au moment où il poserait les yeux sur elle.

Elle sortit un manteau noir de l'armoire et l'enfila. Satisfaite de voir que l'homme ne se rendrait pas compte qu'elle était la même femme que celle qu'il avait vue dans le parc plus tôt dans la matinée, elle prit son sac et se dépêcha de sortir de la chambre.

* * *

L'inspecteur Alan Johnson et son sergent étaient de retour au poste de police de Newcastle. Dès leur arrivée, Andrews avait remis les sacs de preuves à l'équipe de la police scientifique. Il ne leur restait plus qu'à attendre de savoir si des empreintes digitales, ou tout autre ADN, avaient été trouvés sur l'un des objets.

Pendant ce temps, Alan se trouvait dans la salle des incidents pour informer les autres inspecteurs de ce qu'ils savaient jusqu'à présent - ce qui, à son avis, était très peu. Néanmoins, il était nécessaire de tenir tout le monde au courant. Le tableau, où les nouvelles informations étaient affichées à mesure qu'elles arrivaient, était vide, à l'exception des photographies de la victime du meurtre et de la zone qui avait entouré son corps.

Les détectives qui avaient épluché les listes de personnes disparues et appelé les autres commissariats de la région n'avaient rien trouvé non plus. La raison pourrait en être que le corps n'a été retrouvé qu'un jour auparavant, ce qui pourrait signifier que la victime n'avait pas encore été portée disparue. De plus, comme le visage de la victime était méconnaissable, cela risquait de poser problème pour l'identification. À moins que d'autres marques, comme des tatouages ou des taches de naissance, ne viennent aider.

— Nous n'avons donc rien du tout, déclara Alan en pointant du doigt le tableau. Il doit bien y avoir quelque chose qui a échappé au tueur ? Quelqu'un doit pouvoir nous aider.

— Pourquoi ne pas demander à

Mme Lockwood ? Je suis sûr qu'elle pourra trouver quelque chose.

La voix venait d'un jeune détective au fond de la pièce. Il rit et regarda ses collègues pour obtenir leur soutien. Cependant, personne ne se joignit à son hilarité.

— Morris ! s'écria Alan en se retournant pour faire face au détective. Si tu considères cette enquête pour meurtre comme une plaisanterie, alors je te conseille de changer de métier. Tu devrais peut-être trouver un emploi ailleurs.

— Désolé, monsieur, répondit le détective Morris en traînant les pieds. Je pensais juste...

— Je sais ce que vous *pensez*, rétorqua Alan, en soulignant les deux derniers mots. Je vous verrai dans mon bureau juste après cette réunion.

— Oui, monsieur.

Alan regarda le reste du groupe.

— Quelqu'un a-t-il d'autres suggestions ou idées sur ce que nous devrions faire à partir de maintenant ?

Il n'y eut aucune réponse à sa question.

— Ok, dit Alan. C'est tout pour le moment. Mais si vous avez vent de quoi que ce soit, aussi petit ou stupide que cela puisse paraître, faites-le moi savoir et nous pousserons la recherche. Nous avons besoin de chaque bribe d'information que nous pouvons obtenir.

Sans un mot de plus, Alan partit en trombe dans le couloir vers le bureau qu'il partageait avec son sergent.

— Mais à quoi pensais-tu, John ?

Le sergent Andrews était arrivé à temps pour entendre le commentaire du détective vis-à-vis l'inspecteur en chef.

— Je ne faisais que dire ce que tout le monde pensait, dit Morris. Sacrée femme qui se mêle de tout ! Elle surgit chaque fois qu'un corps est trouvé et le chef la laisse s'en mêler.

— Tu n'étais pas là, alors laisse-moi te mettre au courant, Morris. Mme Lockwood nous a aidé à résoudre une affaire l'année dernière.

Andrews marqua une pause, se rappelant comment, au début, il s'était senti agacé lorsqu'elle avait insisté pour s'impliquer dans une enquête de police. Mais il avait été obligé de ravaler sa fierté plusieurs fois lorsqu'elle avait trouvé des réponses.

— Tu n'étais pas dans cette équipe à l'époque, poursuivit Andrews. Mais tu as sans doute appris que c'est elle qui a découvert le voleur de l'hôtel.

— Oui, je suis au courant, confirma Morris, les yeux baissés au sol. Je suppose que je devrais aller m'excuser auprès du patron maintenant.

— Oui, tu devrais. Tu n'iras pas très loin en tant que détective avec cette attitude.

Le Sergent Andrews suivit Morris du regard

dans le couloir. Ce n'est que lorsqu'il vit le détective entrer dans le bureau du commissaire, que le sergent retourna rejoindre ses collègues.

* * *

— J'imagine que tu t'es cru drôle, grogna Alan, au moment où Morris referma la porte derrière lui.

— Je ne peux que m'excuser, dit Morris, en s'approchant du bureau d'Alan. Je ne sais pas ce qui m'a pris.

Il regarda la chaise devant le bureau de l'inspecteur en chef, se demandant s'il serait invité à s'asseoir.

— Eh bien, moi oui ! craqua Alan. Tu t'es cru malin en essayant de prendre le dessus sur le patron.

Morris ne répondit pas. Il baissa simplement les yeux vers le sol. Il savait maintenant qu'il n'y avait aucune chance qu'on l'invite à s'asseoir.

Alan poussa un soupir. Il n'avait jamais aimé cette partie du travail et laissait généralement passer les choses ; il faisait souvent semblant de ne pas avoir entendu quand un officier faisait un commentaire ironique. Mais Morris avait vraiment touché un point sensible aujourd'hui. Il avait essayé de marquer des points en se moquant, non seulement de lui, mais aussi d'Agnès. La seule femme qu'il avait toujours admirée.

— D'accord, tu peux disposer, dit-il enfin. Mais à l'avenir, réfléchis avant d'ouvrir la bouche.

Morris se tourna vers la sortie, mais s'arrêta soudainement lorsqu'un document sur le bureau de l'inspecteur en chef attira son attention.

— Est-ce que ça ira dans mon dossier, monsieur ?

Fâché par l'emportement de Morris dans la salle des incidents, Alan avait demandé que le dossier du détective lui soit envoyé dès son arrivée dans son bureau. Son ton sec avait fait bondir l'employé de bureau et le dossier avait atterri sur son bureau peu après qu'il eût raccroché.

Alan avait eu l'intention de faire de lui un exemple. Mais il s'était ravisé, en repensant à l'époque où il était agent de police. N'avait-il pas aussi été un peu frimeur à certains moments ? Mais, pour autant qu'il le savait, il ne s'était jamais moqué de son officier supérieur.

— Je n'ai pas encore pris ma décision, dit-il lentement. Montre-moi le vrai agent-détective John Morris et je déciderai ensuite.

— Oui, monsieur, merci, monsieur, dit Morris, avant de quitter le bureau.

* * *

Dehors dans le couloir, Morris ferma les yeux et prit une profonde inspiration. Il savait que s'il voulait faire avancer sa carrière de détective, il allait devoir cesser de s'amuser et s'atteler à la tâche.

— Tu dois prouver que tu peux le faire, lui avait dit son père lorsqu'il avait rejoint la police. Pas seulement à moi ou aux hommes avec qui tu vas travailler, mais à toi-même.

Sa mère, fille unique d'un millionnaire, avait de l'influence. Tout le monde voulait faire plaisir à Mme Morris. S'il était arrivé là où il était, c'était parce qu'elle était au bon endroit au bon moment.

Néanmoins, il savait qu'il n'allait pas obtenir une nouvelle promotion sans en être digne. L'inspecteur en chef Alan Johnson avait été clair à ce sujet. Peut-être était-il en train de noter sa stupide boutade dans son dossier à ce moment précis.

En repensant aux derniers mots de l'inspecteur, il se sentit un peu soulagé. Il allait peut-être bénéficier d'un sursis. Maintenant, c'était à lui de montrer à son patron qu'il était capable d'être un bon détective.

Morris se dirigea vers le couloir avec un nouvel état d'esprit. Ces quelques mots avec son patron lui avaient fait comprendre qu'il devait se ressaisir et repartir sur de bonnes bases. Jusqu'à présent, sa mère avait joué un rôle important dans le démarrage de sa carrière. Depuis le moment où il lui avait dit qu'il voulait être détective, elle avait veillé à ce qu'il n'échoue à aucun entretien ou examen.

Au début, il avait pensé que son influence était bénéfique. Il avait passé tous ses entretiens avec brio. Passer les examens avait été un peu plus difficile ; sa mère avait été limitée par la procédure d'examen. Néanmoins, il avait réussi chacun d'entre eux, même si c'était de justesse.

Mais il devait cesser de compter sur elle. Désormais, il devait tenir compte de ce que son père avait dit et progresser dans la chaîne de commandement par ses propres moyens, sans l'intervention de sa mère.

Il regarda le costume qu'il portait. Du cachemire. Très cher, comme tout le reste de sa garde-robe. Lorsqu'il était devenu agent de police, sa mère l'avait emmené dans un magasin à Londres et lui avait commandé trois costumes sur mesure et acheté des chemises et des cravates assorties onéreuses.

— Tu es parfait, avait-elle dit fièrement lorsqu'il les avait essayés à la maison. Tu ne passeras pas inaperçu.

Depuis, il avait été transféré de sa ville natale dans le Surrey verdoyant au quartier général de la police de Newcastle, où ses costumes coûteux et sa coupe de cheveux experte n'avaient impressionné personne – surtout pas ses collègues. Il devait maintenant prouver qu'il était l'un des leurs, qu'ils pouvaient compter sur lui pour les soutenir pendant une enquête. Et non quelqu'un qui s'inquiéterait de voir son costume s'abîmer ou ses cheveux se décoiffer lors d'une altercation avec un suspect.

Il avait espéré que sa boutade dans la salle des opérations aiderait à briser la glace... qu'elle montrerait aux hommes qu'il était l'un des leurs, prêt à rire. Pourtant, personne n'avait ri à son commentaire – personne n'avait même souri. La plupart avaient eu l'air gêné.

À présent, il avait presque atteint la salle des opérations. Il n'avait pas hâte de rejoindre l'équipe, qui attendait probablement qu'il franchisse la porte. Ils feraient très probablement quelques sarcasmes sur le fait que ses jours étaient comptés – s'ils prenaient la peine de lui parler.

Cependant, alors qu'il était sur le point de pousser la porte, celle-ci s'ouvrit et le sergent Andrews sortit dans le couloir.

— Comment ça s'est passé ? demanda Andrews.
— Bien, je pense, hésita Morris, en secouant la tête. Très honnêtement, je ne sais pas.

Andrews hocha la tête d'un air entendu. Il avait été appelé au bureau une ou deux fois au début de sa carrière et il était toujours ressorti de l'entretien sans vraiment comprendre où il en était.

— Tu vas t'en sortir, lui dit le sergent en lui donnant une tape dans le dos. Tu dois juste arrêter de frimer devant tes supérieurs..., ajouta-t-il en jetant un coup d'œil dans la salle des opérations, ... et devant le reste de tes collègues. Maintenant, retourne dans la salle et commence à chercher quelque chose qui nous aidera à trouver l'identité de la victime.

* * *

Une fois que Morris eut disparu dans la salle des opérations, Andrews se retourna pour regarder le long du couloir vers le bureau de l'inspecteur en chef et sourit. Alan l'avait appelé au moment où Morris avait quitté la pièce et lui avait raconté ce qui s'était passé.

— J'allais faire une note sur son dossier, avait dit Alan, mais j'ai eu des doutes. Mais ne le lui dis pas – pas encore, en tout cas. Laisse-le mariner un peu, raconta-t-il et il prit un temps pour réfléchir. Dis aux hommes de ne pas être trop durs avec Morris. Il pourrait s'en sortir si on lui en donne l'occasion.

11

Agnès était à mi-chemin sur le pont du Millénium lorsque l'homme qu'elle suivait freina soudainement.

Pendant un instant, elle crut qu'il se sentait suivi et observé. Elle s'attendait à ce qu'il se retourne pour attraper cette personne. Sa première pensée fut de se figer sur place. Toutefois, elle se força à continuer à marcher. Ce serait un signal d'alarme s'il tournait la tête et la trouvait immobile au milieu du pont, les yeux rivés sur lui.

En fait, il ne se retourna pas. Il plongea simplement la main dans sa poche et en sortit son téléphone portable. Une fois le téléphone sorti, elle put l'entendre sonner.

Agnès poussa un soupir de soulagement lorsqu'il porta le téléphone à son oreille et continua à marcher tout en écoutant son appel. Malheureusement, elle était trop loin derrière pour entendre ce qu'il disait, mais au moins, il ne savait pas qu'elle était là.

À l'autre bout du pont, l'homme traversa le quai et monta les marches en pierre qui menaient au Le Sage Gateshead. Comme il était le seul à emprunter ces escaliers à ce moment-là, elle attendit qu'il soit presque en haut avant de le suivre. Elle ne voyait pas l'intérêt d'attirer son attention sur elle maintenant. Avec un peu de chance, si elle gravit les marches assez rapidement, elle atteindrait le sommet avant de le perdre de vue.

Mais quand Agnès franchit la dernière marche, aucun signe de l'homme. Tentant d'être discrète, elle resta sur place un moment, comme si elle prenait connaissance de la scène environnante.

Il devait déjà être à l'intérieur du Sage, pensa-t-elle tandis qu'elle se dirigeait vers l'entrée.

Il y avait pas mal de monde à l'intérieur, ce qui rendait difficile le repérage d'une personne en particulier. De toute évidence, il y avait une autre attraction cet après-midi. Néanmoins, elle contourna rapidement plusieurs groupes de personnes qui semblaient tous vouloir l'arrêter. C'est comme si l'homme avait compris qu'il était suivi et qu'il avait téléphoné pour orchestrer cette mise en scène.

Finalement, une fois tous les groupes esquivés, après ce qui lui parut une éternité, Agnès l'aperçut. Elle se déplaça de quelques pas sur sa droite afin de le voir plus distinctement. De cette nouvelle position, elle constata qu'il était engagé dans une conversation avec un autre homme. Malheureusement, elle ne pouvait pas voir ce nouvel homme avec précision à cause des personnes qui se trouvaient sur son chemin, mais elle le vit sortir quelque chose de sa poche et le tendre à l'homme qu'elle suivait.

Quoiqu'il lui fut donné, il semblait ravi de le recevoir. Il se pencha en avant et tapa dans le dos de l'homme. À cet instant, elle dut détourner le regard pendant un bref instant, alors qu'un groupe de personnes passait devant elle pour se rendre au café. Le temps qu'elle se retourne, les deux hommes avaient disparu. Apparemment, ils avaient terminé leur entretien et étaient partis chacun de leur côté.

Agnès sortit de la zone bondée en direction des vitrines. Elle se souvint que, lors de sa dernière visite, on avait une vue splendide sur le Tyne et ses ponts. Au moment où elle regarda par la fenêtre, elle aperçut quelqu'un descendre à grands pas le long du chemin en contrebas.

Se mettant sur la pointe des pieds et regardant en bas, elle put distinguer l'homme qu'elle avait suivi jusqu'ici. Il était seul. Dès qu'il avait récupéré ce qu'il était venu chercher, il avait descendu la pente raide pour rejoindre le pont du Millénium. Il était manifestement ressorti par l'autre porte.

Dégoûtée, elle secoua la tête. Pourquoi n'y avait-elle pas pensé ?

Agnès se détourna de la vitre et appuya son dos contre le mur. Elle était curieuse de savoir ce que l'autre homme lui avait donné pour le rendre si exalté. Était-ce de l'argent ? Ce type au manteau noir était-il un tueur ? Était-il venu ici aujourd'hui pour être payé pour le meurtre de l'homme dont elle avait trouvé le corps dans le parc ? Et, en y réfléchissant, où était l'autre homme ?

Agnès commençait à avoir mal à la tête avec toutes les hypothèses qui lui trottaient dans la tête. Elle se retourna et regarda à nouveau par la fenêtre. Plus aucun signe de l'homme. Il avait probablement déjà traversé la moitié du pont.

Néanmoins, Agnès décida de ne prendre aucun risque. Elle ignorait s'il l'avait repérée derrière lui et s'il ne traînait pas quelque part en attendant de voir si elle le suivait vraiment. C'est dans cet état d'esprit qu'elle se dirigea vers le café et commanda une tasse de thé et une énorme brioche à la cannelle.

* * *

De retour au poste de police, l'inspecteur en chef et son sergent reçurent des nouvelles de l'équipe médico-légale. Ils avaient relevé des empreintes digitales à la fois sur le bouton de manchette et sur la pince à cravate.

Malheureusement, ces empreintes n'étaient pas déjà enregistrées dans le système, ce qui signifiait qu'ils devaient lancer une recherche pour retrouver la personne qui avait perdu ces objets. Même ainsi, le propriétaire pourrait n'avoir rien à voir avec le meurtre. Mais il fallait bien commencer quelque part. En revanche, il s'agissait d'objets assez chers. Par conséquent, une bijouterie pourrait se souvenir à qui elle les a vendus. C'était un coup de poker, mais ils devaient poursuivre toutes les pistes.

Ils effectuaient toujours des tests sur le morceau de tissu qu'Alan avait trouvé. Cependant, malgré son état en lambeaux, ils avaient découvert qu'il avait été arraché d'un vêtement en cachemire. En combinant le tissu et les objets trouvés par Andrews, ils pourraient tous provenir de la même personne.

Alan retourna dans la salle des opérations pour informer son équipe.

— Comme vous pouvez le voir, dit-il en montrant les sacs contenant les boutons de manchette et la pince à cravate, ce sont des objets très impressionnants. Je suis sûr que la personne qui les a perdus est dehors et espère les retrouver aussi vite que possible. Des photographies des deux objets vous seront distribuées à tous. Je suggère que vous les apportiez à toutes les bijouteries de la ville.

Alan fit un signe de tête à une agente qui se tenait dans l'entrée et celle-ci se mit à distribuer les photos. Il en prit une et l'épingla sur le tableau.

— Nous ne pouvons pas affirmer que ces objets appartiennent à notre tueur, ajouta l'inspecteur en chef une fois les photos distribuées. Ils ont pu être perdus n'importe où dans le parc ou même dans le Town Moor et ramassés par un oiseau à l'affût des objets brillants. Mais, pour l'instant, c'est la seule piste que nous ayons pour avancer.

— Il est certain que seuls les bijoutiers les plus chers vendraient un objet de cette qualité, déclara l'un des détectives en regardant les photos. Aucun des magasins de la rue principale n'a ce genre de choses en réserve. Il faudrait aller à Londres pour commander quelque chose comme ça.

— C'est vrai ?

Alan se retourna lentement pour faire face au détective qui venait de parler. Il souleva sa manche gauche pour révéler la montre plutôt chère qu'il portait au poignet.

— Mes parents l'ont achetée dans Northumberland Street. Ils ont dit au gérant de la bijouterie exactement ce qu'ils voulaient et il l'a commandée pour eux. Je me souviens que mon père m'a dit que le gérant avait été très serviable. Il a pu retourner à la boutique quelques jours plus tard et la récupérer, entièrement garantie. Par conséquent, inspecteur, nous ne pouvons exclure aucune bijouterie.

Il regarda de nouveau l'équipe.

— Rien d'autre ?

Morris toussa.

— Vous avez quelque chose à ajouter, Morris ? s'enquit Alan, les sourcils froncés.

Il en avait assez de ce type pour aujourd'hui.

— Je peux voir les originaux ? demanda Morris en désignant les sacs de preuves.

— Oui, répondit Alan, en lui tendant les deux sacs. Mais tu ne peux pas retirer les objets. Pas encore, en tout cas.

Morris s'avança et prit les sacs des mains de l'inspecteur en chef. Il examina le bouton de manchette et l'épingle de cravate.

— Connaissez-vous l'un ou l'autre ? demanda Alan.

— Oui, les deux, je pense, marmonna Morris.

— Tu *penses* ? répéta Alan, à bout de patience.

— J'ai donné à mon père une paire de boutons de manchette similaires.

— Évidemment.

Alan n'avait pas l'air surpris. Mais il laissa le jeune détective continuer. Morris retourna les sacs et regarda l'envers de l'épingle de cravate et du bouton de manchette. Cependant, l'inscription trop petite ne pouvait être lue clairement.

— Je suis sûr que l'équipe médico-légale a déjà agrandi l'écriture au dos des objets, souleva-t-il, en fixant toujours les sacs de preuves. Ils les ont fait remonter ?

Alan était plutôt décontenancé. C'était la dernière chose qu'il s'attendait à entendre de la part de Morris. Il se sentit soudain tout petit face à ses remarques plutôt tranchantes d'il y a quelques instants.

— Bien sûr, dit Alan en reprenant rapidement ses esprits.

Il jeta un regard à son sergent et fit un signe de tête vers la table. Andrews distribua les photos, en en remettant d'abord une à Morris.

— Quelqu'un a-t-il quelque chose d'autre à dire qui pourrait aider à l'enquête ? interrogea Alan, pendant que Morris méditait sur la photo.

Comme personne ne répondait, l'inspecteur en chef se tourna vers Morris.

— Et toi ?

— Eh bien, je peux vous dire que les articles ont été fabriqués en Allemagne, pointa-t-il. Les marques sont exactement les mêmes que celles qui m'ont été données en cadeau il y a quelques années par un ami allemand. Il me les a offerts durant une visite, parce qu'ils ne seraient pas disponibles dans les magasins ici, étant fabriqués par une petite entreprise – un père et son fils, je crois – qui n'exportait pas beaucoup leurs bijoux. Seulement si un bijoutier commandait un ensemble à titre privé. Je ne porte pas de boutons de manchette, alors je les ai donnés à mon père. Mon ami a aussi apporté à ma mère un très joli collier.

— Tu penses que le tueur est allemand ? demanda Andrews.

— Non, pas du tout, contra Morris, en levant rapidement les yeux vers l'inspecteur en chef et le sergent Andrews. Les objets ont pu être achetés par un Britannique pendant ses vacances. Ou, comme l'a dit l'inspecteur en chef, quelqu'un aurait pu les commander dans un magasin quelque part à Newcastle.

Morris regarda à nouveau les photos.

— Mais je sais qu'ils sont chers. Donc je suis sûr que le type doit être furieux de les avoir perdus.

12

Agnès remonta son col à sa sortie du Sage. Le temps semblait s'être rafraîchi depuis qu'elle était entrée dans le bâtiment. Ou bien était-ce simplement très chaud là-dedans ? Quelle qu'en fût la raison, elle sentait le froid maintenant qu'elle se trouvait dehors. Elle descendit lentement les marches et traversa le pont du Millénium.

Sans montrer de façon flagrante qu'elle les observait, Agnès jetait un regard furtif à chaque personne qui passait. Pour autant qu'elle le savait, l'homme au manteau noir pouvait être l'un d'entre eux.

De retour de l'autre côté du fleuve, elle décida de faire un saut dans son café préféré pour prendre un verre de vin. Lorsque le temps était clément, elle choisissait habituellement de s'asseoir à l'une des tables extérieures. Toutefois, comme elle était frileuse aujourd'hui, elle opta pour une table à l'intérieur.

Agnès sirota son vin en repensant aux événements de la journée. Il s'était passé tant de choses qu'il était difficile de croire qu'elle était arrivée dans le Tyneside il y a seulement un jour. Elle était impatiente de dire à Alan qu'elle avait vu l'homme du parc sur le quai et qu'elle l'avait suivi jusqu'au Sage. Mais, à la réflexion, elle se demanda s'il ne valait pas mieux garder le silence sur cette dernière partie.

Alan ne serait certainement pas très heureux à l'idée qu'elle suive la personne qu'il croyait la suivre dans le parc. Mais en même temps, elle ne pouvait pas se contenter de lui raconter une partie de l'histoire. Après tout, elle avait vu l'homme rencontrer quelqu'un d'autre et, pendant qu'ils étaient ensemble, ils avaient échangé quelque chose. Cela pourrait s'avérer important pour l'affaire. Alan devait pouvoir lui faire confiance.

Elle repensa au moment où ils s'étaient rencontrés la veille. Était-ce vraiment seulement hier ? Il s'était déroulé tellement de choses dans les dernières vingt-quatre heures que cela semblait beaucoup plus long. Pourtant, ce n'était que la veille qu'elle lui avait dit combien la vie ici lui avait manqué. Mais elle s'était sentie incapable de lui avouer exactement à quel point être en sa compagnie lui avait manqué. Même hier soir, elle avait contourné la question au lieu de lui confier la vérité. Pourquoi avait-elle fait ça ?

Mais c'était une question stupide. Au fond d'elle, elle savait pourquoi – c'était à cause de son défunt mari.

Jim avait été un mari merveilleux et un père formidable pour leurs deux charmants garçons. Maintenant, elle craignait de trahir l'amour qu'il leur portait si elle s'engageait dans une relation avec un autre homme.

Elle se débattit avec ses pensées et, tandis qu'elle était assise à regarder dans le vide, les larmes lui montèrent aux yeux.

Que penserais-tu si Alan et moi étions ensemble, Jim ? pensa Agnès en faisant tourner le pied de son verre entre ses doigts. *Aurais-tu l'impression que je t'ai laissé tomber ou me donnerais-tu ta bénédiction ? J'ai besoin de savoir où aller à partir de maintenant...*

Une ombre tomba sur la table et une voix familière s'immisça dans ses pensées.

— Ça va ?

Agnès ferma les yeux. C'était presque comme si Jim avait écouté ses pensées et était intervenu en envoyant Alan au café.

— Oui, Alan. Je vais bien, dit-elle, sans lever les yeux. Pourquoi ?

— Aucune raison, répondit Alan en se glissant dans le siège à côté d'elle.

La larme roulant sur sa joue n'aurait pu passer inaperçue, mais Alan ne le souleva pas.

— Alors, que fais-tu ici ? demanda Agnès. Question stupide. Je suppose que tu me cherchais. Sinon, pourquoi serais-tu ici ?

— Je me suis arrêté à l'hôtel pour voir si tu allais bien. Une fois que la fille de la réception a constaté que tu n'étais pas dans ta chambre, j'ai pensé essayer ici, car je sais que c'est ton endroit préféré sur les quais.

— T'es passé ? gloussa Agnès. En chemin vers... où ?

— Bon, je me suis absenté du bureau pendant quelques minutes, admit Alan, en haussant les épaules. Je ne sais pas pourquoi. J'ai juste eu l'envie soudaine de savoir que tu ne t'étais pas précipitée vers le parc au moment où je suis parti.

— Non, je ne suis pas retournée au parc. Je n'en avais pas besoin, car j'ai vu l'homme que tu pensais me suivre. Il se tenait devant l'hôtel et j'ai décidé de le suivre.

Elle marqua une pause, s'attendant à ce qu'Alan intervienne en disant qu'elle devait rester à l'écart des problèmes ou quelque chose de ce genre. Mais comme il ne dit rien, elle continua.

— Je l'ai suivi jusqu'au Sage et je l'ai vu

rejoindre un autre homme, mais ensuite je l'ai perdu dans la foule.

Alan poussa un lourd soupir.

Agnès ne pouvait pas dire si c'était un soupir de soulagement parce qu'elle n'avait pas été capable de l'approcher, ou un signe de désespoir pour avoir suivi l'homme en premier lieu. Mais, à la réflexion, ils signifiaient la même chose : il était inquiet pour elle.

Elle poursuivit en lui racontant comment elle était restée dans le Sage, ne partant que lorsqu'elle pensât que l'homme avait bel et bien quitté les lieux.

— Merci pour ça, dit Alan.

Il leva les yeux vers le bar et fit un signe de tête.

— Un grand café noir très fort, commanda-t-il, avant de se retourner. Agnès, si quelque chose t'arrivait, je ne saurais pas quoi faire.

Agnès saisit la main d'Alan.

— Attends, ce n'est pas tout.

— Qu'est-ce que tu as fait d'autre ? s'empressa de demander Alan, soudain inquiet.

— Rien, répondit Agnès.

Elle était sur le point de lui révéler la véritable raison de l'interruption de son séjour en Australie, mais elle perdit soudain son sang-froid.

— Je suis venue ici et j'ai commandé un verre de vin, ajouta-t-elle en faisant un geste vers son verre.

Pour l'amour de Dieu, qu'est-ce qui me prend ? Pourquoi ne puis-je pas simplement dire à cet homme combien il m'a manqué pendant mon absence ? Ce n'est pas du tout mon genre. D'habitude, je suis si franche – trop franche, parfois.

Agnès saisit son verre et en but une grande gorgée. Après l'avoir reposé sur la table, elle se tourna vers Alan.

— Ce que j'essaie vraiment de dire, Alan, c'est que tu m'as manqué quand j'étais en Australie.

Les mots s'échappèrent de ses lèvres avant qu'elle ne perdît à nouveau son sang-froid. Elle ne pouvait qu'espérer qu'ils soient compréhensibles.

— Oui, tu l'as dit hier soir. Mais c'est agréable de t'entendre le dire à nouveau.

— Non. Non, Alan, tu ne comprends pas. Oui, cette chère vieille Angleterre m'a manqué, et oui, Tyneside m'a beaucoup manqué, mais la vérité est que... *tu* m'as manqué. *Tu* es la raison pour laquelle j'ai écourté ma visite avec mes deux merveilleux garçons et leurs familles en Australie. C'est à cause de *toi* que j'ai pris un vol plus tôt pour rentrer chez moi.

Alan ne dit pas un mot. Il resta simplement assis là, à la regarder fixement.

— Eh bien, pour l'amour du ciel, dis quelque chose, dit Agnès, avant de prendre une autre grande gorgée de son verre de vin. Ai-je dit quelque chose de mal ? J'arrive toujours à faire des erreurs avec toi...

— Tu le penses vraiment ? demanda enfin Alan. Je t'ai manqué à ce point ?

Agnès émit un sourire de soulagement.

— Oui, espèce d'idiot.

Avant qu'Alan ne pût ajouter quoi que ce soit, le serveur arriva avec son café et il se mit à chercher son portefeuille à tâtons.

— Mettez ça sur ma note, dit Agnès, avec un sourire.

Le serveur acquiesça et posa le café sur la table avant de retourner au bar.

— J'avais hâte que tu reviennes, Agnès. En fait, j'ai compté les jours jusqu'à ce que tu annonces que tu rentrais en avion. Bien que je n'étais pas vraiment sûr que tu reviennes dans le Tyneside. J'avais l'idée que tu pourrais décider de déménager en Australie. Tu sais... pour être plus proche de ta famille. Ou, même si tu revenais en Angleterre, tu aurais très bien pu décider de rester dans l'Essex. Ce doit être très joli là-bas au printemps.

— Oui, c'est très agréable à cette époque de l'année.

Agnès sourit en réfléchissant au village où elle vivait. Près de sa maison, il y avait un grand espace vert avec un étang sur le côté. Tout était si joli et si bien entretenu. Le conseil paroissial y veillait. Non loin de là se trouvait la gare, qui permettait aux banlieusards d'accéder facilement à Londres.

— Mais il y a quelque chose à propos de la région ici et toi qui me manquent vraiment.

— Je vois. J'arrive en deuxième position !

— Non ! Je ne voulais pas dire ça. Je voulais dire...

Elle s'arrêta brusquement quand elle vit le large sourire sur le visage d'Alan. Elle lui donna un coup de poing dans le bras.

— Tu savais exactement ce que je voulais dire.

À ce moment-là, quelqu'un passant devant la fenêtre du café attira

son regard.

— Ça alors ! s'exclama-t-elle.

— Qui y a-t-il ? demanda Alan, puis il tourna rapidement la tête vers la fenêtre. Qu'as-tu vu ?

— *Qui* ai-je vu, plutôt, répondit-elle, en se baissant rapidement pour cacher son visage sous la table. C'est l'homme que nous avons vu dans le parc, siffla-t-elle, de quelque part sous la table. L'homme que j'ai suivi plus tôt. Il est dehors. Il porte toujours le manteau sombre. Qu'est-ce qu'il fait maintenant ?

Un serveur qui passait remarqua Agnès penchée sous la table et s'abaissa pour lui parler.

— Vous avez perdu quelque chose ? Puis-je vous aider ?

Il avait un fort accent italien.

— Non merci, je vais bien.

— Ne vous inquiétez pas, elle va bien, interrompit Alan. Mon amie effectue un cours d'exercices. C'est censé aider son problème de dos. Son chirurgien a dit que ça lui ferait le plus grand bien de se pencher en position assise plusieurs fois par jour. C'est une de ces nouvelles idées médicales.

Le serveur se leva et redressa sa chemise.

— Ah ! Oui, bien sûr, dit-il, comme s'il avait lu quelque chose sur un tel procédé. J'espère que ça marchera, ajouta-t-il, avant d'aller débarrasser une table voisine.

— Il est parti ? J'ai l'impression d'être une idiote ici.

— Qui est parti, le serveur ou l'homme ? demanda Alan.

— L'homme, bien sûr, murmura Agnès. Je sais que le serveur est parti.

— Oui, l'homme est parti. Il est parti il y a une éternité. Il est passé juste devant le café. Il n'a même pas pris la peine de regarder à l'intérieur.

— Et tu n'as pas pensé à me le dire ! s'exclama Agnès, en reprenant sa position à la table et en lissant ses cheveux, même s'ils n'avaient pas bougé d'un pouce. Où est-il allé ?

— Il est passé par le pont, répondit Alan, qui

semblait très détendu par rapport à toute cette histoire.

Il prit une gorgée de café.

— Et ça ne t'intéresse pas de savoir pourquoi il rôde encore sur le quai ? Ou même ce qu'il faisait ici en premier lieu ? souligna Agnès, les yeux fixés sur Alan.

— Bien sûr que si. Pendant que tu fouillais sous la table, j'ai rapidement appelé Andrews et je lui ai dit de venir ici avec deux détectives dès que possible. Avec un peu de chance, le gars reviendra par là, comme il vient de le faire, et ils pourront le suivre.

— Votre dos va bien maintenant, oui ?

Agnès leva rapidement les yeux pour voir le serveur qui lui avait parlé plus tôt.

— Oui, merci. Les exercices m'aident bien.

— C'est bien, dit-il dit, puis il alla prendre une commande à la table voisine.

Agnès se retourna pour faire face à Alan, qui, elle le devinait, s'efforçait de garder son sérieux.

— Ça te plaît, n'est-ce pas ?

— Pas vraiment... enfin, peut-être un peu, répondit-il, avant d'éclater de rire.

— Toi...

Cependant, avant qu'elle ne puisse dire autre chose, elle secoua la tête et se mit à rire.

À ce moment-là, le sergent Andrews entra dans

le café et jeta un coup d'œil autour de lui. Il repéra l'inspecteur assis avec Mme Lockwood et se dirigea vers eux.

— Ok, à quoi ressemble ce type et as-tu vu où il est allé ?

— Il a traversé le pont, déclara Alan, avec un geste vers le pont du Millénium. C'est la deuxième fois aujourd'hui qu'il traverse le pont. Mme Lockwood l'a vu plus tôt et l'a suivi jusqu'au Sage. Il y a rencontré quelqu'un avant de disparaître par l'entrée arrière. Il est rasé de près, a les cheveux bruns, plutôt bien coupés et porte un pardessus noir.

Alan regarda Agnès pour confirmation. Elle hocha la tête.

— C'est tout ? demanda Andrews, en jetant un coup d'œil vers la fenêtre. Cette description pourrait correspondre à un certain nombre de personnes là-bas.

Il fit un signe de tête en direction de toutes les personnes qui s'agitaient sur le pont. Alan se tourna vers Agnès.

— As-tu quelque chose à ajouter ?

Agnès ferma les yeux et repensa à ce qui s'était passé plus tôt dans la journée.

— Son manteau a une doublure rouge vif et brillante. C'est la première chose que j'ai remarquée dans le parc.

Elle soupira, ouvrit les yeux et regarda le sergent. Il la fixait comme s'il attendait quelque chose d'autre.

— Mais ce n'est pas suffisant, n'est-ce pas ?

Andrews regarda son patron et celui-ci secoua la tête.

— Je peux difficilement me pavaner sur les quais en soulevant les pardessus des hommes pour vérifier si la doublure est rouge avant de commencer à les suivre.

Agnès pensa soudain à autre chose concernant cet homme. Quelque chose qu'elle avait remarqué en l'observant à travers ses jumelles depuis la fenêtre de l'hôtel. Elle était tellement occupée à s'assurer qu'il s'agissait bien du même visage que celui qu'elle avait vu dans le parc, qu'elle n'avait pas vraiment noté ce détail supplémentaire. Mais maintenant, ce petit détail qu'elle avait presque manqué pourrait se révéler très important.

— Attendez !

Agnès posa son verre sur la table et ferma à nouveau les yeux, essayant désespérément de se rappeler la scène.

Quelques secondes plus tard, elle les ouvrit et fixa le sergent Andrews.

— Il a une marque de couleur foncée sur le dos d'une de ses mains, déclara-t-elle, triomphante. Je ne peux pas dire avec certitude ce que c'est. Ça pourrait être un tatouage ou une tache de naissance.

— Merci, dit Andrews.

Il lança un coup d'œil à son patron.

— Je suppose que tu me laisses faire ?

— Oui, répondit Alan. Si ce n'est que tu dois t'assurer que les hommes sont bien répartis. Si cet homme *est* notre tueur, on ne veut pas qu'il ait vent du fait qu'il est suivi. Il suffit de le surveiller. Observe ce qu'il fait et où il va et fais-moi un rapport. On pourrait trouver quelque chose, ou ça pourrait être une immense fausse piste. Pour l'instant, on n'a rien sur lui.

Alan jeta un coup d'œil aux détectives qui attendaient dehors. Ses yeux se fixèrent sur l'un d'entre eux.

— Est-ce un choix judicieux ? demanda-t-il en haussant les sourcils.

— Je pense que oui.

— D'accord, sergent. C'est ta décision.

Andrews acquiesça avant de se diriger vers la porte.

— Qu'est-ce qui s'est passé ? demanda Agnès, en scrutant les hommes à l'extérieur. Qui n'es-tu pas heureux de voir impliqué ?

— Ce sont tous des hommes bien. C'est juste que l'un d'entre eux est nouveau, répondit Alan, en observant toujours le détective Morris tandis qu'Andrews leur donnait leurs ordres.

— Tu n'es pas censé être de service ? s'enquit Agnès, en changeant de sujet. Ne devrais-tu pas être là-bas avec tes hommes ?

— J'ai quelques heures de congé qui me sont dues et j'ai soudainement décidé de les prendre cet après-midi.

— Quand as-tu décidé ça ?

— Au moment où tu m'as dit que je t'avais manqué pendant ton absence.

— T'as le droit de faire ça ? voulut savoir Agnès, la tête penchée vers la droite. Après tout, tu *travailles* sur une affaire, n'est-ce pas ?

Alan fit de même en inclinant la tête sur le côté gauche.

— Ils me sont redevables. De plus, mon sergent sait exactement où je suis s'il a besoin de moi. Andrews est un homme bien. Il mérite de prendre la tête de temps en temps.

— Alors, pourquoi ne pas te joindre à moi pour un verre de vin ? demanda Agnès, timidement.

— Parce que, on ne sait jamais, on pourrait avoir besoin de moi plus tard dans la journée.

— Donc, tu n'es pas vraiment en congé après tout, n'est-ce pas ?

13

À l'extérieur du café, le sergent Andrews donna ses instructions aux détectives. Il souligna qu'ils n'étaient pas là pour procéder à une arrestation. Ils devaient simplement rechercher l'homme en question et, s'ils l'apercevaient, le suivre aussi loin que possible.

— Si vous avez le moindre soupçon que vous avez été démasqué, appelez le commissariat et demandez à un nouveau collègue de prendre la relève. C'est compris ?

Les détectives hochèrent la tête.

— Vous devez comprendre qu'à ce stade, nous n'avons rien sur cet homme, poursuivit Andrews. Pour le moment, nous gardons juste un œil sur ses mouvements. Des questions ?

Comme personne n'avait rien à dire, il répartit

les hommes. Deux d'entre eux se placèrent à l'extérieur du café en donnant l'impression de lire leurs journaux, tandis qu'Andrews, accompagné de Morris, traversa lentement le pont en direction de la Galerie d'art baltique.

Ni l'un ni l'autre ne dit mot avant d'être presque à mi-chemin du fleuve.

— Je suis surpris que vous m'ayez choisi, avoua brusquement Morris.

Après son épisode avec l'inspecteur en chef, il avait pensé qu'il n'aurait pas l'occasion d'aider sur une affaire avant un bon moment.

— Pour cette mission, je veux dire, ajouta-t-il. Vous savez, après ce qui s'est passé avec le patron.

Il fit une pause, car il pensa soudain à quelque chose.

— Est-ce qu'il sait que je suis là ?

— Oui, il le sait, alors ne fais pas d'erreur, répondit sèchement Andrews. Garde les yeux ouverts et si tu vois quelqu'un qui ressemble à la description qui nous a été donnée, informe-moi simplement – mais surtout, fais-le discrètement. Ne fais ou ne dis rien qui lui permettrait de savoir qu'il est suivi.

Andrews fit quelques pas, puis s'arrêta. Gêné par sa brusquerie, il indiqua à Morris de se mettre sur le côté du pont.

— Écoute, je ne voulais pas paraître si direct, dit-il, en ne quittant pas des yeux les personnes qui passaient, mais t'as été un idiot au bureau. Personne ne se moque de l'inspecteur en chef. Il aurait pu te faire transférer. Mais il ne l'a pas fait. Il m'a dit qu'il a décidé de te donner une autre chance. Et c'est ce que je fais maintenant : te donner une autre chance. Alors, ne la gâche pas.

— Je ne la gâcherai pas, confia Morris en acquiesçant.

— Bon. Maintenant, revenons à la question qui nous occupe, reprit Andrews, en jetant un regard en arrière vers le café pendant qu'il parlait.

Il espérait que l'inspecteur en chef ne l'avait pas vu. Il aurait pu avoir une mauvaise impression et penser qu'ils s'étaient arrêtés pour admirer la vue sur le fleuve depuis le pont. Cependant, avec un peu de chance, il était peut-être en train de discuter avec Mme Lockwood et avait manqué leur bref interlude.

Néanmoins, Andrews savait que l'inspecteur en chef ne manquait jamais rien. Après avoir travaillé avec lui ces deux dernières années, il en était venu à la conclusion que l'inspecteur en chef avait des yeux derrière la tête.

* * *

— Comment ça, je ne suis pas en congé ? s'exclama Alan. Bien sûr que je le suis. Je pourrais être dehors à la tête des détectives, mais je suis ici avec toi.

— Pourtant, tu ne les as jamais quittés des yeux, dit Agnès. Allez, Alan, admets-le. Même quand tu n'es pas censé être de service, ton attention est toujours portée sur les hommes. Ne te méprends pas. Je pense que c'est génial. Je ferais la même chose. Tu dis qu'une fois que je me mets les pieds dans quelque chose, je ne peux plus le lâcher – mais toi non plus.

— Tu as raison, soupira Alan. J'ai dit à Andrews que je m'en remettais à lui. Pourtant, comme tu le dis, je suis assis ici, en pleine vue des détectives, à observer chacun de leurs mouvements. Comment puis-je ne pas être intéressé par ce qui se passe ?

— Alors que penses-tu que ton sergent disait à l'autre inspecteur, pendant qu'ils discutaient sur le pont ?

— Je sais exactement ce qu'ils disaient, répondit Alan. Mais c'est un peu personnel, alors restons en là.

— Ok.

Il était évident qu'elle n'arriverait à rien avec sa question. Il valait donc mieux laisser les choses tomber, du moins pour l'instant.

* * *

Alors que les deux détectives venaient d'atteindre l'autre côté du pont, Morris aperçut l'homme portant un pardessus noir. Il marchait dans leur direction.

— Ne regardez pas maintenant, mais je vois quelqu'un qui correspond à la description du type que nous recherchons. Il se dirige par ici, avertit Morris. Il a descendu les marches menant à la Sage.

— Ok, dit Andrews. Alors, dis-moi, qu'est-ce qu'il fait maintenant ?

— Il vient toujours dans notre direction. Je pense qu'il pourrait retourner sur le pont.

— Bien. Garde les yeux ouverts. On cherche une doublure rouge à l'intérieur du manteau et un tatouage ou une tache de naissance sur l'une de ses mains. Où est-il maintenant ?

— Presque à notre hauteur.

— Je vais aller par-là, dit Andrews, en parlant assez fort pour que l'homme puisse l'entendre. Je pense que je vais prendre une meilleure photo du Tyne Bridge. Attends ici. Je vais en prendre une de toi avec la Baltic Gallery en arrière-plan. Je pourrais l'envoyer à ta femme, ajoute-t-il en montrant son téléphone.

— Oui, elle adorerait ça, répondit Morris, qui comprit rapidement qu'Andrews saisissait l'occasion de le photographier.

Au passage de l'homme, Andrews put apercevoir

une marque sur sa main gauche. Morris, qui fit semblant de poser pour la photo, vit un éclair rouge lorsque la brise souleva légèrement le bord du manteau de l'homme. C'était leur homme – aucun doute là-dessus.

— C'est lui. Nous devons le rattraper, dit Morris avec excitation et il se serait mis à courir si Andrews ne l'avait pas retenu par le bras.

— Que diable penses-tu faire ? siffla Andrews. On est seulement ici pour observer ce type sans être vus. Tu étais sur le point de tout faire foirer !

— Je suis désolé. Je me suis laissé emporter, s'excusa Morris, la tête baissée. Ça ne se reproduira pas.

— Bien sûr que ça ne se reproduira pas ! s'emporta Andrews.

Il n'avait pas le temps d'en dire plus sur le moment. Il devait entrer en contact avec l'un des détectives qui attendaient de l'autre côté du fleuve. Il composa un numéro dans son téléphone.

— Notre homme est en train de traverser le pont, dit-il, aussitôt que le détective répondit. Je t'envoie une copie de la photo que je viens de prendre. Tu ne peux pas le manquer. Il est seul et personne d'autre ne porte un manteau noir. La marque dont je vous ai parlé se trouve sur sa main gauche, mais je doute que vous puissiez la voir d'où vous êtes. Attendez de savoir quelle direction il prend avant que l'un de vous ne fasse un geste. Compris ?

— Compris, répéta le détective.

Andrews ferma son téléphone et fit un signe de tête à Morris.

— Allons-y. Je dois faire un rapport à l'inspecteur.

14

Jones, le détective qui avait pris l'appel, regarda la photo avant de remettre lentement le téléphone dans sa poche. Il ne pouvait plus observer le pont aussi clairement maintenant, car plusieurs personnes s'étaient installées aux tables devant lui. Bien que nous n'étions encore qu'en mars et qu'il faisait assez froid, il était surprenant de voir combien de gens préféraient encore s'asseoir dehors et admirer la vue.

Jones savait qu'il ne devait pas soudainement tourner la tête pour scruter les gens qui quittaient le pont. Tout le monde se demanderait ce qu'il cherchait et se retournerait pour voir ce que c'est. C'était la dernière chose qu'il voulait.

Calmement, il traversa la table jusqu'à l'endroit

où Smithers, un collègue détective, était assis. Il donnait l'impression à tout observateur que ses yeux étaient fixés sur son journal – alors qu'en réalité, il examinait les personnes qui descendaient du pont.

— Je viens d'avoir un appel avec de bonnes nouvelles, lui annonça Jones. Le vol va atterrir sous peu.

— C'est génial, dit Smithers, en levant les yeux de son journal. J'imagine que nous devrons partir sous peu pour aller les chercher.

— Oui, mais tu devras prendre les devants. Ça fait longtemps que je ne l'ai pas vu. Je doute que je le reconnaisse.

Smithers acquiesça, en comprenant que Jones ne pouvait pas voir cette extrémité du pont. Jones et lui travaillaient ensemble depuis un certain temps déjà et ils avaient leur propre façon de converser lorsqu'ils étaient sur une affaire. Toute personne qui les écoutait croyait simplement qu'ils avaient une conversation informelle.

— Je suppose qu'il portera son manteau noir habituel ? dit Smithers.

— Oui, c'est ce qu'on m'a dit. Probablement la seule personne sur le vol portant un manteau noir.

— Oui, il a toujours eu un faible pour les manteaux noirs, rit Smithers.

Durant toute la discussion, jamais Smithers ne quitta des yeux les personnes qui descendaient du pont. Bien qu'ils soient bien emmitouflés, aucun des hommes ne portait de manteau. La plupart portaient quelque chose de plus décontracté, comme des vestes matelassées ou polaires. Puis, il aperçut soudain un homme vêtu d'un pardessus noir qui se dirigeait vers l'extrémité du pont.

— Dans ce cas, je vais pouvoir le repérer assez facilement, souligna-t-il, en continuant à rire. L'homme en noir.

— Super ! répondit Jones. Allons-y.

Les deux détectives attendirent de savoir quelle direction l'homme prenait. Dès qu'il devint évident qu'il s'éloignait d'eux, ils se levèrent et se dirigèrent lentement vers l'extrémité du pont du Millénium. À présent, « l'homme en noir », comme Smithers l'avait nommé, détenait une bonne longueur d'avance sur eux.

Néanmoins, ne voulant pas griller leur couverture, ils continuèrent à le suivre à une certaine distance derrière eux. Mais une fois que l'homme eut franchi le coin, ils prirent un peu de vitesse et les deux hommes atteignirent le bord du café à temps pour voir leur cible traverser la route.

— Bien, dit Jones. Quelle que soit la direction qu'il prenne, je traverserai la route et le suivrai par-derrière, pendant que vous le suivrez de ce côté. Si l'un d'entre nous est distrait, pour quelque raison que ce soit, l'autre continue. D'accord ?

Smithers acquiesça. Ils avaient déjà fait cela auparavant ; le travail passait toujours en premier.

Toutefois, les deux hommes furent pris par surprise lorsque l'homme en noir ne se dirigea pas vers le quai, mais vers le grand bâtiment juste en face d'eux.

* * *

Le sergent Andrews et le détective Morris avaient rejoint l'inspecteur en chef et Agnès au café. En entrant dans le bâtiment, Andrews avait délibérément fait croire qu'ils avaient soudainement repéré de vieux amis alors que lui et son compagnon étaient passés prendre un café.

— Je suppose que Jones et Smithers le suivent maintenant, donc il pourrait se passer un certain temps avant que nous ayons des nouvelles d'eux. Ce type peut aller n'importe où, conclut Andrews, après avoir mis l'inspecteur en chef au courant.

Cependant, il venait à peine de terminer sa dernière phrase que son téléphone se mit à sonner.

— C'est Jones, annonça Andrews en découvrant le nom qui apparaissait sur l'écran.

Le sergent s'éloigna de l'inspecteur en chef lorsqu'il prit conscience de ce que Jones lui disait.

— T'es sûr ? demanda Andrews. Il est vraiment allé là-bas ? Je veux dire, il n'est pas en train de rôder dehors en attendant quelqu'un ?

Le sergent prit une profonde inspiration tandis que Jones confirmait sa déclaration.

— Smithers l'a suivi à l'intérieur pour voir ce qu'il fait, précisa Jones. On a décidé que si on entrait tous les deux, ça pourrait paraître suspect. De plus, s'il sort, je peux prendre le relais et continuer à le suivre.

— Je suis d'accord. Vous savez ce que vous faites. Mais tenez-moi au courant.

Andrews ferma lentement son téléphone et regarda Alan. Il pouvait voir à l'expression du visage de l'inspecteur en chef qu'il était impatient de savoir ce qui se passait.

— L'homme en noir, comme l'ont nommé les détectives, est entré dans l'hôtel Millennium.

Il lança un rapide coup d'œil à Agnès, avant de se retourner vers l'inspecteur en chef.

— Smithers l'a suivi dans l'hôtel pour voir ce qu'il faisait. Il pourrait simplement rendre visite à un client. Si c'est le cas, Jones attend dehors, prêt à continuer à le suivre. C'est une bonne équipe. Ils savent ce qu'ils font.

— Oui, je suis d'accord, dit Alan.

Il avait souvent admiré la façon dont les deux détectives travaillaient ensemble. C'était presque comme si chacun savait ce que l'autre pensait.

Il porta son attention sur Agnès. Elle n'avait pas dit un mot. Cela ne lui ressemblait pas du tout. Elle avait l'habitude de donner son avis, qu'on le lui demande ou non. Il devait y avoir quelque chose qui la préoccupait.

— Ça va ? demanda-t-il doucement.

— Oui, je crois, répondit Agnès, lentement. Je suis en train de réfléchir.

— Pourquoi ne pas en parler avec nous ? Ça pourrait aider.

Agnès acquiesça et entreprit de nous faire part de ses pensées.

— Quand j'ai vu l'homme sur le quai plus tôt dans la journée, il regardait l'hôtel et je me suis demandé s'il ne m'avait pas suivie depuis le parc. Mais ensuite j'ai écarté l'idée, en pensant que j'étais probablement paranoïaque.

Elle hésita, tout en réfléchissant à ce qu'elle voulait dire ensuite.

— Mais maintenant, je commence à penser que mes premières pensées sur « l'homme en noir » étaient correctes, expliqua-t-elle, en faisant des guillemets dans l'air. Est-il possible qu'il m'ait observée pendant qu'on me déposait à l'hôtel et que maintenant il soit là à me chercher ?

— Si c'est le cas, alors Smithers le comprendra. Je ne veux pas que tu t'inquiètes à ce sujet. Comme je l'ai dit, Smithers est un homme bon. Il se fera un devoir d'écouter chaque mot du suspect et...

— Attends ! intervint Agnès, en riant. Je suis désolée. Je pense que j'ai dû te donner une mauvaise impression. Je ne suis pas inquiète qu'il sache où je loge.

Agnès baissa le regard vers le sol, en réfléchissant à ce qu'elle venait de dire.

— Désolée, c'était stupide, dit-elle en relevant les yeux. Bien sûr que je suis inquiète pour ma sécurité ! Mais si cet homme *me* cherche, alors nous saurons que nos soupçons à son égard sont fondés, ce qui signifie que nous avons eu raison de le surveiller.

— *Nous* ? s'aventura Alan.

— Oui ! *Nous* ! répondit-elle sèchement.

Elle toussa. Elle n'avait pas voulu paraître si dure.

— Désolée, Alan, se reprit-elle, avec un sourire. Je croyais qu'on avait un accord.

Ce fut Andrews qui rompit le silence gênant qui suivit.

— Il est possible que notre suspect ait déjà séjourné à l'hôtel. Il a très bien pu prendre l'ascenseur et monter directement dans sa chambre.

— Oui, c'est possible, répondit Alan, tout en

ayant l'air d'en douter. Tout ce que nous pouvons faire maintenant, c'est attendre d'avoir des nouvelles de Smithers ou de Jones avant de tirer des conclusions hâtives.

* * *

Smithers suivit l'homme dans l'hôtel, en prenant soin de rester bien derrière lui. Il s'arrêta près d'une collection de prospectus, pour donner l'impression qu'il était intéressé par les événements à venir dans la région. Cependant, il veilla à ce que le suspect soit toujours dans sa ligne de mire.

Smithers n'était jamais entré dans cet hôtel auparavant. En jetant un coup d'œil à sa tenue, il se sentit soudain déplacé. Bien qu'il eût un œil sur leur suspect, il n'avait pas manqué de remarquer que les autres personnes qui circulaient dans la zone de réception étaient élégamment habillées. Son manteau gris et son pantalon noir, qui avaient connu des jours meilleurs, le mettaient mal à l'aise. Même sa chemise, qui dépassait de son manteau déboutonné, était légèrement froissée. Mais au moins, elle était propre.

Depuis que sa femme l'avait quitté il y a quelques mois, ses vêtements n'étaient plus repassés. Heureusement, il savait comment utiliser la machine à laver et le sèche-linge. Cependant, le repassage figurait toujours en bas de son agenda.

À la réflexion, il aurait peut-être mieux valu que Jones suive l'homme à l'intérieur de l'hôtel ; au moins, il portait une veste assortie à son pantalon. Mais il était trop tard maintenant. Il était ici et il devait en tirer le meilleur parti.

Du coin de l'œil, il pouvait voir que l'homme était arrivé au comptoir. C'était l'heure d'avancer et d'écouter ce qu'il racontait à la réceptionniste. Prenant un dépliant sur l'un des spectacles à venir dans la ville, Smithers se dirigea vers le comptoir.

Ne voulant toujours pas attirer l'attention sur lui, Smithers se tint à quelques mètres de l'homme en noir qui se pencha pour parler à la réceptionniste. Bien que le suspect gardât la voix basse, Smithers se tenait assez proche pour capter la majorité la conversation.

— Je me demandais si vous n'auriez pas une chambre libre ce soir et peut-être pour les deux prochaines nuits, s'enquit l'homme.

— Je vais vérifier, répondit la réceptionniste, qui se tourna vers l'ordinateur.

Après avoir tapé quelques touches sur le clavier, elle se retourna vers lui et sourit.

— Il semble que vous ayez de la chance. Nous avons une chambre vacante au troisième étage.

— Excellent. Je craignais que vous ne soyez complets. La ville est très fréquentée en ce moment.

— Oui, en fait, nous sommes très sollicités. Il y a un certain nombre d'événements dans la région actuellement, répondit-elle en jetant un coup d'œil à l'écran. Puis-je avoir votre nom, s'il vous plaît ?

— Harrison. Richard Harrison, répondit-il, sans aucune hésitation.

— Et puis-je connaître la raison de votre visite ? demanda la réceptionniste, en levant les yeux, puis elle se mit à rire. Question idiote. Je présume que vous êtes ici pour les courses du parc Gosforth.

L'homme eut un rire creux.

— Ah oui, bien deviné.

La réceptionniste regarda de nouveau son écran tandis qu'elle tapait les informations.

Smithers, en détective chevronné, devina rapidement que l'homme mentait. Le rire et la légère touche de soulagement dans la voix de l'homme, lorsqu'on lui donnait la raison de sa visite, le trahissaient.

Smithers se sourit à lui-même. Oui. M. Richard Harrison, si tel était son vrai nom, était doué, mais il ne l'avait pas berné. Quel que fût le but réel du séjour de cet homme dans la région, ce n'était pas pour la compétition de course.

Smithers regarda la réceptionniste remettre la carte-clé à Richard Harrison.

— Je vais appeler un porteur pour prendre vos bagages, dit-elle.

— Ils sont toujours dans la voiture à l'autre bout du quai, contra-t-il, un peu trop rapidement. Je les récupérerai plus tard.

— Très bien. Profitez de votre séjour et si vous avez besoin de quelque chose, il y a toujours quelqu'un à la réception.

Harrison acquiesça et s'éloigna en direction de l'ascenseur.

— Désolé de vous avoir fait attendre, dit la réceptionniste en s'adressant à Smithers, tout sourire. Que puis-je faire pour vous ?

— J'allais vous demander une chambre, répondit-il. Cependant, j'ai l'impression que l'homme devant moi a pris la dernière.

— Laissez-moi vérifier, renchérit-elle en se retournant vers l'écran.

* * *

Debout à quelques pas de l'hôtel, Jones surveillait de près la porte, mais personne n'aurait pu le deviner. Pendant qu'il patientait, il avait regardé sa montre à plusieurs reprises et avait fait semblant de passer quelques coups de fil pour que les passants pensent qu'il attendait un collègue en retard.

Pourtant, malgré tout, il était prêt à suivre

l'homme en noir s'il apparaissait soudainement à travers la porte. Son partenaire le rattraperait bientôt, mais il resterait un peu en retrait. Ils l'avaient fait tellement de fois auparavant qu'ils étaient passés maîtres dans l'art de s'exécuter.

En fin de compte, ce fut Smithers qui sortit de l'hôtel.

— Puis, qu'est-ce qui t'a retenu ? dit Jones à voix haute, à l'intention de quelques personnes qui se trouvaient à proximité, en pointant sa montre.

— Désolé, répondit Smithers, en comprenant la mascarade. Je parlais.

À présent, ils se trouvaient à une certaine distance de l'hôtel.

— L'homme a réservé une chambre, raconta Smithers. Il se fait appeler Richard Harrison.

— C'est dommage. Je commençais à m'habituer à l'appeler l'homme en noir, plaisanta Jones. Peu importe. Bon, dis-moi ce que tu as découvert.

Smithers poursuivit en expliquant ce qui s'était passé à la réception.

— J'ai fini par réserver une chambre à l'hôtel.

— Non !

— Oui ! Je devais avoir une raison de rester aussi longtemps dans le coin et réserver une chambre était la seule option. En plus, c'est une façon d'avoir un œil sur notre homme.

— Il va falloir que tu te mettes sur ton trente et

un si tu comptes passer quelques nuits dans un hôtel aussi huppé, dit Jones, en riant.

— Oh, je ne l'ai pas réservé pour moi – ou pour toi, d'ailleurs.

— Pour *qui* l'as-tu réservé, alors ?

15

— *Morris* ? Pourquoi Morris ?
Smithers et Jones avaient rejoint le commissaire et les autres dans le café. Smithers venait de raconter à son patron ce qui s'était déroulé à l'hôtel et comment il avait fini par réserver une chambre.

— C'est une excellente idée de réserver une chambre, félicita Alan. Mais, je le répète, pourquoi l'avoir réservée pour Morris ?

— Je réfléchissais et il m'est soudain venu à l'esprit que Morris se fondrait dans la masse des autres clients de l'hôtel. Il suffit de voir comment il est habillé aujourd'hui pour s'en convaincre.

Tout en parlant, Smithers fit un geste en direction de Morris, qui portait encore l'un de ses coûteux costumes.

— Il parle même comme l'un d'entre eux.

Depuis l'incident avec l'inspecteur en chef plus tôt dans la journée, Morris n'avait pas eu le temps de retourner à son appartement et de trouver quelque chose de plus conforme au reste de ses collègues.

Alan jeta un coup d'œil au jeune détective et hocha la tête. Cette partie était véridique. Morris correspondait certainement au profil d'un homme susceptible de séjourner à l'hôtel Millennium. Pourtant, l'inspecteur en chef restait sceptique. Quelle expérience ce détective naïf avait-il sur le terrain ?

— Mais il est nouveau chez nous. Morris ne comprend pas notre façon de travailler. Ne serait-il pas préférable que Jones ou toi restiez à l'hôtel ?

Alan fit une pause et regarda Andrews.

— Qu'en penses-tu, sergent ?

Le sergent pencha la tête d'un côté, tandis qu'il réfléchissait à ce que le détective avait dit.

— Je pense que Smithers pourrait avoir raison. S'il apparaissait soudainement à l'hôtel, alors Harrison pourrait se rappeler l'avoir vu à la réception. Cela pourrait amener Harrison à se demander si c'était juste une coïncidence, ou s'il avait été suivi. Il y a aussi la possibilité que Harrison l'ait aperçu avec Jones près du pont. Par conséquent, à mon avis, Morris est un bon choix.

Andrews énuméra d'autres raisons pour expliquer son raisonnement.

— Pour commencer, il est nouveau dans la région, donc personne en dehors de la police ne le reconnaîtra. De plus, comme Smithers l'a déjà souligné, il se fondra dans la masse, ce qui est impératif dans une opération d'infiltration.

— Ok, je suis d'accord, affirma Alan, à contrecœur, avant de se tourner à nouveau vers Morris. Mais ne fais pas tout foirer. Garde un œil sur cet homme, Harrison, mais, en même temps, ne lui donne pas le moindre indice que tu l'observes. Tu penses être à la hauteur ?

— Oui, monsieur, répondit Morris. Je ferai de mon mieux.

— Tu feras plus que ça, Morris, intervint Alan. Tu dois donner à cette mission tout ce que tu as, ajouta-t-il d'un ton plus doux. Il est essentiel que nous, l'équipe, sachions si cet homme, Richard Harrison, est responsable des meurtres des corps retrouvés dans les parcs, ici à Newcastle et à Gateshead. C'est pourquoi je maintiens, souligna Alan en tapant du doigt sur la table, qu'il est impératif que tu nous tiennes, moi ou le sergent Andrews, informés à tout moment de ce que fait cet homme. Même si tu penses que c'est vraiment insignifiant, nous devons savoir. *Nous* déciderons de ce qui est important, pas toi. Ne t'avise pas de nous décevoir en passant du coq à l'âne et en manquant peut-être quelque chose de vital, ce qui pourrait signifier le meurtre de quelqu'un ou même de vous-même ! C'est bien compris ?

— Oui, monsieur, répondit Morris en baissant les yeux sur la table pendant un moment.

Mais il leva vivement la tête lorsque l'inspecteur en chef recommença à parler. Cependant, cette fois, il donnait des ordres aux autres détectives.

— Smithers, Jones, retournez au poste. Andrews, ramène Morris à son appartement et, pendant qu'il prépare sa valise, explique-lui les tenants et aboutissants du travail sous couverture. Je vous rejoindrai plus tard.

* * *

Agnès était restée silencieuse pendant que Jones et Smithers présentaient leur rapport à l'inspecteur en chef. Ils avaient posé sur elle un regard méfiant lorsqu'ils s'étaient assis. Smithers s'était caressé le menton, ses yeux passant d'elle à l'inspecteur en chef, comme s'il se demandait s'il devait poursuivre son rapport en présence d'un membre du public. Alan lui avait alors dit de continuer et il avait commencé à les informer de ce qui s'était passé à la réception de l'hôtel.

Agnès avait été surprise d'apprendre que

Richard Harrison, comme il se faisait appeler, avait soudainement décidé de réserver une chambre. Quand Jones avait téléphoné à Andrews pour lui dire que leur suspect était entré dans l'hôtel, elle avait pensé qu'il s'y était rendu dans l'espoir de la voir dans l'une des salles publiques.

Toutefois, en regardant les choses sous un angle différent, Harrison n'avait peut-être pas pris une décision soudaine. Et si Smithers s'était trompé et que Harrison avait prévu de rester là depuis le début ? Mais, si c'était le cas, n'avait-il pas réservé un peu tard une chambre ? Qu'aurait-il fait si toutes les chambres avaient été prises ? Il serait intéressant de voir s'il avait réellement des bagages. Ce serait peut-être une bonne idée de le surveiller pour savoir s'il allait apporter sa valise à l'hôtel. C'était le seul moyen pour elle d'être certaine qu'il avait prévu de passer un séjour à l'hôtel.

Elle grimaça. Voulait-elle vraiment passer les prochaines heures à rester en vue de la réception simplement pour voir si Richard Harrison revenait avec des bagages ? De plus, même si c'était le cas, il aurait pu simplement rentrer chez lui et préparer une valise – en supposant qu'il habitait à proximité. Elle secoua la tête en signe de frustration.

— Tu es bien silencieuse, dit Alan en envahissant son esprit.

Agnès jeta un coup d'œil aux chaises vides de la

table. Elle était tellement plongée dans ses pensées qu'elle n'avait pas entendu les détectives partir.

— Oui, désolée. Ça ne me ressemble pas du tout, n'est-ce pas ? J'étais simplement en train de réfléchir à tout ça. Bien qu'honnêtement, rien de tout cela n'ait de sens.

— Je pourrais toujours te trouver un autre hôtel, suggéra-t-il, puis il posa sa main sur la sienne. Agnès, tu ne me bernes pas. Malgré ta bravade de tout à l'heure, j'ai vu que tu étais inquiète à cause de cet homme. Tu n'es pas obligée de rester au Millennium. Il y a beaucoup d'autres hôtels en ville et, honnêtement, je préférerais que tu ailles ailleurs.

— Oui, je suis un peu inquiète, confirma Agnès, en déglutissant difficilement. Bon, très inquiète, en fait. Le fait qu'il habite à l'étage en dessous du mien n'aide pas. Néanmoins, tu ne vois pas ? Ce n'est qu'en restant au Millenium qu'on saura si cet homme me suivait vraiment. Si c'est le cas, il finira par m'approcher et on saura ce qu'il cherche. Si, au contraire, il a simplement décidé de rester dans cet hôtel sur un coup de tête, il ne s'intéressera pas du tout à moi. Il passera probablement devant moi sans montrer le moindre signe de reconnaissance. Après tout, ajouta-t-elle dans l'espoir d'influencer l'inspecteur en chef, l'un de tes détectives loge maintenant ici. Il saura quoi faire si une situation se présente.

Elle allait s'arrêter là, mais une autre idée surgit dans son esprit.

— Je viens de penser à quelque chose d'autre. En supposant que Harrison nous *ait* suivi tous les deux jusqu'à l'hôtel, il nous aura vus nous diriger vers le sergent Andrews dans le parc, plutôt que de se dépêcher de prendre le bus touristique que tu as mentionné. À partir de là, il aurait pu faire le rapprochement et comprendre que vous êtes tous les deux inspecteurs. Peut-être serait-il préférable qu'il ne nous voie pas tous les deux ensemble jusqu'à ce que nous comprenions mieux qui il est et ce qu'il prépare vraiment.

Alan resta silencieux pendant qu'il réfléchissait. Il ne pouvait pas la contredire. Elle avait raison sur tous les plans.

— D'accord, accepta-t-il après une longue pause, à condition qu'au premier signe de problème, tu quittes cet hôtel. D'accord ?

— J'ai compris, d'après la façon dont tu as parlé à Morris, que tu aurais préféré qu'un autre homme reste à l'hôtel, souligna Agnès. Pourquoi ça ?

Alan nota la rapidité avec laquelle elle était passée à un autre sujet. Il aurait aimé insister sur sa condition, mais il savait qu'il n'arriverait à rien. Agnès était une loi à elle seule. Mais n'est-ce pas ce qu'il avait toujours admiré chez elle ? Même à l'école, elle n'en faisait qu'à sa tête.

— Morris est nouveau et, avant que tu ne dises un mot, je n'ai normalement rien contre les nouveaux officiers. C'est juste que celui-ci est plutôt arrogant et pense qu'il sait tout et...

— Et il vous a pris à rebrousse-poil, ajouta Agnès avant qu'il ne puisse terminer, ce qui la fit rire. Il vaut mieux s'y habituer, Alan. C'est comme ça que va le monde de nos jours. La plupart des enfants d'aujourd'hui pensent qu'ils savent tout.

— Pas seulement les enfants, rétorqua Alan.

— Petit insolent, dit-elle, avec un sourire.

16

Agnès triait ses vêtements dans l'armoire, essayant de décider quoi porter pour son repas avec Alan. Finalement, elle choisit une robe bleu royal plutôt élégante. La couleur lui convenait parfaitement et elle lui allait comme un gant.

Indécise entre une broche et un collier, elle décida de porter les deux.

Pourquoi pas ? pensa-t-elle en reculant pour admirer son reflet dans le miroir. *Ils allaient bien ensemble.* En jetant un coup d'œil à sa montre, elle se rendit compte qu'il était presque l'heure où Alan devait venir la chercher.

Suite à une brève discussion dans l'après-midi, Alan avait pensé qu'il était préférable de se rendre à un restaurant situé à une certaine distance de l'hôtel.

Ceci étant convenu, ils avaient décidé de se retrouver devant l'hôtel à dix-neuf heures trente. Alan avait précisé qu'il attendrait dans un taxi au coin de l'hôtel – bien loin de la fenêtre de la chambre d'Harrison.

Heureusement, avec un peu de diplomatie et de finesse, Smithers avait réussi à découvrir auprès de la réceptionniste la chambre qu'elle avait donnée à Harrison. À partir de là, il avait fait dévier la conversation sur l'endroit où elle était située et la vue qu'elle avait sur les quais, en inventant une histoire à dormir debout sur le fait que son ami Morris préférait une chambre donnant sur le Tyne.

Agnès regarda sa montre : il était temps pour elle de descendre. Elle respira profondément, sortit dans le couloir et, après s'être assuré que sa porte était bien fermée, elle se dirigea vers l'ascenseur. Le voyant au-dessus des portes lui indiquait que l'ascenseur se trouvait au rez-de-chaussée. Avec un peu de chance, il serait vide lorsque Larry le monterait au quatrième étage.

— Bonsoir, dit-elle en pénétrant dans l'ascenseur, rez-de-chaussée, s'il vous plaît.

C'est alors qu'elle remarqua qu'une lumière dans l'ascenseur montrait maintenant qu'il avait également été appelé au troisième étage, l'étage même où Harrison avait obtenu une chambre.

— Je suis plutôt en retard, Larry, dit-elle en

regardant sa montre. Pourriez-vous me faire descendre directement avant de vous arrêter pour le prochain client ?

— Vous avez encore des ennuis ? s'enquit Larry, en la regardant.

— Ça se pourrait.

— Pas de problème.

Sans hésiter, il appuya sur un bouton qui neutralisa le système et envoya rapidement l'ascenseur au rez-de-chaussée.

— C'est génial ! Merci, dit Agnès, alors que l'ascenseur s'arrêtait. Je vous en dois une.

Une fois sortie de l'ascenseur, Agnès se précipita vers l'entrée principale, ne s'arrêtant qu'une seconde pour voir si l'homme en noir rôdait autour de la réception. Heureusement, il ne semblait pas être là. Dehors, sur le trottoir, elle fit rapidement le tour de l'hôtel jusqu'à l'endroit où le taxi attendait et grimpa à l'intérieur.

— Pour l'amour du ciel, Agnès, s'exclama Alan, alors qu'elle s'installait à côté de lui. Tu ne t'es même pas arrêtée pour t'assurer que c'était le bon taxi. Tu aurais pu sauter dans une voiture envoyée pour te piéger !

— Ne te mets pas dans tous tes états, Alan, répondit-elle, calmement. J'ai vu Ben assis à l'avant. De plus, je connais par cœur la plaque d'immatriculation du taxi de Ben.

Mort dans le Tyneside

Ben ne dit pas un mot, il démarra et se dirigea vers le centre-ville. Néanmoins, même s'il faisait nuit, Alan pouvait voir l'énorme sourire de Ben dans le rétroviseur.

Alan avait choisi ce qu'il croyait être un restaurant haut de gamme plutôt tranquille, en marge de la vie nocturne trépidante du centre-ville.

— J'ai bien fait de réserver une table, marmonna-t-il au moment où ils entraient. Apparemment, nous ne sommes pas les seuls à préférer manger dans un endroit plus calme. Je pensais aussi que ça aurait été plus classe...

Agnès avait remarqué le rapide coup d'œil d'Alan aux autres convives avant de baisser les yeux sur sa propre tenue. Sans aller jusqu'à porter un costume de soirée, il était très bien habillé et portait même un nœud papillon. Elle supposa qu'il se sentait un peu trop habillé.

— C'est merveilleux, dit-elle, merci de m'avoir amenée ici. Et, si je puis me permettre, tu es extrêmement élégant ce soir.

— Merci, répondit-il avec un sourire.

Alan ne dit rien de plus jusqu'au moment où ils furent assis et qu'on leur remit le menu.

— Agnès..., dit-il, hésitant, comme s'il se demandait s'il devait continuer.

— Oui ? demanda-t-elle en posant le menu.

— Tu le pensais vraiment... tu sais, quand tu as

dit que tu avais écourté ton séjour avec ta famille à cause de moi ? Ce que je veux dire... c'est qu'on n'a pas vraiment eu l'occasion d'en parler, car Harrison s'est soudainement présenté devant le café. Ensuite, la situation s'est emballée et le sujet est resté... en suspens, si tu vois ce que je veux dire. Une fois rentré à la gare, je n'ai pas arrêté d'y penser et je me suis demandé si...

Il prit une profonde inspiration.

— Ce que je veux dire, c'est que...

— Je sais ce que tu veux dire, interrompit Agnès.

Elle se pencha par-dessus la table et posa sa main sur la sienne.

— Oui, je pensais chaque mot. Tu m'as vraiment manqué, Alan. Depuis que je t'ai retrouvé, ma vie a pris un nouveau sens. Je n'ai pas peur de l'admettre, Jim était ma vie. À sa mort, une partie de moi est partie avec lui. Mais quelque chose s'est produit quand je suis revenue visiter ma ville natale. Oui, c'était merveilleux de revenir, mais ce n'est que lorsque je t'ai rencontré que j'ai réalisé que j'étais vivante, ici et maintenant.

Elle fit une pause.

— Mais je pensais que je trahissais Jim, c'est pourquoi j'ai gardé mes distances lors de ma dernière visite. Je pensais qu'en passant du temps en Australie, je me ressaisirais. Je reviendrais ensuite en Angleterre et m'installerais dans mon style de vie agréable à Essex. Mais ça ne s'est pas passé comme ça. J'ai écourté mon voyage et, une fois de retour dans le pays, je suis venue directement ici pour te voir. Malgré cela, je me suis retenue de te dire ce que je ressentais vraiment. D'une certaine façon, je ne pouvais pas...

Elle marqua une pause et détourna le regard.

— Mais aujourd'hui, juste avant que tu n'arrives au café, quelque chose s'est produit, poursuivit-elle, avant de lever les yeux vers lui. Quelque chose qui m'a dit que Jim était d'accord avec notre relation. Cependant, je préfère ne pas en parler, si ça ne te dérange pas. C'est entre Jim et moi.

— C'est bon, Agnès, réconforta Alan, en tendant le bras et plaçant sa main sur la sienne. Comprends-moi bien, je ne te demanderais jamais de trahir quoi que ce soit entre toi et ton défunt mari. Si tu es heureuse et crois vraiment qu'il est d'accord avec nous, alors je lui en suis reconnaissant. Maintenant, souhaiterais-tu qu'on parle d'autre chose ?

— Oui, s'il te plaît, répondit Agnès, sans hésiter.

— Puis-je prendre votre commande ?

Aucun des deux n'avait remarqué le serveur qui s'avançait vers eux.

— Pouvez-vous nous donner quelques minutes de plus ? demanda Alan.

— Certainement, monsieur, répondit le serveur en se dirigeant vers la table suivante.

Elle adressa à Alan un sourire sournois, avant de retourner au menu.

— Dis-moi, as-tu découvert quelque chose de plus sur Richard Harrison depuis que nous avons parlé cet après-midi ?

* * *

Morris déballait lentement sa valise dans sa chambre de l'hôtel Millennium. Il savait qu'il n'était qu'à quelques portes de la chambre d'Agnès Lockwood, la femme même qui lui avait causé des ennuis avec son patron. Bien que, pour être honnête, c'était sa propre faute. Il avait voulu faire le malin, mais l'inspecteur en chef n'avait pas été de cet avis.

Cependant, il était inquiet de se trouver à proximité de cette femme. Des pensées aléatoires se bousculèrent dans sa tête.

L'inspecteur en chef lui avait-il parlé de ses réflexions dans la salle des opérations ? Si oui, il devrait s'excuser et en finir. Mais si son patron avait gardé le silence à ce sujet ? Elle n'avait rien laissé paraître quand il l'avait rencontrée au café cet après-midi-là. S'excuser pour quelque chose dont elle ignorait tout ramènerait cet épisode stupide sur le tapis.

Morris avait eu du mal à encaisser lorsque

Smithers lui avait proposé le poste. Il savait que ce travail sous couverture était une excellente occasion de prouver qu'il était capable d'être un bon détective. Néanmoins, aussi heureux fût-il de se voir confier cette affaire, il souhaitait secrètement que celle-ci n'impliquât pas Mme Lockwood, sous quelque forme que ce fût.

Il se rassit lourdement sur le lit et poussa un grand soupir. Mais, après quelques minutes de réflexion sur les instructions que son sergent lui avait martelées pendant qu'il faisait sa valise, il se releva d'un bond. Andrews avait insisté sur le fait qu'il ne devait pas parler à Mme Lockwood, à moins qu'ils ne se croisent par hasard à l'hôtel.

— Il est important que tu donnes l'impression à tout le monde à l'hôtel que vous ne vous connaissez pas, lui avait dit Andrews. En d'autres termes, tu n'as jamais rencontré, ni entendu parler, d'une Agnès Lockwood.

Il avait hoché la tête sans rien dire en écoutant le sergent lui parler de travail sous couverture. Pour l'amour de Dieu, il savait tout cela ! On lui avait parlé du travail sous couverture et de ce que cela impliquait pendant sa formation. Andrews le prenait-il pour un idiot ?

Alors, pourquoi se comportait-il comme le nouveau venu sur le terrain ? Pourquoi s'inquiétait-il de ce que Mme Lockwood pouvait ou ne pouvait pas dire ? Si elle était aussi compétente que le disait l'inspecteur en chef, elle ne jetterait même pas un coup d'œil dans sa direction, à moins qu'il ne tombât nez à nez avec elle. Il devait se ressaisir et accorder toute son attention au travail en cours.

Avec cette pensée à l'esprit, Morris continua à déballer ses affaires.

17

Agnès et Alan appréciaient la soirée. La nourriture était délicieuse et, malgré le grand nombre de convives, l'endroit était calme par rapport à d'autres restaurants qu'ils avaient fréquentés. Bien qu'il y eût de la musique en arrière-fond, le volume n'était pas trop élevé et ils pouvaient s'entendre parler sans avoir à élever la voix trop fort.

Très vite, la soirée tira à sa fin. Alan s'était arrangé pour que Ben vienne les chercher au restaurant vers vingt-deux heures trente.

— Ne vous inquiétez pas si vous êtes un peu en retard, avait-il dit à Ben. Nous comprenons et attendrons que vous arriviez.

Néanmoins, Ben était au restaurant à l'heure. Il passa la tête par la porte pour faire savoir à Alan qu'il était là, avant de disparaître à l'extérieur.

— J'aurais peut-être dû lui donner une heure plus tardive, dit Alan en demandant l'addition. La soirée a passé trop vite.

À leur sortie du restaurant, dans la brise fraîche, ils se dirigèrent vers le taxi qui les attendait. Pourtant, il ne faisait pas aussi froid que ce à quoi on pourrait s'attendre à cette période de l'année.

— Retour à l'hôtel ? demanda Ben, une fois Agnès et Alan assis à l'arrière de son taxi.

— Vous pourriez peut-être nous déposer au bout de la rue Side – près de la maison de Bessie Surtees, suggéra Agnès, avant qu'Alan ne pût dire un mot. Une promenade le long des quais nous ferait du bien.

— Nous ferait bien ? répéta Alan, peu enthousiaste, en remontant le col de son manteau. Tu ne trouves pas qu'il fait un peu trop froid pour se promener sur les quais ?

— Non, bien sûr que non, répondit Agnès en cachant un sourire.

— Ok, Ben, vous avez entendu la dame.

Ben acquiesça et peu après, il s'arrêta à une courte distance de la maison de Bessie Surtees.

— C'est bien ici ? demanda-t-il.

— Oui, c'est bon, Ben, acquiesça Agnès en sortant du taxi. Prenez soin de vous.

— Oui, répondit Ben.

Alan tendit à Ben la course et un pourboire

avant que celui-ci ne filât à la recherche de sa prochaine course.

— Pourquoi ici ? s'enquit Alan, en examinant autour de lui les restaurants et les clubs.

Il saisit le col de son manteau et courba ses épaules pour essayer de se réchauffer. Il faisait encore plus froid ici sur le quai qu'à l'extérieur du restaurant, et c'était déjà assez pénible. Il se rappela de porter une écharpe bien fournie à l'avenir.

— Parce que je voulais voir si le fantôme allait réapparaître maintenant que je suis de retour, répondit Agnès.

— Le fantôme ? Quel fantôme ? demanda Alan en la toisant.

Agnès lui envoya un coup de poing amusant.

— Allons, Alan. Tu te souviens, non ? Un fantôme est apparu à la fenêtre. C'est arrivé juste au moment où nous avons trouvé le corps sur le trottoir, il y a quelques mois, dit-elle en désignant la fenêtre au-dessus de la plaque sur le mur.

Alan resta silencieux.

— J'ai assurément vu quelqu'un là-haut, Alan. Il fermait la fenêtre. Mais nous avons appris plus tard qu'il n'y avait absolument personne dans le bâtiment à ce moment-là, expliqua Agnès, en frappant dans ses mains. Par conséquent, ça devait être un fantôme.

— C'était un effet de la lumière.

— Donc, tu me dis que c'est un trucage de la lumière qui a fait fermer la fenêtre ?

— C'est possible ! dit Alan en souriant.

Après un nouveau coup d'œil à la fenêtre, elle passa son bras sous le sien et ils se mirent à marcher le long des quais.

— D'accord, Alan. Mais un de ces jours, tu verras que j'avais raison.

— Un de ces jours, je *pourrais* découvrir que tu avais raison.

Ils croisèrent un certain nombre de personnes tandis qu'ils se dirigeaient lentement vers l'hôtel. D'après le son de leurs voix joyeuses, ils paraissaient de bonne humeur.

En passant devant un autre groupe de chahuteurs, Agnès soupira.

— C'est beau être jeune.

— On n'est pas vieux, Agnès. Je suppose qu'il nous reste encore beaucoup de temps à vivre.

Ses yeux semblaient fixés sur une foule de personnes marchant vers eux.

— Alors pourquoi as-tu l'air si sérieux ? Ne me dis pas que tu vas les arrêter parce qu'ils sont heureux. Ils ne font pas de mal.

En suivant son regard, elle se rendit compte qu'il ne regardait pas vraiment le groupe de personnes après tout. Ses yeux étaient fixés sur un homme à quelque distance derrière la foule joyeuse.

L'homme était seul. Il se tenait appuyé contre la balustrade au bord du quai et semblait allumer une cigarette. Toutefois, à mesure qu'ils se rapprochaient, il était évident que l'attention de l'homme était concentrée sur quelque chose ou quelqu'un de l'autre côté de la route.

— C'est le détective Morris, hein ? Pensez-vous que Harrison est là-bas quelque part ?

— Ne regarde pas autour de toi.

Alan parlait calmement, bien qu'il y eût un son d'urgence dans son ton.

— Si Harrison *est* là quelque part, on ne veut pas qu'il sache qu'il est surveillé.

Agnès jeta un coup d'œil en arrière vers la foule de fêtards qu'ils avaient dépassée il y a quelques minutes à peine. Cependant, le groupe avait presque atteint le Tyne Bridge et, à sa connaissance, personne d'autre ne se dirigeait vers eux. Un rapide coup d'œil dans la direction opposée lui indiqua que, pour le moment, personne ne se dirigeait non plus dans cette direction. Elle avait espéré qu'il y aurait pu y avoir un autre groupe de gens heureux avec lesquels ils auraient pu se fondre. Mais de toute évidence, ils étaient seuls.

— Nous ne voulons pas non plus qu'il me voie avec toi ici et maintenant, chuchota-t-elle, tout en le guidant vers le bord du quai.

— Agnès ! Mais qu'est-ce que tu fais ?

Bien qu'Alan gardât la voix basse, elle voyait qu'il était en colère.

— Pour l'amour de Dieu, continua Alan, Morris a peut-être suivi Harrison jusqu'ici. Je dois te ramener à l'hôtel aussi vite que possible sans qu'il te voie. Si Harrison se rend compte que tu es ici, il pourrait...

Alan s'arrêta net, incapable de prononcer les mots.

— Il pourrait me tuer ! C'est ce que t'allais dire ? Il pourrait me tuer, s'emporta Agnès, en secouant la tête. Ne comprends-tu pas, Alan ? S'il te voit m'emmener à l'hôtel, il saura avec certitude que j'y séjourne. Combien de temps lui faudra-t-il pour savoir dans quelle chambre je suis et que j'y reste seule ? Une fois qu'il saura tout ça, qu'est-ce qui l'empêchera de trouver un moyen de me tuer dans ma chambre ?

— D'accord, d'accord, dit Alan en levant les mains. Je cède. Alors qu'est-ce qu'on fait maintenant ? En d'autres termes, quel est ton plan ?

— Un plan ? s'étonna Agnès, avec un sourire. Quel plan ? Je n'ai pas de plan. Qui pourrait planifier une situation comme celle-ci ?

Ne voulant pas tourner la tête, elle regarda Morris du coin de l'œil. À présent, il fumait sa cigarette, à moitié tourné vers le fleuve.

— Peut-être que Morris est sorti juste pour

fumer une cigarette après tout. Peut-être a-t-il cru voir quelque chose, mais s'est-il trompé, ou peut-être as-tu tiré des conclusions trop vite, poursuivit Agnès, puis elle haussa les épaules. Mais es-tu prêt à prendre ce risque ?

— D'accord. Tu as raison. Il est hors de question que je joue avec ta vie. Par conséquent, que faisons-nous maintenant ? Des suggestions ?

— Je suggère d'appeler Ben et de lui demander de venir nous chercher tout de suite et de nous emmener tous les deux dans un hôtel tranquille ailleurs dans la ville.

18

Alan fut le premier à se réveiller le lendemain matin. Il regarda vers l'endroit où Agnès était allongée. Les yeux fermés, elle respirait de façon régulière. Elle dormait encore.

La veille, quand elle avait suggéré qu'ils devraient tous deux rester dans un hôtel ailleurs dans la ville, il avait eu du mal à le croire ; c'était la dernière chose à laquelle il s'attendait. Mais elle était sincère et, une fois Ben arrivé sur les lieux, elle lui avait donné ses instructions.

— Je suis sûre que vous connaissez un hôtel avec une chambre libre – malgré la saison des courses.

À sa décharge, Ben n'avait pas sourcillé. Peut-être s'attendait-il à ce que quelque chose comme ça se produise. Peut-être pensait-il déjà qu'ils couchaient ensemble ; dans ce cas, la nuit dernière n'aurait pas été une surprise pour lui.

— Si vous voulez que je vienne vous chercher demain matin, appelez-moi, avait-il dit en les déposant devant l'hôtel.

Alan regarda sa montre ; il était presque sept heures. Il allait devoir s'habiller rapidement et appeler Ben. *Mais que diable*, pensa-t-il en plaçant doucement son bras sur Agnès, *le bureau peut attendre quelques minutes de plus.*

En s'allongeant, il songea à la nuit qu'il venait de passer avec Agnès. C'était l'un des moments les plus merveilleux de sa vie – et tellement inattendu. Quelques mois auparavant, il n'aurait jamais cru qu'il retrouverait un jour la fille pour laquelle il avait eu le béguin à l'école toutes ces années auparavant – et encore moins qu'il coucherait avec elle. Et pourtant, c'était arrivé. Il avait été ravi de son retour dans le nord après son voyage en Australie, mais il n'avait jamais pensé qu'il en arriverait là…

— Quelle heure est-il ? s'enquit Agnès d'un ton rêveur, s'immisçant ainsi dans ses pensées.

— Un peu plus de sept heures, répondit Alan, en retirant son bras d'autour de sa taille pour vérifier sa montre. Désolé, je ne voulais pas te réveiller. Je dois m'habiller et appeler Ben pour qu'il me ramène chez moi afin de me changer pour le bureau.

— Si tôt ?

— Tôt ? Ce n'est pas tôt. Je suis habituellement à mon bureau à sept heures et demie.

Il s'arrêta en voyant son sourire. Elle se moquait de lui.

— Mais en y réfléchissant, j'ai droit à quelques heures de repos. Je pourrais être un peu en retard ce matin...

* * *

Il était presque dix heures lorsqu'Alan s'introduisit dans son bureau.

Une fois que Ben l'eût déposé chez lui pour se changer, il avait téléphoné au poste en disant qu'il serait un peu en retard.

À vrai dire, il n'avait pas du tout envie d'y aller. Il aurait préféré passer la journée avec Agnès. Mais il y avait un meurtrier à attraper et, si ce Harrison y était pour quelque chose, il voulait s'assurer qu'il serait arrêté le plus rapidement possible – d'autant plus que le misérable séjournait dans le même hôtel qu'Agnès.

Il se souvient que, plus tôt ce matin-là, il avait essayé une fois de plus de la convaincre d'aller dans un autre hôtel. Il avait même suggéré celui dans lequel ils avaient passé la nuit. Il était propre, à une courte distance de la ville et certainement pas aussi connu que le Millennium. Mais une fois de plus, elle avait refusé. Agnès pouvait être très têtue parfois.

Il fronça les sourcils en se rappelant que son ex-femme avait aussi tendance à être têtue. Lorsqu'ils s'étaient courtisés, ils s'entendaient très bien. Ce ne fut qu'après leur mariage que les choses avaient commencé à changer. Il y avait eu des moments où son entêtement l'avait vraiment irrité, les amenant à se disputer pour les choses les plus dérisoires.

Pourtant, Agnès ne faisait rien de mal à ses yeux. Elle avait beau être têtue, maladroite ou contestataire, il l'aimait d'autant plus.

Il avait alors cessé de boutonner sa chemise et s'était assis sur le lit. Il l'aimait. Voilà, il l'avait dit. Enfin, il ne l'avait pas prononcé, mais il l'avait pensé et, honnêtement, c'était la première fois qu'il l'admettait, même à lui-même. Le jour de son départ en Australie, il avait craint qu'elle ne revienne pas à Newcastle et qu'il ne la revoie jamais.

Alan revint au présent. Il était de service et, même s'il préférait être ailleurs, il devait se concentrer sur son travail. La première chose à son ordre du jour ce matin était de contacter Morris. Il voulait savoir s'il s'était simplement promené dehors pour fumer la nuit dernière, ou s'il avait une raison liée à l'affaire pour se tenir dehors dans le froid.

Il était sur le point de prendre son téléphone quand le sergent Andrews apparut. Peut-être avait-il déjà eu des nouvelles de l'agent sous couverture.

— As-tu eu des nouvelles de Morris ? demanda Alan.

— Non. Pas un mot. Veux-tu que je l'appelle ?

— Je vais le faire. Je l'ai aperçu par hasard hier soir, alors que je raccompagnais Mme Lockwood à l'hôtel. Je n'étais pas sûr s'il était simplement dehors pour fumer ou s'il suivait notre homme. Si *c'est* le cas, il faisait du bon travail. Il a dû nous voir, Agnès et moi, mais il n'en a rien laissé paraître.

Alan réfléchit un moment.

— En fait, même s'il ne suivait pas notre homme, il a bien fait de ne pas avoir l'air de me reconnaître. On ne sait jamais qui nous surveille.

Il prit son téléphone et commença à composer le numéro du portable de Morris. Il regarda de nouveau Andrews.

— Mais je suis surpris qu'il ne se soit pas présenté ce matin. Tu lui as dit que ça faisait partie du travail, de rester en contact à intervalles réguliers ?

— Oui, je lui ai tout expliqué pendant qu'il faisait ses valises.

Alan acquiesça et approcha le téléphone de son oreille.

Il n'obtint pas de réponse, mais au moment où il allait raccrocher, la voix de Morris se fit entendre. Alan mit le téléphone sur haut-parleur.

— Bonjour, Kate.

Alan jeta un coup d'œil à Andrews et haussa les sourcils.

— Qui est Kate, bordel ? s'exclama Alan, en baissant les yeux vers le haut-parleur.

— C'est si bon d'entendre ta voix, Kate.

— Je suppose que Harrison n'est pas loin ? dit Alan, en se rendant compte que Morris se trouvait dans un moment délicat.

— Oui, exactement.

— Où es-tu ? demanda Alan.

— Je suis dans la salle à manger de l'hôtel, en train de prendre mon petit-déjeuner. Et, oui, je sais qu'il est un peu tard pour prendre le petit-déjeuner, mais j'ai décidé de me promener sur les quais plus tôt.

— Tu surveillais notre homme ?

— Oui, c'est vrai et je le fais toujours.

— Ok, dit Alan. On en reste là, mais n'oublie pas de téléphoner dès que tu en as l'occasion.

— Oui, je le ferai, Kate. À bientôt.

La ligne fut coupée.

— J'imagine qu'on va devoir attendre son appel, dit Andrews, dans un soupir, avant de lever les yeux vers l'inspecteur en chef. Au fait, as-tu apprécié ton repas hier soir ? Je me souviens que tu as essayé un autre restaurant, loin du centre-ville.

* * *

Dans la salle à manger de l'hôtel, Morris remit son téléphone dans sa poche. Il ne voulait pas répondre, ne voulant pas attirer l'attention sur lui. Cependant, comme les gens tournaient la tête au son de sa sonnerie amusante, il s'était dit qu'il ferait mieux de répondre.

Plus tôt, il lui était venu à l'esprit d'éteindre son téléphone avant d'entrer dans la salle à manger. Mais il avait oublié. Par conséquent, lorsqu'il avait répondu, il avait dû réfléchir rapidement, pour ainsi dire. Heureusement, l'inspecteur Johnson avait remarqué que le moment était mal choisi. Mais « Kate » ! Il ferma les yeux et secoua la tête. Il aurait sûrement pu trouver quelque chose de mieux que ça. Il allait devoir demander de l'aide à ses collègues pour les messages codés sur le terrain. Mais plus important encore, il devait changer cette foutue sonnerie.

Il prenait son petit-déjeuner au moment où il vit

Agnès entrer dans la salle à manger. Elle resta près de la porte pendant quelques instants jusqu'à ce qu'elle réussisse à attirer l'attention d'un des serveurs.

— J'arrive trop tard pour le petit-déjeuner ? demande-t-elle.

— Pas du tout, madame, répondit-il.

Morris observa attentivement le serveur qui la conduisit à une table située à quelques pas de celle où était assis Harrison.

— Merci, dit-elle, tandis que le serveur lui proposait une chaise.

Morris était impressionné par la façon dont Mme Lockwood avait avancé jusqu'à sa table et s'était assise sans donner le moindre indice qu'elle avait reconnu Harrison.

Elle ne pouvait pas l'avoir raté, il était dans son champ de vision direct lorsqu'elle s'approchait de sa table, pensa-t-il.

Morris était également impressionné par le fait qu'elle n'avait pas donné le moindre indice qu'elle le connaissait, ce qui était pour le moins remarquable. La plupart des gens qu'il connaissait auraient vendu la mèche dès qu'ils auraient aperçu le suspect, sans parler du détective qui l'observait.

Réalisant soudain qu'il la fixait toujours et qu'il était celui qui risquait le plus de griller sa couverture, Morris se tourna vers le serveur, qui se tenait toujours près de sa table.

— Je suis désolé, mais, quand vous aurez un moment, pourrais-je avoir un autre thé, s'il vous plaît ? demanda-t-il. Le bacon est un peu salé ce matin.

L'idée était de faire croire à Harrison qu'il avait attendu l'occasion d'appeler le serveur. La remarque ajoutée était simplement pour détendre un peu la tension.

— Bien sûr, monsieur, répondit le serveur d'un ton terne. Je vais également informer le chef de votre plainte.

— La vache ! murmura Morris pour lui-même, tandis que le serveur se dirigeait vers la cuisine.

Personne ne peut plus supporter une blague ?

Néanmoins, sa ruse semblait avoir fonctionné. Harrison lui adressa un sourire compatissant avant de reprendre son petit-déjeuner.

Mais une autre pensée frappa Morris : Harrison n'avait pas vraiment porté d'intérêt à Mme Lockwood lorsqu'elle avait été conduite à la table près de lui. Soit il était très doué pour cacher ses pensées les plus intimes, soit il était totalement innocent.

En étant aussi proche du suspect, Morris était tenté de garder les yeux sur lui pendant le reste du repas. L'homme pourrait faire quelque chose qui le trahirait. Mais il se ravisa, car il se trahirait très probablement *lui-même* ! Néanmoins, avant de se détourner, il remarqua une chose… mais avant qu'il ne puisse y réfléchir davantage, le serveur arriva avec sa tasse de thé.

— Votre thé, monsieur, et le chef s'excuse pour le bacon. Il semble que nous ayons un nouveau fournisseur. Espérons qu'une fois qu'il aura parlé avec eux, les choses s'amélioreront.

— Merci, répondit Morris.

Il fut tenté d'ajouter qu'il ne s'était pas vraiment plaint, mais décida d'en rester là. Pourquoi risquer de s'enfoncer davantage ?

Au même moment, Morris vit Mme Lockwood appeler le serveur à sa table et commander un petit-déjeuner à l'anglaise complet.

— Et une grande tasse de thé, s'il vous plaît, ajouta-t-elle.

— Très bien, madame.

Une fois le serveur disparu, Morris vit Agnès déplier le journal qu'elle portait en entrant dans la salle à manger.

C'est une femme très séduisante, pensa Morris, en la regardant feuilleter les pages. *Ce n'est pas étonnant que l'inspecteur en chef n'ait pas pu résister à l'envie de la laisser se mêler de l'affaire l'année dernière.*

Morris était toujours en train de la regarder, lorsque, du coin de l'œil, il aperçut Richard

Harrison qui s'apprêtait à partir. Allait-il remonter dans sa chambre pour prendre quelque chose, ou allait-il passer directement par la réception et sortir en direction des quais ?

Morris se trouva face à un dilemme. Il avait besoin de savoir où Harrison allait. Mais en même temps, il savait qu'il ne pouvait pas se lever de son siège et suivre le suspect.

Ce dernier se leva et se dirigea vers la porte. Bien que Morris donnait l'impression d'être concentré sur son petit-déjeuner, il le tint toujours à l'œil. Pourtant, il n'avait pas décidé de ce qu'il ferait une fois que Harrison aurait quitté la salle à manger. S'il l'apercevait près de la réception, Harrison saurait qu'il était surveillé. S'il restait assis, il n'aurait aucune idée de l'endroit où le suspect était parti.

Soudain, Morris remarqua qu'Agnès le regardait. Bien que ses mains étaient toujours posées sur le journal devant elle, elle semblait pointer discrètement quelque chose du doigt. Pendant un instant, il ne comprit pas ce qu'elle voulait dire, jusqu'à ce qu'il réalisât qu'elle dirigeait son attention vers les grands miroirs sur les murs.

Plusieurs miroirs étaient placés dans différentes parties des salles publiques. Il les avait déjà remarqués auparavant, mais ne les avait pas vraiment pris au sérieux jusqu'à présent. Selon l'angle du miroir que l'on regardait, on pouvait voir différents reflets de la réception.

Pourquoi diable n'y avait-il pas pensé ? Et il était censé être un détective ! se réprimanda Morris, en continuant à observer Harrison qui se dirigeait vers l'entrée principale. Peu importe la destination de l'homme, il ne semblait certainement pas pressé.

Les yeux toujours fixés sur le miroir, Morris se rassit sur sa chaise. Il décida que sa meilleure option était d'attendre qu'Harrison eût franchi la porte et rejoint le quai avant de poser un geste. Il pouvait toujours faire comme s'il avait soudainement besoin d'un truc dans sa chambre et repartir vers l'ascenseur.

Une fois qu'il fut certain que Harrison demeurait hors du bâtiment, il se leva et quitta la salle à manger.

* * *

Pendant ce temps, l'inspecteur en chef était frustré de ne pas recevoir d'autres nouvelles concernant le meurtre du corps trouvé dans le parc. Jusqu'à présent, tous les membres de l'équipe avaient fait chou blanc.

Aucune des bijouteries du centre-ville n'avait enregistré de commande de boutons de manchette et de pinces à cravate comme ceux trouvés dans le parc. Ils devaient donc chercher ailleurs.

Le docteur Nichols n'avait rien découvert de plus pour aider l'enquête. Bien que le dernier paragraphe de son rapport eût mis les esprits en alerte.

Le cœur, le foie et les reins ont tous été poignardés plusieurs fois par le tueur. On pourrait comparer cela à une attaque frénétique, sauf que le tueur semblait savoir exactement où se trouvaient ces organes. Il se pourrait que les autres coups de couteau portés au hasard sur le corps, y compris les entailles faites à la gorge et au visage, aient été simplement destinés à tromper la police.

Cela voulait-il dire que le tueur pouvait être un médecin ou un infirmier ? Ou quelqu'un qui avait fait des recherches sur Internet ?

Alan avait espéré que quelqu'un aurait été porté disparu depuis le temps. Mais personne ne s'était manifesté. Au moins, s'ils connaissaient le nom de la victime, ils auraient un point de départ pour l'enquête au lieu de se tourner les pouces. Il avait demandé aux agents des postes de police locaux de l'informer immédiatement si un membre du public laissait entendre qu'un ami ou un parent avait disparu.

Normalement, la police ne prenait pas ces questions trop au sérieux avant qu'une personne ait disparu depuis près de quarante-huit heures. Très souvent, la personne « disparue » réapparaissait le lendemain, avec une monstrueuse gueule de bois. Mais là, c'était différent. Il y avait un corps sans visage à la morgue et il devait découvrir qui c'était.

Pourtant, une autre raison rendait cette affaire prioritaire – une raison plus importante en ce qui le concernait. Il devait savoir si l'homme qu'il avait vu dans le parc était le tueur – d'autant plus que l'homme en question logeait sous le même toit qu'Agnès.

Le sergent Andrews observait son patron. Il savait qu'il était troublé par cette affaire, mais aujourd'hui, il semblait encore plus perturbé. Ce n'était pas difficile de comprendre pourquoi : le principal suspect séjournait dans le même hôtel que Mme Lockwood. Cependant, ils avaient installé un détective sur place, bien que Morris ne soit pas la première personne qu'ils auraient choisie pour ce travail.

— As-tu aimé ta soirée ? répéta Andrews la question qu'il avait posée quelques minutes plus tôt. T'as dit que vous alliez dans un restaurant loin de l'agitation de la ville.

— Oui, merci. Désolé, j'ai commencé à penser à l'affaire et j'ai oublié que tu étais là. On a tous les deux apprécié le repas. En fait, tu devrais essayer un jour. Je pense que tu aimerais. C'était calme et relaxant.

— Le calme n'est pas vraiment mon truc, grimaça Andrews.

— Non, ne te méprends pas. C'était plus animé que je ne le pensais, mais il n'y avait pas de musique forte toute la soirée. La musique était douce et au moins on pouvait se parler malgré tout.

— Je vais y réfléchir.

— J'aimerais que Morris prenne contact avec nous, commenta Alan, en regardant sa montre. Toute cette attente me rend fou.

Juste à ce moment-là, le téléphone sonna.

— Johnson, dit Alan dans le microphone.

— C'est Morris.

— Tout d'abord, Morris, où es-tu ? demanda Alan en mettant rapidement le téléphone sur haut-parleur.

Il avait appris au fil des ans qu'il était sage de savoir où se trouvaient ses hommes lorsqu'ils appelaient. Un jour, un officier avait été coupé du monde et Alan n'avait pas su où commencer à le chercher.

— Je suis à la galerie d'art Baltic. Harrison a retrouvé une femme à l'entrée. En ce moment, ils sont tous les deux en haut à regarder les différentes expositions.

Alan était sur le point de dire quelque chose, mais Morris reprit.

— Il n'y a pas beaucoup de monde ici en ce

moment, donc c'est un peu difficile pour moi de le garder en vue sans qu'il me voie.

— Tu le suivais hier soir quand je t'ai vu sur le quai ? demanda Alan.

Un silence s'ensuivit.

— T'es toujours là ? s'enquit Alan, essayant désespérément de rester patient.

— Oui. Désolé, monsieur. Harrison est allé dans une autre pièce. À propos d'hier soir, oui, je l'ai suivi dehors. Il a disparu dans l'ombre, mais je le voyais encore. Il a rencontré une femme. C'est alors que je me suis détourné. Il faisait trop sombre pour que je puisse la voir clairement, mais je pense que c'est la même femme avec qui il est maintenant.

— Alors, que s'est-il passé ensuite ?

Alan ne voulait pas avoir l'air de harceler le détective, mais il avait besoin de plus d'informations avant que Morris ne ferme son téléphone.

— Il ne s'est rien passé. Harrison était toujours en train de parler à la femme quand je me suis retourné et que j'ai jeté un coup d'œil dans leur direction.

— Que fait Harrison maintenant ?

— Ils ont commencé à marcher… attendez une minute.

Il y a eu une pause.

— Que diable fait-il maintenant ? cria Alan.

— Ils marchaient vers l'endroit où je me cache,

dit Morris sur un ton de sous-entendu, mais ils se sont arrêtés pour regarder autre chose.

Morris fit une pause pendant une seconde.

— Écoutez, je vais devoir raccrocher. Je dois aller dans une autre pièce avant qu'il ne me voie.

— Ok, mais tiens-nous au courant.

19

Une fois que Morris eut disparu de la salle à manger, Agnès ne put s'empêcher de penser à l'affaire. Alan lui avait clairement fait comprendre qu'il voulait qu'elle restât à l'écart de l'enquête.

— C'est le travail de Morris, lui avait-il dit. Laisse-le faire.

Cependant, elle n'avait pas vraiment accepté de rester en dehors de cette affaire. Elle avait plutôt changé de sujet, ne voulant pas faire une promesse qu'elle savait ne pas pouvoir tenir. Il y avait sûrement quelque chose qu'elle pouvait faire – même si elle ne pouvait fournir à la police que quelques bribes d'informations ?

Elle examina l'endroit où Harrison avait pris son petit-déjeuner. Le serveur n'avait pas encore débarrassé la table et quand elle vit ses couverts utilisés sur l'assiette, elle eut soudain une idée.

Agnès regarda dans la salle à manger. Heureusement, la plupart des clients étaient partis. Seules deux tables étaient encore occupées et les personnes qui s'y trouvaient étaient plongées dans leurs journaux. Le serveur qui desservait cette partie de la salle à manger avait disparu dans la cuisine. Néanmoins, il pouvait réapparaître à tout moment pour débarrasser les deux tables près d'elle. Elle devait agir rapidement, mais discrètement, si elle voulait que son idée fonctionne.

Une fois à l'extérieur de la salle à manger, Agnès se félicita. Elle avait réussi. Personne n'avait remarqué qu'elle avait retiré les couverts sales de la table d'Harrison. En utilisant un mouchoir propre de son sac à main, elle était parvenue à les ramasser sans y ajouter ses empreintes.

Maintenant, tout ce qu'elle devait faire était d'apporter les preuves à Alan. Son équipe pourrait sûrement relever les empreintes digitales sur le couteau et la fourchette. Même si, à la réflexion, ils devraient peut-être éliminer les empreintes du serveur qui avait mis la table plus tôt ce matin-là. Pourquoi tout était-il si compliqué ? Pourtant, elle ne pouvait pas penser à tout.

Agnès avait presque atteint sa chambre. Il était temps de planifier ce qu'elle allait faire après sa visite au commissariat. Il pleuvait abondamment ce matin. Peut-être serait-ce une bonne journée pour faire un tour au centre commercial Eldon Square.

Elle avait prévu d'y retourner après sa première visite il y a quelques mois, mais elle n'y était jamais parvenue. De plus, Alan serait heureux de savoir qu'elle se tenait à l'écart de Richard Harrison aujourd'hui.

La pensée soudaine d'Alan ramena son esprit à la soirée précédente.

Encore maintenant, elle n'arrivait pas à croire que l'idée de passer la nuit ensemble était sortie de ses lèvres. L'idée lui avait traversé l'esprit lorsqu'ils étaient ensemble sur le quai. Mais elle ne s'attendait pas à le dire à voix haute. Ce n'était pas le genre de suggestion qui venait d'une dame. Mais peut-être que ça l'était à notre époque. Nous étions au vingt-et-unième siècle, après tout. Quoi qu'il en soit, avant qu'elle puisse y réfléchir, l'offre était lancée.

Cependant, il y avait autre chose à laquelle elle allait devoir penser dans les jours et les semaines à venir. Elle devait dire à ses deux fils la vérité sur Alan. Lorsqu'elle était avec eux en Australie, elle n'avait parlé d'Alan qu'en sa qualité officielle : le détective chargé d'une affaire de meurtre.

Mais maintenant que les choses entre Alan et elle étaient passées à un niveau supérieur, Jason et William devaient savoir. Il n'y avait jamais eu de secrets dans la famille et elle ne voulait pas en avoir maintenant.

En pensant à Alan, elle se rappela qu'ils devaient encore dîner ensemble ce soir. Ce serait bien s'ils pouvaient dîner à l'hôtel. Ils pourraient même se détendre ensuite dans le petit salon, avant de se glisser à l'étage dans le confort de sa chambre. Cela semblait merveilleux, presque comme dans un vieux film.

Toutefois, elle redescendit sur terre brusquement lorsqu'elle réalisa qu'il était hors de question de dîner à l'hôtel. Harrison pourrait être là et la dernière chose qu'ils voulaient était qu'il les voit ensemble.

Dans sa chambre, elle jeta un coup d'œil à la note qui avait été glissée sous sa porte. Il s'agissait d'informer les invités sur les réunions hippiques qui se déroulaient cette semaine à Gosforth Park. Elle ne se souvenait pas y être allée auparavant. À vrai dire, elle n'était pas vraiment une adepte de courses de chevaux, mais il y avait d'autres événements cette semaine. Elle pourrait se fondre dans la foule et cela lui donnerait l'occasion d'oublier « l'homme en noir ».

Elle sourit. *C'est étrange que je l'appelle encore « l'homme en noir », même si je le connais maintenant sous le nom de « Richard Harrison ».*

Elle posa l'avis sur la coiffeuse. Elle pourrait y aller un autre jour – un jour où il ne pleuvrait pas.

Elle appela Ben et, après lui avoir demandé de venir la chercher dans les quinze minutes qui suivaient, elle sortit un imperméable de l'armoire et descendit les escaliers.

Ben la déposa au poste de police. Elle lui demanda de l'attendre comme elle n'en avait pas pour longtemps. Il s'avéra qu'elle fut de retour dans le taxi après seulement quelques minutes. L'inspecteur en chef et son sergent étaient en réunion, alors elle laissa les couverts à un autre détective, lui expliquant pourquoi elle pensait qu'ils pourraient les aider dans l'affaire.

Elle aurait aimé revoir Alan, ne serait-ce que quelques minutes, mais elle ne voulait pas faire attendre Ben trop longtemps. Il perdrait de l'argent, car il avait probablement coupé le compteur dès qu'il s'était arrêté à l'extérieur.

Peu de temps après, Agnès arriva au centre commercial Eldon Square. Ben lui dit de l'appeler lorsqu'elle en aurait assez et qu'elle voudrait rentrer à l'hôtel.

— En avoir assez ? s'interrogea Agnès. J'adore faire du shopping. Il faudra me tirer de là de force.

Il rit et lui fit un signe de la main en partant.

* * *

Agnès apprécia sa journée au centre commercial. Elle acheta deux robes et un tailleur-pantalon. Cela faisait quelques années qu'elle n'avait pas porté de pantalon, mais elle adora le tailleur dès qu'elle le vit.

Elle déjeuna dans un restaurant plutôt agréable, avant de se promener dans quelques autres magasins du centre commercial. Il était environ seize heures lorsqu'elle réalisa soudain qu'elle se sentait fatiguée. Il était peut-être temps de rentrer à l'hôtel, de se reposer et de se détendre un peu avant qu'Alan ne l'appelât pour l'emmener dîner.

* * *

La journée de l'inspecteur Johnson ne se passait pas bien. Harrison et la femme qui l'accompagnait traînaient depuis un certain temps dans la galerie d'art Baltic. Soit ils s'intéressaient réellement aux arts, soit ils avaient compris que Morris les suivait et ils prenaient un grand plaisir à lui faire tourner la tête.

Le jeune détective avait appelé à un moment donné, mais seulement pour dire que le couple avait quitté la galerie et qu'il était toujours sur sa trace. Cependant, il s'avéra qu'ils n'étaient passés que d'un bâtiment à l'autre, car l'appel suivant de Morris informait l'inspecteur en chef qu'ils se trouvaient désormais au Sage.

De plus, il n'y avait toujours aucune information sur l'identité de leur victime. Un proche s'était sûrement rendu compte de sa disparition – à moins, bien sûr, qu'il n'eut été que de passage en Angleterre, en tant que touriste ou en voyage d'affaires.

— Comme si les choses n'allaient pas assez mal, le commissaire Blake aimerait avoir l'honneur de me voir après le déjeuner, dit Alan à son sergent, après avoir raccroché le téléphone.

Lui et Andrews étaient en train de réfléchir à l'affaire quand le téléphone avait sonné.

— Avoir l'honneur ? répéta Andrews en haussant les sourcils.

— Il n'a pas utilisé ces mots, mais ça veut dire la même chose, corrigea Alan, en faisant la grimace. Il veut probablement savoir comment évolue l'affaire et je ne peux absolument rien lui raconter.

Il fit une pause et regarda sa montre.

— Allez, prend ton manteau.

— Où est-ce qu'on va ? demanda Andrews en se levant d'un bond et en attrapant sa veste.

— Au pub, je prendrais bien une bière.

20

Le lendemain matin, au cours du petit-déjeuner, Agnès repensait à la soirée de la veille. Alan et elle avaient dîné ensemble dans un restaurant de la ville. L'endroit était assez agréable, mais on n'y retrouvait pas l'intimité de celui qu'ils avaient fréquenté la veille. Ou alors, peut-être était-ce simplement dû à la frustration d'Alan devant le manque de preuves dans son enquête sur le meurtre en cours ?

Elle ne pouvait pas vraiment lui en vouloir. Elle aurait ressenti la même chose si elle avait été à sa place. En y réfléchissant, elle ressentait la même chose et elle n'était même pas impliquée dans l'affaire – enfin, pas officiellement, en tout cas.

À un moment de la soirée, Alan avait dit qu'il avait été appelé à comparaître devant le nouveau commissaire plus tôt dans la journée. D'après ce qu'il lui avait dit, elle avait compris que l'entretien ne s'était pas bien passé.

— Au début, j'ai essayé de rester calme, lui avait dit Alan. J'ai expliqué que même les coups de couteau avaient été portés par différents couteaux, ce qui signifie que nous ne cherchions pas un couteau en particulier, mais plusieurs.

Apparemment, l'entretien avait duré jusqu'à ce qu'Alan sortît en trombe du bureau, claquant la porte derrière lui.

— Je l'ai échappé, avait-il dit.

Le surintendant Blake ! pensa Agnès. *Tout ce qu'il fait, c'est de rester assis dans son bureau à tripoter un stylo en espérant qu'un de ses officiers trouvera les réponses pour faire bonne figure.*

Agnès prit sa tasse et but une gorgée de thé. Elle était peut-être un peu dure avec le commissaire. Il avait dû être agent de police à un moment de sa vie ; il savait sûrement ce que c'était que d'essayer de trouver des preuves quand il n'y en avait pas ?

Mais une autre pensée surgit dans sa tête. S'il avait vécu tout cela, ce malheureux devrait éprouver de l'empathie pour ses officiers. Retrousser ses manches et aider ses hommes, plutôt que de rejeter la faute sur eux.

Chassant les pensées de son esprit, elle regarda autour d'elle dans la salle à manger. Bien qu'elle fût arrivée tard, un certain nombre de personnes prenaient encore leur petit-déjeuner quand elle était entrée. Mais maintenant, il n'en restait plus que quatre. Si Harrison et Morris avaient déjeuné ici, ils avaient dû partir avant son arrivée. Il était inutile de tenter de savoir où ils se trouvaient. Ils pouvaient être n'importe où à l'heure qu'il était.

Elle jeta un coup d'œil par la fenêtre, en se demandant ce qu'elle allait faire de sa journée. Au moins, l'air était sec et le soleil faisait un effort pour percer les nuages qui roulaient au-dessus du Tyne.

Elle pouvait aller se promener, ou appeler Ben et lui demander de la conduire à Low Fell, un quartier de Gateshead où elle était née. Elle y était allée lors de sa dernière visite dans le Tyneside, mais n'avait pas réussi à tout voir.

Sa décision étant presque prise, elle se souvint du dépliant posé sur sa coiffeuse. N'était-il pas question d'un événement à l'hippodrome de Gosforth Park ? Cet événement ne durait qu'une semaine, alors elle devrait peut-être y aller aujourd'hui. Low Fell pouvait attendre.

Cela étant décidé, elle monta dans sa chambre, téléphona à Ben et fit le point sur ce qu'elle devait porter. Elle aurait certainement besoin d'un vêtement chaud.

* * *

Une fois que Ben l'eût déposée à l'hippodrome, Agnès se rendit sur le terrain. Elle s'attendait à ce que ce soit bondé, mais pas aussi chaotique. C'était les vacances scolaires, il y avait beaucoup de jeunes enfants courant dans tous les sens, tandis que d'autres profitaient des divers circuits.

Tout en continuant à marcher vers l'hippodrome, elle tenta sa chance sur l'une des courses même si elle n'y connaissait rien. Elle rejoignit une file d'attente au stand d'un bookmaker. Plusieurs de ces files d'attente étaient plus courtes, mais, après avoir jeté un coup d'œil sur le parcours, l'homme qui prenait les paris à celle-ci semblait plus gentil que d'autres. Il pourrait être plus compréhensif et expliquer les choses plus lentement.

Pourtant, elle espérait que personne ne rejoignit la queue derrière elle trop rapidement, car ils pourraient s'impatienter.

La file d'attente tardait à avancer. Mais enfin, elle aperçut la lumière au bout du tunnel : il n'y avait plus que trois personnes devant elle. Ce ne devrait plus être long maintenant et, heureusement, il n'y avait toujours personne derrière elle. L'homme en tête de la file avait fini de placer sa mise et s'apprêtait à partir.

Plus que deux personnes, pensait Agnès, alors qu'elle se rapprochait de son but.

Mais alors que l'homme sortait de la file d'attente, il tourna la tête et elle vit que ce n'était autre que « l'homme en noir », Richard Harrison en personne.

Comment avait-elle pu ne pas voir ce manteau ? Le même qui l'avait trahi il y a seulement deux jours !

Elle baissa rapidement la tête, espérant désespérément qu'il ne l'avait pas repérée, à la vue de tous. Cependant, elle n'avait apparemment pas à s'inquiéter, son attention semblait attirée ailleurs.

— Excusez-moi, faites-vous la queue ?

Agnès fut surprise par la voix provenant de derrière. Elle était tellement absorbée par la présence du suspect qu'elle n'avait pas remarqué que la file d'attente avait avancé et que quelqu'un était apparu derrière elle. En se retournant, elle découvrit une femme qui tenait un billet de vingt livres dans sa main.

— Oui, non, je suis désolée. Oui, je l'étais. Mais je vois que mon ami a déjà placé notre pari là-bas.

Agnès fit un signe de la main en direction d'un autre bookmaker situé plus loin sur le circuit et s'éclipsa rapidement de la file d'attente.

Malgré l'interruption, elle n'avait pas perdu Harrison de vue. Il se dirigeait vers la tribune. Il y avait un grand nombre de personnes à cet endroit.

Elle devait avancer, sinon elle risquait de le perdre de vue dans la foule.

Elle n'avait fait que quelques pas quand un individu la heurta. La secousse fut si forte qu'elle bascula et perdit son sac à main. Il tomba sur le sol, son contenu se répandant sur le gazon humide.

21

— T'en es sûr, Morris ?

L'inspecteur en chef venait d'apprendre qu'Agnès Lockwood surveillait leur suspect à l'hippodrome de Gosforth.

— Tu ne la confonds pas avec une autre personne ?

Alan jeta un coup d'œil à son sergent et haussa les épaules.

— Il pourrait se tromper, murmura-t-il.

Le téléphone était sur haut-parleur. Andrews pouvait donc entendre ce que Morris disait.

— Non, c'est bien Mme Lockwood. Je l'ai vue en prenant le petit-déjeuner à l'hôtel hier matin.

Fixant toujours du regard Andrews, Alan leva ensuite la tête vers le plafond.

— Qu'est-ce qu'elle fait maintenant ? demanda Alan en baissant le regard vers le téléphone.

— Rien... Elle est toujours en train de surveiller Harrison, expliqua-t-il, puis il fit une pause. Non, attends ! Il s'en va quelque part et je pense qu'elle est sur le point de le suivre.

— Empêche-la ! cria Alan.

— Mais on m'a dit que je ne devais pas prendre contact avec Mme Lockwood. Ça pourrait compromettre ma couverture.

— Je me fiche de ce qu'on t'a dit, Morris. Je te donne un ordre direct. Fais tout ce qu'il faut pour l'empêcher de suivre Harrison, dit Alan, en passant ses doigts dans ses cheveux en signe de frustration. Tu comprends ?

— Monsieur..., tenta d'intervenir Andrews.

Cependant, l'inspecteur en chef leva la main, l'empêchant d'en dire plus.

— Tu comprends, Morris ? répéta Johnson.

— Oui, monsieur, répondit le détective, avant de raccrocher.

— Merde ! marmonna Morris. C'est ma première occasion d'être sous couverture et la voilà gâcher après quelques jours.

Il suivait toujours Mme Lockwood du regard. Elle s'était mise à avancer et semblait farfouiller dans son sac à main. Y avait-il un moyen de l'arrêter sans avoir à se trahir ?

Morris se mit à marcher vers elle. Cependant, alors qu'il se rapprochait, il porta son téléphone à l'oreille.

— Allô, dit-il dans le téléphone.

Il parlait fort, afin que les personnes à proximité pensent qu'il venait de recevoir un appel de quelqu'un dans la foule.

— Oui, je suis au parc Gosforth maintenant. Où es-tu ?

À présent, il était proche de Mme Lockwood. Il se retourna, comme s'il cherchait la personne à l'autre bout du fil. Mais, en même temps, il en profita pour heurter violemment Mme Lockwood et faire tomber son sac à main sur le sol.

— Je suis terriblement désolé, madame, dit-il en faisant mine de se baisser pour ramasser son sac.

Il leva les yeux vers elle pour qu'elle le reconnaisse.

— Je discutais au téléphone, je ne vous ai pas vu.

— Pas de problème, répondit Agnès, reconnaissant instantanément le détective sous couverture. Il y a pas mal de monde ici aujourd'hui, vous ne trouvez pas ?

Elle se pencha pour l'aider à rassembler les objets qui avaient été éparpillés dans son sac à main.

— Oui, c'est vrai, répondit Morris, avant de

baisser le ton. Le commissaire ne veut pas que vous suiviez Harrison.

— Comment sait-il que je suis ici ?

Elle ferma les yeux une seconde et secoua la tête.

— Pas besoin de répondre à cette question, détective. J'ai compris, vous lui avez dit.

Morris acquiesça.

— J'étais déjà au téléphone avec lui quand vous êtes apparue.

Pendant toute la durée de leur conversation, les yeux de Morris restèrent rivés sur le suspect.

Heureusement, Harrison n'avait pas regardé autour de lui ; il semblait concentré sur un objectif devant lui.

— Je ferais mieux de le poursuivre, ajouta Morris. Je vous suggère de contacter le commissaire et de l'assurer que vous allez bien.

Il éleva la voix, à l'intention de toute personne passant par là, pour s'excuser à nouveau avant de s'éloigner.

Agnès était sur le point d'appeler Alan quand son téléphone sonna. Le nom d'Alan apparut sur l'écran.

— Oui, Alan, je vais bien, dit-elle avant qu'il eût le temps de dire un mot. J'étais sur le point de t'appeler.

— Dieu soit loué. Morris est toujours là ?

Agnès ne put rater la note de soulagement dans la voix d'Alan.

— Non. Il suit Richard Harrison.

Elle expliqua rapidement ce qui s'était passé.

— Nul doute que Morris te contactera à un moment ou à un autre.

— Alors, que vas-tu faire maintenant ?

— D'abord, je vais parier sur un cheval, c'est ce que j'allais faire avant de repérer Harrison, répondit Agnès, lentement. Ensuite, je vais trouver le bar et prendre un gin-tonic !

— Agnès, éloigne-toi de là. Tu pourrais être en danger, plaida Alan.

— Pour l'amour du ciel, Alan, il y a tellement de monde autour de nous, je doute même de revoir Harrison aujourd'hui. Au fait, as-tu pu obtenir des empreintes sur les couverts que j'ai déposés hier ? s'enquit Agnès en changeant de sujet.

— C'est toujours l'équipe médico-légale qui s'en occupe pour le moment. Mais arrête d'essayer de changer...

Agnès ne voulait pas en entendre plus. Elle avait déjà fermé son téléphone et se dirigeait à nouveau vers le bookmaker au visage sympathique.

* * *

Le sergent Andrews sourit lorsque le commissaire posa son téléphone.

— Je suppose que Mme Lockwood n'est pas prête de quitter l'hippodrome.

— Non, confirma Alan, en baissant les yeux sur son téléphone, incrédule. Elle vient de me raccrocher au nez. J'essaie seulement de veiller sur elle. Et pourtant elle m'a raccroché au nez. Elle a l'air de penser que j'essaie toujours de lui dire ce qu'elle devrait faire.

— Eh bien, dans un sens, je pense que c'est ce que tu fais et..., s'interrompit Andrews, en se demandant s'il devait continuer.

— Et ? incita Alan.

— Et les femmes n'aiment pas qu'on leur dise ce qu'elles doivent faire.

— J'imagine que tu sais tout sur les femmes, sergent !

— Non, pas tout. Mais je suis certain d'avoir appris qu'elles n'aiment pas qu'on leur dise ce qu'elles doivent faire.

Alan ne répondit. Il attendit simplement qu'Andrews continue. Le sergent tâtonna un long moment avec la paperasse sur son bureau.

— Ok, nous savons tous les deux que j'ai fait des erreurs dans le passé. Oui, j'ai essayé d'être « celui qui savait tout » quand je suis devenu inspecteur, dit-il, en faisant des guillemets dans l'air. Mais je pense que j'ai dépassé ça maintenant.

Il fronça les sourcils.

— Attends une minute, ajouta-t-il en pointant du doigt son inspecteur en chef. C'est pas toi qui m'as conseillé d'arrêter d'essayer d'être le meilleur en disant à mes copines ce qu'elles doivent ou ne doivent pas faire ?

— Eh bien, ça a marché, non ? J'ai cru comprendre que vous vous entendiez très bien avec Sandra.

Une étincelle brilla dans l'œil du commissaire en parlant.

— Oui, ça a marché, approuva Andrews.

Une expression vitreuse s'étendit sur le visage du sergent tandis qu'il pensait à Sandra. Elle était la femme la plus merveilleuse qu'il ait jamais rencontrée. Il l'aimait tellement. Il avait déjà acheté la bague et prévoyait de lui poser la question très bientôt.

— Ça va, Michael ?

La voix du commissaire ramena Andrews dans le bureau et à la raison de cette conversation.

— Oui, désolé, monsieur, répondit Andrews en toussant. Tout ce que j'essayais de dire, c'est que tu agis toujours de la même façon avec Mme Lockwood. Si ça ne tenait qu'à toi, elle ne quitterait pas l'hôtel.

— Je ne suis pas aussi mauvais que ça ! répondit Alan, lentement, avant de se tourner vers son sergent. Si ? C'est juste que je ne peux pas m'empêcher de m'inquiéter pour elle. Où qu'elle aille, elle trouve des problèmes.

— Oui, acquiesça Andrews d'un air pensif. Je ne saurais le contester.

22

Agnès était plutôt satisfaite d'elle-même. Son cheval était arrivé deuxième, donc elle avait de l'argent à sa disposition. L'homme au visage aimable, vêtu d'un lourd pardessus, d'une épaisse écharpe et d'un chapeau en feutre plutôt usé, avait patiemment expliqué la procédure, suggérant que, comme elle était nouvelle dans les courses de chevaux, elle devait soutenir le cheval dans les deux sens.

Elle inclina la tête sur le côté en regardant la liste des chevaux qui allaient participer à la prochaine course. L'homme avait parlé d'« étude de la forme ». « Vous devez vérifier comment les chevaux et les cavaliers se sont comportés les jours précédents. »

Toujours déconcertée par les informations

données sur la carte de course, elle décida de choisir un cheval simplement par son nom ; qu'il soit amusant, attirant, ou même câlin. La méthode semblait fonctionner puisque, peu de temps après, elle retourna voir le bookmaker pour récupérer une partie de ses gains.

— C'est vraiment votre première fois ?

Il lui fit un clin d'œil, avant de fouiller dans un sac et en sortir une poignée de billets.

— Oui, absolument.

— Bon, je vous en prie, ne dites à personne le secret de votre succès. Cela pourrait me coûter une fortune.

Il compta deux cents livres et les lui remit dans sa main.

— Je vous remercie. Je me suis beaucoup amusée aujourd'hui, dit-elle en rangeant soigneusement l'argent dans son sac. Je pense que je vais trouver le bar et prendre un verre, avant d'appeler un taxi.

Agnès savourait un grand gin-tonic quand elle sentit une tape sur son épaule. Pendant un bref instant, elle crut qu'Alan était venu à l'hippodrome pour la surprendre et un énorme sourire se dessina sur son visage lorsqu'elle se retourna pour l'accueillir. Cependant, son sourire s'effaça rapidement lorsque son regard tomba sur Richard Harrison. Elle fut si surprise qu'il lui fallut quelques instants pour réaliser qu'il n'était pas seul. Il y avait une femme debout à côté de lui.

— Sont-ils disponibles ? demanda Harrison en désignant les deux sièges de l'autre côté de la table.

— Euh, oui, répondit-elle en essayant de se ressaisir. Je vous en prie. Je vais bientôt partir, de toute façon.

Pendant que le couple se mettait à l'aise, Agnès en profita pour jeter un coup d'œil dans la pièce. Elle s'attendait à ce que la plupart des sièges soient occupés. Cependant, elle fut surprise de constater que la plupart des tables étaient vides. Elle espérait également voir Morris, mais aucun signe de lui.

— Ne vous ai-je pas vu à l'hôtel hier matin ? s'enquit Harrison, une fois que lui et son amie furent installés.

— Vous êtes sûr ? répondit Agnès en haussant les sourcils.

Elle avait appris d'un vieil ami que, si on avait un doute sur quelqu'un, on devait répondre à sa question par une autre question et observer sa réaction.

Cela sembla fonctionner, car il y eut une pause avant que Harrison ne répondît.

— Oui, dit-il, enfin. En tout cas, je pense que c'est vous, ajouta-t-il.

Agnès haussa les épaules.

Il jeta un coup d'œil à la femme assise à côté de

lui, comme s'il espérait qu'elle allait l'aider. Mais elle resta silencieuse.

Il gigota sur sa chaise.

Pendant tout ce remue-ménage, Agnès en profita pour se faire une image nette de ces deux personnes. Bien qu'elle eût vu Harrison au petit-déjeuner la veille, elle avait jugé préférable de ne pas le regarder de trop près à ce moment-là.

Toutefois, aujourd'hui, c'était différent. Il s'était approché d'elle et essayait maintenant d'entamer une conversation. Alors, pourquoi ne pas utiliser cette situation à son avantage ?

En l'observant de l'autre côté de la table, elle présuma qu'il avait à peu près son âge ou peut-être un peu plus jeune. C'était difficile de lui donner un âge exact. Néanmoins, c'était un homme plutôt séduisant ; ou il l'aurait été, s'il n'avait pas ce regard perçant. Même quand il ne regardait pas dans sa direction, elle pouvait sentir ces yeux sonder chacun de ses mouvements.

Elle s'empressa de porter son attention sur la femme.

Avant que le couple ne s'assoie, Agnès avait déjà remarqué que la femme était légèrement plus grande que Harrison. Maintenant, en regardant de plus près, elle remarqua que ses yeux bruns étaient assortis à la couleur de ses cheveux. Son maquillage était impeccable ; peut-être était-elle arrivée à l'hippodrome juste après une séance dans son salon de beauté local.

Bien que la femme parût avoir un peu de poids en trop, son élégante robe bleue le cachait bien. Un manteau coûteux était drapé autour de ses épaules et son large sac à main élégant n'était certainement pas le genre que l'on trouve dans un supermarché. Pour couronner le tout, l'odeur d'un parfum luxueux flottait sur la table.

Pourtant, malgré tout ce panache, il y avait quelque chose chez cette femme qui dérangeait Agnès. Bien que, à ce stade, elle ne pouvait pas mettre le doigt dessus.

— Je devrais peut-être vous présenter Joanne, dit Harrison. Elle ne séjourne pas à l'hôtel. C'est ma belle-sœur et elle vit dans la région.

— Je vois. Et vous êtes ? demanda Agnès.

Même si elle connaissait le nom qu'il avait donné à l'hôtel, elle joua l'innocente.

— Je m'appelle Harrison, Richard Harrison. Enchanté de vous rencontrer, répondit-il en tendant sa main par-dessus la table. Enfin, ajouta-t-il, en prenant sa main.

Elle voulait lui demander ce qu'il entendait par là, mais décida de s'en tenir à son plan précédent : répondre à une question par une autre question.

— Enfin ? demanda Agnès.

— Mon nom ne vous dit rien ?

À présent, Agnès commençait à se sentir mal à l'aise. Harrison était son nom de jeune fille, mais son père était fils unique. Elle n'avait aucun parent du côté de la famille de son père.

Mais du coin de l'œil, elle aperçut soudain Morris assis à une table derrière Harrison et se sentit un peu mieux. S'il le fallait, il appellerait de l'aide.

Se ressaisissant, Agnès souleva une épaule.

— Il devrait ?

— Quel est votre nom ? reprit Harrison.

— Pourquoi voulez-vous le savoir ?

— Parce que je pense que nous sommes de la même famille.

— Si vous pensez que nous sommes de la même famille, alors vous devez déjà connaître mon nom, rétorqua Agnès.

— Je veux juste en être sûr.

Agnès se leva et ramassa son sac à main.

— Je m'appelle Agnès Lockwood. Maintenant, si ça ne vous dérange pas, je m'en vais.

— Mais quel était votre nom avant votre mariage ? dit Harrison, en se levant aussi pour lui attraper le bras. Bon sang, madame ! Quel était votre nom de jeune fille ?

Prise au dépourvu, elle hésita un bref instant. Puis elle aperçut Morris.

— Morrison, dit-elle en mentant. Mon nom était

Agnès Morrison. Maintenant, retirez votre main de mon bras.

Harrison lança un regard aux personnes présentes dans le bar. Voyant que certains regardaient dans leur direction, il relâcha le bras de la jeune femme et s'enfonça dans sa chaise.

Morris était debout, mais il se rassit dès qu'Agnès lui indiqua d'un léger mouvement de tête de ne pas intervenir.

— Mme Lockwood, asseyez-vous une minute, dit Joanne en désignant la chaise.

La femme parlait pour la première fois. Elle avait une voix basse et rauque. Agnès se demanda si elle n'était pas une grande fumeuse.

— Pourquoi devrais-je m'asseoir ? Donnez-moi une bonne raison de ne pas appeler la police tout de suite.

— Parce que Richard croit que vous êtes sa sœur. Ou plutôt sa demi-sœur, répondit Joanne.

— Très bien, accepta Agnès en se réinstallant sur son siège.

À présent, elle était prête à écouter. Harrison voulait expliquer pourquoi il la suivait. Mais elle devait rester sur ses gardes.

— Par contre, sachez qu'au premier signe de provocation de la part de M. Harrison, j'appelle la police, pointa Agnès en sortant son téléphone et en le posant sur la table devant elle pour souligner son propos.

— D'accord, dit Joanne.

Richard Harrison était toujours affalé dans son fauteuil. Il n'avait pas prononcé un mot depuis qu'Agnès lui avait donné un faux nom.

— Maintenant, de quoi s'agit-il ? s'informa Agnès, après avoir pris une profonde inspiration, les yeux rivés sur Joanne.

— Belle-sœur... ça veut dire que votre nom est aussi Harrison.

— Non, corrigea Joanne. C'est Lyman.

— Je suis désolée, je ne comprends pas, dit Agnès, d'un air perplexe.

— Je suis la demi-belle-sœur de Richard, si tant est que ce terme existe, expliqua Joanne. Je suis mariée à son demi-frère, Joe. Richard est né après que sa mère ait eu une brève aventure avec un homme qui s'est avéré marié. Quand l'homme a appris pour le bébé, il a refusé de quitter sa femme. J'ai cru comprendre qu'il n'a jamais vu son fils. Cependant, il devait se sentir coupable, car il envoyait régulièrement de l'argent pour l'aider.

Joanne jeta un coup d'œil à Richard. Bien qu'il semblait écouter la conversation, il ne tentait pas de se joindre à elle.

— Plus tard, la mère de Richard a rencontré un autre homme, qu'elle a épousé et ils ont eu deux enfants, poursuivit Joanne. Les trois enfants s'entendaient bien, mais Richard était différent des deux autres. Il était plus studieux. Il avait toujours la tête dans un livre.

Joanne fit une pause.

— Bref, pour faire court, un jour, la mère de Richard lui a dit que son mari n'était pas son père biologique et depuis ce jour, il essaie de découvrir qui est son vrai père. Évidemment, sa mère l'a aidé du mieux qu'elle a pu, mais elle n'avait aucune idée de ce qui était arrivé à son père. Une fois qu'il a dit qu'il ne voulait pas connaître son fils, elle n'a plus jamais entendu parler de lui.

— Mais d'où venait l'argent ? demanda Agnès. Je veux dire, s'il envoyait de l'argent, la mère de Richard aurait sûrement pu récupérer quelque chose dans l'enveloppe ?

— Le père de Richard avait ouvert un compte bancaire à son nom. De l'argent était déposé sur le compte chaque mois et sa mère l'encaissait. La banque l'a informée de l'arrangement, mais ils n'ont pas voulu lui dire exactement d'où venait l'argent, ajouta Joanne avec un haussement d'épaules. Nous avons tous – j'entends par là la famille - cru que ça faisait partie de l'accord qu'il avait avec la banque.

Agnès prit un air pensif, se rassit sur son siège et fixa Richard.

— Alors, quelle est ma place dans tout ça ?

Qu'est-ce qui vous a conduit à moi ? Pourquoi pensez-vous que je suis votre demi-sœur ?

Agnès regarda l'un puis l'autre dans l'attente d'une réponse à ses questions. Lorsque Joanne avait commencé à lui raconter pourquoi Richard avait tenu à la rencontrer, Agnès n'avait pas été très intéressée. Pourtant, au fur et à mesure que l'histoire avançait, elle était devenue curieuse. Mais maintenant, elle était en colère. Comment Harrison pouvait-il croire que son merveilleux père avait été impliqué dans une histoire d'amour sordide et sans intérêt avec sa mère ? Son père à elle était un homme aimant et attentionné.

Comme sa question restait sans réponse, Agnès essaya à nouveau.

— Écoutez, je peux comprendre que vous essayiez d'en savoir plus sur votre passé. Je suis revenue dans le Tyneside l'année dernière pour rattraper le mien.

— Ce n'est pas tout à fait la même chose, cependant – n'est-ce pas ? dit Richard.

— Non, je présume que non. Quel était le nom de votre père ? demanda Agnès essayant de montrer un peu d'intérêt.

— Derek. Derek Harrison. Est-ce que ça vous dit quelque chose ?

Pendant une fraction de seconde, Agnès fut

décontenancée. Derek Harrison était le prénom de son père.

— Non, dit-elle à la hâte. Vous vous trompez de personne.

Agnès regarda en direction de la porte. Ce serait le bon moment pour partir. Elle avait tout nié. Mais à présent, sa curiosité la tenaillait.

Elle se retourna pour faire face à Richard. Par-dessus son épaule, elle voyait Morris assis à la table voisine. Il n'était pas assez près pour entendre chaque mot, mais elle n'aurait qu'à élever un peu la voix en cas de problème.

— Cependant, avant de partir, j'aimerais quand même savoir comment vous avez pu penser que j'étais votre demi-sœur. Je veux dire, vous ne connaissiez ni mon nom, ni le prénom de mon père.

— C'était un pur hasard. Mon frère a vu par hasard votre photo dans un journal l'année dernière et il a trouvé qu'il y avait une ressemblance avec mon père. Il m'a envoyé par courriel une copie de la photo pour que je puisse la vérifier.

Agnès était sur le point de l'interrompre, mais il leva la main.

— Vous vous demandez comment je sais à quoi ressemble mon père. Eh bien, j'ai une vieille photo de lui. Ma mère l'a prise à son insu quand elle a réalisé qu'il la laissait livrée à elle-même. Elle la voulait pour moi.

— Mais il ne l'a pas laissée livrée à elle-même, n'est-ce pas ? dit Agnès, calmement.

— Non, mais elle ne le savait pas à ce moment-là.

— Vous avez la photo avec vous ? demanda Agnès.

— Oui.

Richard fouilla dans sa poche et en sortit une photo. Agnès déglutit en le regardant faire glisser la photo vers elle sur la table. C'était le moment où elle pourrait honnêtement nier que l'homme dont Harrison avait parlé était vraiment son père. Lentement, elle se pencha sur la table et la prit.

La photo en noir et blanc montrait un homme se tenant près d'une voiture. Il portait une veste sombre et un pantalon clair. En regardant de plus près, elle vit que l'homme faisait un grand sourire à l'appareil photo, un bras posé sur le toit de la voiture.

Agnès était incapable de distinguer l'endroit où la photo avait été prise. Elle ne reconnaissait certainement pas le paysage en arrière-plan. Néanmoins, il ne faisait aucun doute que le visage de l'homme sur la photo était celui de son père.

Jusqu'au moment où elle découvrit le visage de son père la fixer du regard sur la photo, Agnès était restée calme. À présent, elle se sentait mal. Pourtant, il n'était pas question de montrer à

Harrison qu'il avait raison, pas avant qu'elle eût plus de preuves.

— Votre père était un très bel homme, dit-elle en reposant la photo sur la table.

Agnès ne voulait que rentrer à l'hôtel et réfléchir à tout ça. Pourtant, se lever soudainement et partir indiquerait qu'elle avait menti au sujet de la photo.

Bien qu'elle semblât calme, l'esprit d'Agnès s'emballait. Il devait y avoir une autre explication à cela : pourquoi la mère de Richard lui avait dit que l'homme sur la photo était son père ? Peut-être avait-elle pris une photo de la première personne rencontrée un jour dans la rue, simplement pour que son fils puisse la montrer à ses amis à l'école.

— Qu'allez-vous faire si vous trouvez votre père ? demanda Agnès.

— Je ne sais pas. Je voudrais juste qu'il sache que je me suis bien débrouillé tout seul.

— Je comprends.

Agnès prit son téléphone et le replaça dans son sac à main.

— Si cela ne vous dérange pas, je vais y aller maintenant, dit-elle en se levant.

Richard se leva et lui tendit la main.

— Je suis désolé pour tout à l'heure – quand je vous ai attrapé le bras.

— Excuses acceptées, dit Agnès, avec un sourire, en lui serrant la main.

En regardant par-dessus l'épaule de Richard, elle vit que Morris s'était installé à une autre table, un peu plus loin.

À l'extérieur du bar, Agnès sortit son téléphone et appela Ben, pour lui demanda de venir la chercher à l'endroit même où il l'avait déposée plus tôt dans la journée.

Quelques enfants jouaient encore sur les manèges et les balançoires au moment où Agnès passait et se dirigeait vers le portail. Cependant, elle ne les remarqua pas vraiment. Tout ce qu'elle voulait faire était de retourner dans sa chambre et de fondre en larmes. Son monde s'était écroulé à la mort de Jim et même si sa vie avait commencé à reprendre récemment, cet après-midi, elle avait été brisée une fois de plus.

* * *

De retour au bar de l'hippodrome, Morris attendit qu'Harrison ait commandé un autre verre avant de sortir son téléphone pour appeler l'inspecteur en chef.

Alan mit le téléphone sur haut-parleur pour faire écouter l'appel à son sergent.

Morris expliqua rapidement comment il avait suivi le suspect accompagné d'une femme dans le bar et trouvé Mme Lockwood attablée à l'intérieur.

— Harrison et l'autre personne se sont directement dirigés vers sa table alors qu'il y en avait plusieurs de disponibles.

Il poursuivit en précisant au commissaire qu'il n'était pas en mesure d'entendre tout ce qui se disait.

— Par contre, c'est devenu un peu désagréable à un moment donné, lorsque des voix se sont élevées. J'ai vraiment cru que j'allais devoir intervenir quand Harrison a attrapé le bras de madame Lockwood. Elle lui a dit de la laisser tranquille, ce qu'il a fait, mais seulement après lui avoir donné son nom de jeune fille. Morrison, lui a-t-elle dit fermement.

Il y avait un silence à l'autre bout de la ligne.

— Vous êtes toujours là ? demanda Morris.

— Oui, répondit Alan. Que fait Harrison maintenant ?

— Il est toujours là, au bar. Il a commandé un autre verre pour lui et la femme avec qui il est.

— Bon travail, Morris. Garde-le à l'œil. Ne le perds pas de vue.

* * *

Pensif, l'inspecteur Johnson éteignit le haut-parleur.

— C'est étrange que Harrison veuille connaître le nom de jeune fille de Mme Lockwood, dit Andrews.

— Oui, ça l'est, dit-il lentement. Très étrange.

Alan regarda son sergent.

— Nous devons vraiment en savoir plus sur cet homme. Est-ce qu'on a eu du nouveau sur les empreintes digitales relevées sur les couverts ?

Andrews lui répondit qu'il n'y avait pas eu de rapport jusqu'à présent.

— Je vais descendre et voir si je peux les presser.

Une fois qu'Andrews eut quitté le bureau, Alan s'attarda sur une chose que Morris avait mentionnée : « elle avait dit que son nom de jeune fille était Morrison ».

Pourtant, Alan savait pertinemment que son nom de jeune fille était Harrison. Ils avaient été à l'école ensemble, après tout ! Cependant, depuis qu'ils s'étaient revus il y a plusieurs mois, il l'avait toujours considérée comme Agnès Lockwood. Par conséquent, jusqu'à il y a quelques minutes, il ne lui était pas venu à l'esprit qu'elle portait le même nom que leur suspect.

* * *

— Ça aurait pu mieux se passer, dit Joanne.

— Oui, répondit Richard Harrison en saisissant son verre de whisky, qu'il étudia un long moment avant d'en avaler une grande gorgée. Peut-être que ce n'était pas le meilleur endroit pour aborder le sujet. Je vais réessayer à l'hôtel. Je suis sûr que je vais la « croiser » à un moment ou à un autre.

— Sincèrement, je pensais qu'elle aurait été une proie facile. Vous savez ce que je veux dire... une femme seule.

— Oui, je suis d'accord, avoua Richard. Cependant, je suis sûr que nous l'avons fait réfléchir et, comme je l'ai dit, je la retrouverai à l'hôtel. En attendant, nous avons quelqu'un d'autre à qui parler, n'est-ce pas ?

— Oui, dit Joanne, puis elle sortit un carnet de son sac à main et l'ouvrit à la page correspondante. J'espère que ce type ira un peu mieux dans notre sens.

— On s'est bien débrouillés jusqu'à présent, dit Richard en levant son verre. À nous ! ajouta-t-il. On forme une bonne équipe.

23

Ben récupéra Agnès à l'entrée de l'hippodrome. Pendant le trajet de retour à l'hôtel, il lui demanda comment elle s'était débrouillée avec les courses.

— Je me suis plutôt bien débrouillée, compte tenu du fait que je ne connais rien aux courses de chevaux, répondit-elle. Cependant, l'un des hommes... Je pense qu'ils les appellent les bookmakers ?

— Oui, répondit Ben, les yeux toujours rivés sur la route.

— Eh bien, il m'a très gentiment expliqué la procédure, poursuivit-elle. Mais malgré tout, je ne comprenais rien.

Elle força un rire, son esprit toujours concentré

sur le couple qu'elle avait laissé dans le bar de l'hippodrome. À eux deux, ils avaient totalement ruiné les beaux souvenirs qu'elle conservait de son père.

— Pourtant, vous vous en êtes bien sortie, ajouta Ben, en riant. Vous avez dû gagner le pactole aujourd'hui. C'est bien.

— Oui, dit Agnès, pensive, bien qu'elle ne répondît pas vraiment au commentaire du chauffeur.

Elle pensait toujours à Richard Harrison et à la misérable femme qui l'accompagnait.

— Donc vous allez y retourner une nouvelle fois pour retenter votre chance sur les chevaux ? demanda Ben dont la voix brisa ses pensées.

— Je ne sais pas... Parfois, il est bon d'abandonner quand on est en tête. N'est-ce pas ce qu'on dit ?

Entre-temps, Ben s'était arrêté devant l'hôtel.

— Ce n'est pas la peine de regarder le compteur., dit Agnès en plongeant une main dans son sac, pour en sortir l'argent qu'elle avait gagné plus tôt dans la journée et le tendre à Ben.

— Je ne peux pas prendre tout ça !

— Si, bien sûr que si. J'ai vraiment apprécié ma journée. C'était amusant. J'ai mis quelques livres sur le bon cheval et les choses se sont enchaînées. Je suis sûre que vous en ferez bon usage, Ben, dit-elle en lui glissant l'argent dans la main. Je n'en ai pas besoin et je veux que vous le preniez.

C'était vrai, elle n'avait pas vraiment besoin de cet argent. Ses parents lui avaient laissé une entreprise florissante et Jim s'était assuré qu'elle et les enfants seraient bien pris en charge si quelque chose devait lui arriver.

Ben fixait toujours l'argent qu'elle lui avait donné lorsqu'elle ouvrit la porte de la voiture et sortit.

Dans sa chambre, Agnès poussa le verrou de la chaîne avant de se jeter sur le lit et de fondre en larmes. Non ! Ce n'était pas possible. Son adorable père n'aurait jamais eu de liaison avec une autre femme. Elle n'arrive pas à y croire.

Des souvenirs de son père et de sa mère flottaient dans son esprit. Elle se rappelait comment ils avaient été si heureux ensemble. Sa mère n'avait jamais eu de raison de croire que son mari avait été infidèle. D'après ses souvenirs, son père vénérait sa mère. Pourtant, la photographie en possession de Richard Harrison montrait clairement son père debout au bord de la route, le bras appuyé sur une voiture. Il avait l'air si fier. Mais alors, qui n'aurait pas été fier de posséder une voiture à l'époque ? Peu de gens avaient le budget nécessaire pour posséder une voiture. Même ses parents n'en avaient pas eu jusqu'à...

Une minute ! Agnès se redressa rapidement et essuya ses larmes. Pourquoi n'y avait-elle pas pensé avant ? Son père n'avait pas de voiture. Pas avant que la famille ne fût de retour de l'étranger et même, ce n'était pas le modèle contre lequel il était appuyé sur la photo.

Par conséquent, pourquoi se serait-il prélassé contre cette voiture comme si elle lui appartenait ? Cela n'avait pas de sens. Ou alors, se raccrochait-elle désespérément à quelque chose, ne voulant toujours pas croire que son père eût pu avoir une liaison, et encore moins un enfant qu'il ne voulait pas connaître ?

Agnès se prit la tête dans les mains. Son esprit qui se démenait pour essayer de trouver des réponses lui procurait des douleurs intenses. Pourtant, tout ce qu'elle trouvait, c'était encore plus de questions.

* * *

De retour au poste de police, le sergent Andrews retourna au bureau où il trouva l'inspecteur en chef regarder par la fenêtre.

— Y a-t-il d'autres nouvelles ?

L'inspecteur en chef regardait souvent par la

fenêtre lorsqu'il venait de recevoir des informations sur une affaire sur laquelle ils travaillaient. D'autres fois, il faisait les cent pas dans le bureau tout en réfléchissant.

— Non, répondit Alan, sans se retourner. Et toi ?

— Il y avait apparemment trois types d'empreintes digitales sur les couverts – du moins, seulement ceux que la police scientifique a pu relever. Elle est en train de les comparer à la base de données, mais elle n'a pas encore trouvé de correspondance. Cependant, elle a aussi trouvé de l'ADN sur les dents de la fourchette. Ils vont essayer de le faire correspondre aux vêtements de notre victime. On ne sait jamais, notre tueur pourrait avoir laissé une goutte de salive ou de sueur.

— Espérons qu'ils trouveront quelque chose, dit Alan, en regardant toujours par la fenêtre. Et s'ils trouvent quelque chose, ce sera grâce à Mme Lockwood qui aura eu l'idée de ramasser les couverts en premier lieu.

Il se retourna pour faire face à son sergent.

— Je réfléchissais à une chose que Morris a dite, ajouta-t-il.

Andrews attendit patiemment qu'Alan retrouve son bureau et s'assoie avant de poursuivre.

— Morris nous a dit que Mme Lockwood a donné à notre suspect son nom de jeune fille.

— Oui. Je me souviens – Morrison, c'est ça ? dit Andrews.

— Oui, acquiesça Alan. C'est le nom qu'elle a donné. Mais son nom de jeune fille n'était pas Morrison.

— Et alors ? demanda Andrews ; il ne voyait pas où était le problème.

Elle a probablement voulu le tromper. Je ne voudrais pas non plus donner à un parfait inconnu l'histoire de ma vie.

— Tu ne comprends pas où je veux en venir, Andrews. Je sais que le nom de jeune fille de Mme Lockwood est Harrison. Comment se fait-il que je ne l'aie pas remarqué plus tôt ?

Andrews prit une profonde inspiration et s'adossa à sa chaise.

— Je suis surpris que cela ne lui ait pas traversé l'esprit. Mais je suppose que Harrison est un nom assez commun.

Il réfléchit un instant.

— Donc, tu crois maintenant qu'il a une arrière-pensée en suivant Mme Lockwood ?

L'inspecteur en chef ne répondit pas. Il regarda sa montre.

— Je pense que Mme Lockwood est rentrée à l'hôtel à l'heure qu'il est. Je vais aller la voir. Si tu as des nouvelles de la police scientifique, tiens-moi au courant.

— Oui, monsieur. Tu seras le premier à le savoir.

Alan s'arrêta dans l'embrasure de la porte et fit un clin d'œil.

— Bien pensé, sergent, mais je serai le deuxième à le savoir. Tu seras le premier.

24

Agnès réfléchissait encore à sa rencontre de cet après-midi avec Richard Harrison lorsqu'elle entendit frapper à la porte de sa chambre. D'abord, elle ne répondit pas, pensant que Harrison avait peut-être découvert le numéro de sa chambre. Ce n'était pas difficile ; un homme aussi séduisant pouvait probablement convaincre n'importe quelle réceptionniste de divulguer une telle information.

Ce ne fut que lorsqu'elle entendit la voix d'Alan qu'elle se précipita vers la porte et détacha la chaîne pour le laisser entrer. Cependant, avant de refermer la porte derrière lui, elle prit la précaution de regarder dans le couloir pour s'assurer qu'Harrison ne rôdait pas dans les parages.

— J'ai eu des nouvelles de Morris, dit Alan, dès

qu'il fut à l'intérieur. Il m'a mis au courant de ce qui s'est passé.

Comme il n'y avait pas de réponse, il se retourna. Agnès était en train de remettre le verrou de la chaîne en place. Bien qu'il fût heureux de voir qu'elle tenait compte de ses avertissements concernant la fermeture de sa porte, il ne pouvait s'empêcher de s'inquiéter qu'elle en fût arrivée là.

— Cet homme est fou, dit Agnès en s'asseyant sur l'une des chaises de la table.

— Qui, Morris ? s'étonna Alan en levant les sourcils.

— Non. Je ne parle pas de Morris. J'étais reconnaissante qu'il soit là. Je parle de l'homme qui se fait appeler Harrison.

Elle sortit un mouchoir en papier d'une boîte posée sur la table près du lit et s'essuya les yeux.

— Il prétendait que mon père était aussi son père. Mais je l'ai vite remis à sa place sur ce point !

— Je sais. Tu lui as dit que ton nom de jeune fille était Morrison.

— Oui, dit Agnès en forçant un rire. Je voulais juste qu'il me lâche. Je n'étais pas sûre du nom à donner jusqu'à ce que mes yeux se posent sur Morris. Le nom de Morrison m'est soudainement venu à l'esprit. Mais Richard m'a montré une photo et a affirmé que l'homme sur la photo était son père. Il a dit qu'elle avait été prise par sa mère.

— Voilà qui est réglé. Tu n'as pas besoin de t'inquiéter davantage.

— C'est ce que je pensais, reprit Agnès en essuyant d'autres larmes, jusqu'à ce qu'il place cette satanée photo devant moi !

Alan plaça son bras autour de ses épaules.

— Tu veux dire...

— Oui ! La photo montrait mon père debout à côté d'une voiture, expliqua-t-elle, en secouant la tête. Je ne sais pas comment j'ai pu garder mon calme. Tout ce que je voulais, c'était sortir de là.

Alan était à court de mots. Il se contenta d'attirer Agnès à lui et de la serrer très fort dans ses bras.

— Mais il y a autre chose, Alan, ajouta Agnès, une fois calmée. Quand je suis revenue ici, je me suis soudain souvenue que mon père n'avait pas de voiture à l'époque.

Elle se dégagea d'Alan et commença à arpenter la pièce de long en large.

— À moins que..., commença Agnès, mais elle s'arrêta net et se retourna pour faire face à Alan. Mais non ! Je ne le croirai pas ! Ce n'est pas possible, ajouta-t-elle après un moment de réflexion.

— Qu'est-ce qui n'est pas possible ?

— Pendant une fraction de seconde, l'idée que mon père ait pu avoir une voiture cachée quelque part à l'insu de ma mère m'a traversé l'esprit. Mais je suis sûre que papa n'aurait pas fait ça. Harrison essaie de me faire croire que mon père était infidèle à ma mère. C'est un menteur et un tricheur, marmonna-t-elle en frappant de son poing serré la paume de son autre main. Et je ne vais pas le laisser s'en tirer comme ça.

— Qu'est-ce que vous voulez dire par un tricheur ?

— Richard Harrison a dit que la recherche de son vrai père n'était pas une question d'argent. Il m'a dit qu'il avait gravi les échelons sans l'aide de son père et qu'il avait créé sa propre société. Mais...

— Mais ?

Agnès continua en haussant les épaules.

— Mais je ne le crois pas. Je pense que c'est une question d'argent. N'est-ce pas là que le sergent Andrews et toi intervenez ? Vous ne vérifiez pas ce genre de choses ?

— Quel genre de choses, Agnès ? répondit gentiment Alan, dans un effort pour détendre l'atmosphère. Que ce soit un tricheur ou un menteur ?

— Les deux ! soupira Agnès. Pour l'amour du ciel, cet homme pourrait mentir à d'innombrables personnes et leur extorquer de l'argent.

— Agnès ! Tu n'as aucune preuve.

— Alors, je vais trouver des preuves ! rétorqua Agnès. Pour l'instant, cet homme pense que j'ai cru à son histoire. Par conséquent, je vais jouer cette option. Si je le vois à l'hôtel, je lui laisserai croire que je lui ai pardonné de m'avoir attrapé le bras et que nous sommes désormais en bons termes. Mais en même temps, je le surveillerai – avec l'aide de l'inspecteur Morris.

Au moment où Alan allait protester, elle afficha un doux sourire et changea rapidement de sujet.

— Maintenant, à propos de ce soir... où allons-nous dîner ?

* * *

Alan avait été réticent à l'idée de partir, mais Agnès avait insisté pour qu'ils retournent au restaurant qu'ils avaient fréquenté quelques soirées auparavant, en lui disant qu'ils pourraient discuter de tout cela plus tard.

— Et puis, ton travail n'est pas de jour ? avait-elle ajouté d'un air entendu.

Après son départ, Agnès se rassit à la table près de la fenêtre pour réfléchir une fois de plus. Elle était en colère. Mais au-delà de sa colère contre cet homme misérable, elle était furieuse contre elle-même d'avoir eu des doutes sur son adorable père.

Tout était de la faute de cet homme horrible, pensa-t-elle tout en contemplant le pont du Millénnium en bas de sa fenêtre.

Peut-être que l'inspecteur Smithers avait vu

juste après tout. Peut-être y avait-il une note d'hésitation dans la voix de Harrison quand il avait donné son nom à la réceptionniste. Si cet homme tentait de l'attirer dans ses filets, il devait avoir plein d'autres noms dans sa manche et, l'espace d'une seconde, il avait oublié qui il devait être ce jour-là.

Agnès réalisa que rester assise seule dans sa chambre d'hôtel ne lui apportait rien de bon. Elle avait besoin de sortir, ne serait-ce que pour aller dans son café préféré sur les quais.

***

— T'as des nouvelles de la police scientifique ?

De retour au commissariat, Alan avait trouvé son sergent en train d'examiner un dossier sur son bureau.

— Non, j'ai bien peur que non, répondit Andrews. Ceci vient d'arriver du commissariat de Gateshead. L'inspecteur en chef a apparemment relâché leur homme – pas assez de preuves...

— Pas assez de preuves ! ricana Alan. Il n'avait *aucune* preuve. Il n'avait absolument rien sur quoi s'appuyer. Il a relâché un homme dans la rue pour se donner bonne conscience.

— Enfin, s'empressa d'ajouter Andrews, lorsqu'Alan fit une pause pour reprendre son souffle, il a envoyé une copie de leur dossier sur les meurtres. Il pense que ça pourrait nous être utile puisque le tueur a, selon lui, traversé le Tyne.

— C'est bien la seule chose sensée qu'il ait faite depuis qu'il a pris ses fonctions, dit Alan, à contrecœur.

— Mme Lockwood va bien ? demanda Andrews en changeant de sujet.

— Non, pas vraiment, répondit Alan après une brève pause. Harrison prétend – ou devrais-je dire, prétendait – que son père était aussi son père à lui.

Alan continua en expliquant qu'il avait même produit une vieille photo de Derek Harrison, disant qu'elle avait été prise par sa mère il y a de nombreuses années.

— Oui, je peux comprendre à quel point elle doit être en colère, dit Andrews, lorsque l'inspecteur eut fini de parler. Mais ces choses arrivent. Peut-être que son père avait fait une erreur.

— Je n'aimerais pas être à ta place si elle t'entendait dire ça, gloussa Allan.

— Oui, peut-être que je ferais mieux de ne pas m'en mêler, dit Andrews en déglutissant.

Il n'avait pas oublié l'altercation qu'il avait eue avec elle quelques mois auparavant.

— Pour en revenir à notre affaire, qu'est-ce que la police scientifique fabrique en bas ? Ça ne devrait pas prendre autant de temps ?

Alan tendit la main vers le dossier.

— J'ai demandé la même chose quand j'ai essayé d'obtenir plus d'infos, dit Andrews, en passant le dossier à Alan, tout sourire.

— Et quelle était l'excuse ?

— La dame m'a calmement rappelé que nous n'étions pas le *NCIS* et que son nom n'était pas Abby Sciuto !

25

Lorsqu'Agnès sortit de l'hôtel, elle changea d'avis. Elle n'avait plus envie d'aller au café. Elle eut soudain l'idée de se promener le long du quai en direction de Bessie Surtees House. Pourquoi pas ? La journée s'annonçait toujours aussi agréable et elle avait tout le temps, par la suite, de se doucher et de s'habiller pour son rendez-vous avec Alan. Elle avait encore trois heures devant elle avant qu'il ne vienne la chercher.

De plus, elle s'était promis une autre visite de la maison et c'était le moment ou jamais. La promenade pouvait même l'aider à évacuer les pensées de ce qui s'était passé plus tôt dans la journée. Ce qui sembla fonctionner, car, peu après son départ, elle commença à se sentir beaucoup mieux.

Cependant, Agnès aurait dû savoir que ce serait trop beau pour durer. Elle avait presque atteint le bout de The Side, avec Bessie Surtees House juste au coin, lorsqu'elle aperçut Richard Harrison rôdant sur le seuil d'une porte. Elle se détourna rapidement et marcha pour regarder de l'autre côté du Tyne.

Elle était sûre qu'il ne l'avait pas vue, car son regard semblait être fixé sur quelque chose ou quelqu'un plus loin. Elle savait qu'elle devait faire demi-tour et retourner à l'hôtel, mais sa curiosité lui dictait de rester où elle était et d'essayer de découvrir ce qui intéressait tant Harrison.

Agnès s'empressa de sortir son miroir et son rouge à lèvres de son sac. Tenant le miroir de façon à pouvoir observer Harrison, elle plaça le rouge à lèvres près de ses lèvres, espérant donner l'impression aux passants qu'elle se maquillait. Elle inclina le miroir de manière à pouvoir suivre la direction du regard d'Harrison et, à quelques mètres de là, elle aperçut Joanne, sa soi-disant belle-sœur, qui discutait avec un homme.

Agnès était trop loin pour distinguer les traits de l'homme, mais elle constata qu'il portait un pardessus en tweed. Comme Newcastle n'était pas très éloigné de l'Écosse, le tweed était populaire dans la région. Par conséquent, elle considéra cette remarque comme insignifiante.

Toujours en observant du mieux qu'elle pouvait le reflet de Joanne à travers le petit miroir, Agnès nota que celle-ci avait jeté un coup d'œil vers Harrison avant de prendre le bras de l'homme et de l'encourager à la suivre. Cependant, l'homme secoua la tête et dégagea son bras de l'emprise de Joanne. Puis, sans un mot de plus, il se retourna et s'éloigna.

Agnès se demanda si Joanne ne serait pas tentée de le suivre. Mais après un regard vers Harrison, Joanne revint vers lui.

Qu'est-ce qu'ils fabriquent ? se demanda Agnès en suivant depuis le miroir Joanne et Harrison qui s'éloignaient ensemble. Ils se dirigeaient vers l'hôtel, en pleine discussion.

Agnès rangea son miroir et son rouge à lèvres dans son sac à main. Malgré sa tentation de suivre le couple, elle décida de rester à l'écart. S'ils la repéraient, ils pourraient bien se demander si elle avait vu l'interaction de Joanne avec l'homme au pardessus en tweed. Peut-être serait-il préférable qu'elle resta à leur droite, du moins pour le moment. De cette façon, elle en apprendrait peut-être plus sur leurs manigances.

Agnès reprit sa promenade vers Sandhill. Bessie Surtees House ne se trouvait plus qu'à quelques minutes. Néanmoins, ces instants fugaces lui donnèrent le temps de méditer sur ce dont elle avait été témoin.

Richard et Joanne auraient-ils pu essayer de faire le même coup qu'ils avaient tenté avec elle plus tôt dans la journée ? Mais Agnès rejeta cette idée. Ils avaient sûrement plus de bon sens que d'essayer de faire croire à quelqu'un qu'ils étaient parents, à cet endroit, au grand jour. Mais, à la réflexion, le bar d'un hippodrome était-il un bon endroit pour monter un coup pareil ?

Elle avait presque atteint Bessie Surtees House lorsqu'une autre pensée la frappa. Peut-être le couple avait-il déjà escroqué cet homme, l'avait-il attiré dans leur piège avec leurs mensonges et il leur avait remis de l'argent. Peut-être avaient-ils essayé d'en obtenir encore plus, mais il avait refusé !

Une fois arrivée au musée, Agnès regarda par la fenêtre pendant quelques minutes pour se calmer avant d'entrer.

— Bonjour.

La voix provenait d'un homme assis à un bureau de l'autre côté du comptoir. Il se leva et se dirigea vers elle.

— Je peux vous aider ?

— Savez-vous s'il y a un fantôme dans la maison ? demanda Agnès.

L'homme eut l'air stupéfait. Agnès ne voulait pas le dire de cette façon. Elle avait décidé qu'elle mentionnerait l'histoire du fantôme, mais seulement après qu'ils aient eu le temps de discuter un peu. Là, c'était trop tard.

— Un fantôme ? dit-il enfin. Qu'est-ce qui vous fait penser que nous pourrions avoir un fantôme ?

— Je suis probablement idiote, répondit Agnès en souriant, mais j'ai cru en voir un il y a quelques mois, alors qu'un ami et moi revenions à l'hôtel après être allés au restaurant d'en face. C'était la nuit où le corps a été retrouvé dehors sur le trottoir.

— Je me souviens de cette nuit, dit l'homme pensivement. La police est venue ici pendant des jours après la découverte. Mais vous vous trompez à propos d'un fantôme. Il n'y a pas de fantômes ici.

Même s'il paraissait certain, Agnès ne put s'empêcher de remarquer qu'il avait jeté un coup d'œil rapide par-dessus son épaule tout en parlant – comme s'il s'attendait à voir un individu vêtu de blanc se manifester derrière lui.

— Oui, je pense que vous avez raison, dit Agnès en riant. Il était très tard et, avec le corps étendu sur le trottoir, mon imagination m'a peut-être joué des tours. Mais j'ai pensé que je pourrais en parler en passant.

— Oui, bien sûr. Mais maintenant que vous êtes là, voulez-vous faire un tour de la maison ?

Agnès avait visité les pièces de l'étage lors de son dernier passage dans le Tyneside, mais pourquoi ne pas recommencer ? Elle avait du temps à tuer. D'ailleurs, elle avait aimé cette visite la dernière fois ; l'expérience l'avait ramenée à une époque révolue.

— Oui, je vous remercie. Je veux bien.

À l'étage, quelques autres personnes erraient dans les pièces. Ils profitaient manifestement de la saison calme. Elle se dirigea vers la fenêtre par laquelle, des années auparavant, Bessy Surtees était sortie pour s'enfuir avec son jeune homme.

C'était cette même fenêtre qu'Agnès aurait juré avoir vu se fermer la nuit où Alan et elle avaient trouvé le corps. L'avait-elle imaginé, ou était-elle la seule personne à avoir eu la chance de voir le fantôme ?

Elle regardait par la fenêtre, en réfléchissant toujours distraitement à la question d'un fantôme dans la maison, quand elle vit soudain Richard Harrison debout au coin de la rue. Seul. Pourtant, il semblait chercher quelqu'un puisqu'il ne cessait de regarder la rue d'un bout à l'autre. Pouvait-il être à la recherche de Joanne ? La dernière fois qu'elle les avait vus ensemble, ils allaient dans la direction opposée de Bessie Surtees House.

Agnès s'éloigna de la fenêtre, ne voulant pas être vue. Mais, en même temps, elle voulait être dans une position où elle pouvait voir qui Harrison attendait.

— Tout va bien ici ?

Agnès sursauta à la soudaine voix derrière elle. Elle s'était tellement concentrée sur Harrison qu'elle n'avait pas entendu les pas dans l'escalier et dans la pièce. En se retournant, elle tomba sur l'homme à qui elle avait parlé plus tôt.

— Oui, je vais bien, merci. Je me demandais juste comment Bessie Surtees avait réussi à sortir par cette fenêtre, mentit Agnès.

La dernière chose qu'elle voulait faire à ce moment-là était de s'éloigner de la fenêtre.

— Elle est assez petite, surtout pour une dame portant une robe à crinoline, ajouta-t-elle.

Elle se retourna vers la fenêtre et fit quelques gestes avec ses mains, comme si elle essayait de comprendre comment cela avait pu être possible. Cependant, ses yeux étaient concentrés au coin de Sandhill. Heureusement, Harrison y était toujours.

— Je suis d'accord, dit l'homme, enthousiaste, en se rapprochant de la fenêtre. Mais pas seulement, elle a dû placer soigneusement ses pieds sur une échelle pour descendre dans la rue. C'est remarquable, n'est-ce pas ?

— Oui, acquiesça Agnès. Très remarquable. Peu de femmes à l'époque auraient osé défier leur père, et encore moins quitter la maison par une fenêtre située à une certaine distance du sol.

— Nous fermons dans un quart d'heure environ,

annonça-t-il en retournant vers les escaliers. Mais prenez votre temps. J'ai de la paperasse à finir, donc je suis là pour un petit moment encore.

— Merci. Je n'en ai plus pour longtemps.

Du moins, j'espère que non, pensa-t-elle.

Elle ne voulait pas se retrouver dans la rue alors que Richard Harrison rôdait toujours dans les parages. Mais que pouvait-elle faire d'autre s'il ne partait pas ?

Dix minutes s'écoulèrent, puis cinq autres, mais Harrison était toujours au coin de Sandhill. Agnès commençait à désespérer. Que pouvait-elle faire s'il restait planté là ?

Devait-elle appeler Ben et lui demander de se garer sur le trottoir de manière à ce qu'elle puisse se glisser à l'arrière du taxi ? S'il était repéré et condamné à payer une amende, elle serait heureuse de la payer. Mais il pourrait perdre sa licence de chauffeur de taxi et il serait alors au chômage.

Une autre option serait d'appeler une ambulance et d'affirmer qu'elle ne pouvait pas marcher et qu'elle devait être transportée hors du bâtiment sur un brancard. Mais Agnès écarta rapidement cette idée. En appelant une ambulance, elle risquerait d'éloigner l'équipe d'une véritable urgence. Non ! Elle ne pouvait pas se résoudre à agir de la sorte.

La seule chose qui lui restait à faire était

d'appeler Alan. Avec les phares allumés et les sirènes hurlantes, Harrison pourrait avoir l'impression qu'ils le cherchaient et s'enfuir. Ce qui serait une perte de temps pour la police. Elle tenta de trouver une solution différente pour sortir du bâtiment sans être reconnue lorsqu'elle vit soudain apparaître Joanne.

Agnès poussa un soupir de soulagement en voyant Joanne se diriger vers Harrison. Désormais, avec un peu de chance, ils partiraient tous deux et elle pourrait quitter le musée sans être vue. Elle observait toujours le couple par la fenêtre lorsque Joanne plongea la main dans sa poche et agita joyeusement quelque chose en l'air. Quoi que ce fût, Harrison sembla avoir retrouvé le moral. Il leva le bras et fit un tope là.

Malheureusement, Agnès se trouvait trop loin pour voir ce qui avait tant réjoui Harrison. Néanmoins, après ses premières réflexions de la journée, elle était convaincue que cela avait quelque chose à voir avec l'argent.

Elle expira un grand coup. Comment faisait-elle pour se retrouver mêlée à de telles choses ? D'abord, elle avait découvert un corps dans le parc, puis hier, Harrison lui avait appris qu'ils partageaient le même père. Ce n'était qu'une question de temps avant qu'il ne lui révèle ce qu'il cherchait vraiment. Peut-être devrait-elle faire ses valises et retourner vivre une vie tranquille dans son petit village de l'Essex avant qu'autre chose ne se produise.

Elle repensa aux thés de l'après-midi dans la salle des fêtes du village, aux matchs de cricket et de football qui se déroulaient sur les terrains longeant le village et aux divers autres clubs raffinés qui avaient vu le jour au fil des ans, dont beaucoup dans lesquels elle avait été impliquée. Pendant un bref instant, ce souvenir lui parut très attrayant.

Pourtant, qui trompait-elle ? Était-ce vraiment ainsi qu'elle voulait vivre le reste de sa vie ? Non ! Elle ne voulait pas regarder sa vie passer depuis un fauteuil douillet, elle voulait faire partie de ce monde. Agnès ferma les yeux. Et puis, c'était personnel. Harrison avait impliqué *son* père cette fois-ci et elle n'était pas prête à le laisser s'en tirer.

Entre-temps, Harrison avait glissé dans sa poche l'objet que Joanne lui avait donné et désormais, ils se dirigeaient vers le coin de la rue en direction des quais. Agnès poussa un soupir de soulagement. Au moins, elle pouvait partir avant que l'agent en bas ne la chassât. Elle prit son téléphone et appela Ben pour qu'il passe la prendre.

Elle aurait très bien pu rentrer à l'hôtel à pied. Le temps était encore agréable dehors. Cependant, utiliser le taxi lui donnerait un alibi si Richard et Joanne étaient près de l'hôtel à son arrivée. Avec un peu de chance, ils croiraient qu'elle était partie ailleurs après avoir quitté l'hippodrome et qu'elle n'avait pas pu les voir accoster l'homme au manteau de tweed sur le quai.

— Excellent timing, dit joyeusement l'homme au comptoir, alors qu'elle descendait les escaliers.

Il lui demanda ensuite si elle avait apprécié sa visite. Elle lui répondit qu'elle avait été très instructive.

— Cela veut dire que vous avez vu « le fantôme » ? demanda-t-il en faisant des guillemets dans l'air.

— Non, répondit-elle, en lui adressant un sourire. Je pense que je me suis trompée.

Du coin de l'œil, elle aperçut Ben se garer devant.

— Eh bien, je ferais mieux de partir et de vous laisser fermer. Merci de m'avoir permis de rester un peu plus.

* * *

De retour au poste de police, l'inspecteur en chef faisait les cent pas dans son bureau en analysant le rapport d'expertise.

— Pas de correspondance, confirma Alan, après un long moment.

L'ADN trouvé sur le manteau de l'homme n'appartenait pas entièrement à la victime. Il avait donc espéré qu'ils trouveraient une correspondance avec les couverts. Cependant, ce n'était pas le cas.

— Ça veut dire que Harrison n'est pas notre homme après tout, en déduisit le sergent Andrews en attrapant téléphone. Je suppose que nous devrions appeler Morris et lui dire de revenir au poste.

Alan cessa de faire les cent pas et se retourna.

— Non ! Pose ce téléphone, ordonna-t-il.

Sa voix était plus aiguë qu'il ne l'avait voulu.

Le sergent replaça le combiné tandis qu'Alan se dirigeait vers son bureau et se jetait dans son fauteuil.

— Pas maintenant, reprit-il, sur un ton un peu plus doux. Harrison n'est pas encore tiré d'affaire. Il peut encore être un escroc et n'oublie pas qu'il est toujours dans le même hôtel que Mme Lockwood. Il pourrait essayer de l'atteindre à nouveau.

— Mais si le commissaire apprend que Harrison n'est pas le tueur, il demandera pourquoi nous n'avons pas rappelé Morris. Nous sommes censés avoir un budget serré.

— Oui, je sais tout ça, Andrews, s'impatienta l'inspecteur en chef. Mais garde le silence pour l'instant. Si le commissaire commence à se plaindre, je lui parlerai – je proposerai même de payer la chambre de Morris.

— Si tu le dis, fit le sergent Andrews, en haussant l'épaule.

— Bon, alors c'est réglé, acquiesça Alan, avant de se frotter le côté du nez. Donc, si Harrison *est* écarté du meurtre, nous revenons à la case départ. Et personne n'a encore signalé la disparition de notre victime, pourquoi ? Il y a sûrement une personne qui a remarqué sa disparition, depuis le temps. Une fois l'affaire dévoilée dans les journaux et à la télévision, les parents et amis de toute personne disparue vont, à coup sûr, affluer dans les commissariats de police de tout le nord-est.

Ne sachant pas s'il devait dire quelque chose ou non, Andrews décida de garder le silence. Parfois, il était préférable de laisser l'inspecteur en chef faire toute la conversation lorsqu'il était dans cet état d'esprit.

— Aussi, il y a l'épingle de cravate et le bouton de manchette que nous avons trouvés, ajouta Alan. Nous ne savons toujours pas où ils ont été achetés. On a l'impression de tourner en rond.

26

Alan passa prendre Agnès à l'hôtel, utilisant la même ruse que la nuit précédente. Il ignorait encore si Harrison savait qu'il était détective, mais il valait mieux prévenir que guérir.

Il ne leur fallut pas longtemps pour atteindre le restaurant. Ils furent accueillis chaleureusement à l'entrée. Le serveur et le sommelier se souvenaient de leur venue deux nuits plus tôt.

— C'est un plaisir de vous revoir tous les deux, accueillit le serveur en les conduisant à leur table.

— Merci, dit Agnès en s'asseyant.

Une fois le repas et la bouteille de vin commandés, Agnès posa ses coudes sur la table et se pencha sur la table.

— Comment avance l'enquête ? Dis-moi que tu

as trouvé quelque chose grâce aux couverts que j'ai déposés au commissariat.

Alan fit une grimace.

— Cette grimace signifie-t-elle que tu n'as rien trouvé ou que tu as trouvé quelque chose, mais que tu ne veux pas me le dire ?

Agnès s'adossa à sa chaise au moment où le sommelier apparut avec la bouteille de vin qu'ils avaient choisie. Il ouvrit la bouteille devant eux et s'apprêtait à en verser un échantillon quand Alan intervint.

— Nous avons bu le même vin l'autre soir. Je suis sûr qu'il sera parfait.

— Merci, répondit le serveur en inclinant légèrement la tête tout en s'éloignant.

Alan versa le vin et leva son verre.

— Santé, dit-il.

— Santé, lui fit écho Agnès, en prenant une gorgée de son verre.

— Je crains que les résultats des tests effectués sur les couverts n'aient rien révélé, avoua Alan en replaçant son verre sur la table.

Agnès s'apprêtait à parler, mais Alan leva la main.

— Ce que je veux dire, continua-t-il, c'est que les empreintes digitales ne correspondent à personne dans notre base de données.

Il poursuivit en lui expliquant que la police

scientifique avait même essayé de faire correspondre l'ADN de la fourchette à celui prélevé sur les vêtements de la victime.

— Encore une fois, il n'y avait rien – du moins, il n'y avait aucune correspondance avec Harrison.

— Je vois, dit Agnès, pensivement. Donc il est tiré d'affaire.

— Oui, pour le meurtre, dit Alan, en opinant du chef. Cependant, après votre rencontre avec lui aujourd'hui, je continue à penser qu'il pourrait être un personnage un peu douteux et que nous devrions avoir un œil sur lui. J'ai donc décidé de ne pas retirer Morris de l'hôtel.

Agnès poussa un soupir de soulagement.

— Merci, Alan. Maintenant, je vais te dire ce que j'ai vu aujourd'hui.

Elle lui raconta rapidement qu'elle avait vu Joanne et Harrison sur le quai, puis à nouveau au coin de Sandhill.

— Je n'ai aucune idée de ce qu'ils voulaient à l'homme sur le quai, mais il n'en avait rien à faire. Peut-être que si j'avais été un peu plus près...

— Non ! l'interrompit Alan, une main levée. Si tu avais été plus près, alors il aurait pu te voir. Tu dois rester à l'écart de ces deux personnes. J'ai l'impression qu'ils sont en train de jouer un mauvais tour.

— Alan, je pourrais le croiser n'importe quand dans l'hôtel.

— Le croiser dans l'hôtel est une chose, mais s'il continue à te croiser dehors, il pourrait penser que tu le suis et devenir vraiment méchant.

Il leva la tête alors que le serveur s'approchait en portant deux assiettes.

— Maintenant, oublions Harrison pour un petit moment et profitons de notre soirée.

***

Ils avaient presque fini leur repas quand le téléphone d'Alan sonna.

— C'est Andrews, dit-il en l'ouvrant, les yeux sur l'écran. Qu'y a-t-il, Andrews ?

Agnès observa Alan tomber bouche bée à l'écoute de ce que son sergent avait à dire. Ça ne s'annonçait pas bien.

Alan demanda à Andrews d'envoyer une voiture au restaurant.

— Je suis désolé, Agnès, je dois y aller, s'excusa-t-il. Un autre corps a été trouvé. Ils envoient une voiture. Je peux te déposer à l'hôtel…

— Non, Alan. Je vais appeler Ben. Il doit s'attendre à un appel de notre part, de toute façon. Pars dès que la voiture arrive. Où a-t-on trouvé le corps ?

— Au parc, répondit Alan, avant de faire signe au serveur d'apporter l'addition. J'imagine que la situation ressemble à celle de la dernière fois.

— Mutilé ? Oh, mon Dieu ! s'écria Agnès en portant sa main à sa bouche.

— Je n'aime pas te laisser comme ça. Le moins que je puisse faire est de te ramener à l'hôtel en toute sécurité.

— Ça va aller, Alan. Ben va me raccompagner à l'hôtel. À moins que tu ne souhaites que je vienne avec toi…

— Non ! Certainement pas, Agnès.

Il n'eut pas le temps d'ajouter autre chose puisqu'une voiture de police s'arrêta devant le restaurant. Bien que les sirènes ne retentissent pas, les lumières bleues clignotaient, ce qui incita les convives assis près de la fenêtre à regarder dehors par curiosité.

Alan se leva rapidement, fit le tour de la table et lui remit de l'argent.

— Je te laisse payer l'addition. Préviens-moi s'il en faut plus.

Il se pencha et lui donna un bref baiser avant d'attraper son manteau. Il stoppa net et lui jeta un dernier regard, avant de disparaître par la porte.

* * *

Le temps qu'Alan arrive sur les lieux, des lumières temporaires avaient été installées et il pouvait voir le corps de manière très précise.

— Qui a trouvé le corps ? Et que diable faisait-il ou faisait-elle ici à cette heure de la nuit ? demanda-t-il en regardant la victime gisant à ses pieds.

Andrews fit un geste en direction d'un jeune couple assis dans une voiture de police. En transférant son regard vers la voiture, Alan ne reconnut aucun d'entre eux.

— Ok, je n'ai pas besoin de connaître la dernière partie, grimaça Alan en se retournant pour faire face à son sergent. Tu les as interrogés ?

— Oui, mais ils ne peuvent pas nous dire grand-chose. Il semble qu'ils soient tombés sur le corps quelques minutes après être entrés dans le parc.

Alan regarda en direction de l'entrée, qui se trouvait à une courte distance.

— Ça semble faisable, dit-il.

— Oui, je suis d'accord, répondit Andrews avec un sourire. Quoi qu'il en soit, le jeune homme, qui s'appelle Peter Hammond, a téléphoné à la police et un agent a été envoyé pour vérifier ce qu'il avait dit. Une fois qu'ils ont su que ce n'était pas un canular, j'en ai été informé.

Il y eut une légère pause avant qu'il ne poursuivît.

— Je dois dire que Hammond n'a pas l'air d'être effrayé par la découverte d'un corps mutilé.

— Et la femme ? demanda Alan.

— Ah ça, elle est totalement différente. Anne Jones n'a pas dit un mot. À vrai dire, elle n'a pas arrêté de trembler depuis que je suis arrivé.

— Quelqu'un a-t-il pris leurs dépositions ? demanda Alan.

— Oui, répondit Andrews.

— Bien, demande à un officier de les ramener chez eux, répondit Alan. Il n'y a aucune raison de les garder ici plus longtemps.

C'est alors que le docteur Nichols arriva sur les lieux.

— Désolé, je suis un peu en retard. Je profitais d'une sortie à l'extérieur.

— Bienvenue au club.

27

Au restaurant, tandis qu'elle attendait Ben, Agnès se perdit dans ses pensées. Il lui avait dit qu'il était déjà en route pour prendre une autre course, mais qu'il serait à sa disposition dès que possible. Elle se demandait comment Alan s'en sortait au parc. Au moins, elle, quand elle avait trouvé un corps mutilé, c'était en plein jour. La personne qui avait découvert ce cadavre avait dû connaître une terrible frayeur.

Elle y pensait encore au moment où la porte du restaurant s'ouvrit et que Ben s'y engouffra. Quand il aperçut Agnès seule, il jeta un coup d'œil autour de lui comme s'il s'attendait à voir l'inspecteur en chef dans les alentours. Agnès se leva et enfila son manteau.

— Je suis seule, Ben. Malheureusement, Alan a

été appelé ailleurs pour une affaire. Un autre corps a été trouvé dans le parc.

— J'ai compris que quelque chose était arrivé quand j'ai vu plusieurs voitures de police filer en direction du centre-ville.

— Vous retournez à l'hôtel ? demanda Ben, une fois dans le taxi.

— Oui, j'imagine.

Cependant, après un moment d'hésitation, elle changea d'avis.

— Vous pensez qu'on pourrait aller faire un tour du côté du parc ?

Ben se retourna pour lui faire face.

— Je ne pense pas que ce soit une bonne idée. L'inspecteur ne sera pas très heureux de vous voir arriver au milieu d'une scène de crime, surtout à cette heure de la nuit.

— L'inspecteur n'a pas besoin de le savoir. Je ne descendrai pas du taxi, dit-elle en souriant. Allez, Ben, je vous demande juste de rouler lentement devant le parc avant de me raccompagner à l'hôtel.

— D'accord, accepta Ben, puis il se retourna et démarra le véhicule. Mais s'il vous voit, alors c'est vous qui parlerez !

— Marché conclu, dit Agnès, en se reposant sur le siège.

Ils ne tardèrent pas à atteindre l'entrée du parc. Il y avait deux voitures de police garées sur la route et, alors qu'ils se rapprochaient, Agnès aperçut deux policiers à l'entrée. Les faisceaux des lumières temporaires installées par la police brillaient à travers les arbres.

— Si seulement je pouvais être avec eux dans le parc, dit Agnès. Je suis sûre que je pourrais les aider.

— Oui, j'en suis sûr, dit Ben, sans quitter la route des yeux. Cependant, je ne peux pas vous laisser sortir d'ici en raison de la nature de mon travail.

— Mais vous devriez me laisser sortir si je vivais ici, argumenta Agnès.

— Mais il se trouve que je sais que vous n'habitez pas ici. Je ne vais donc pas m'arrêter.

— D'accord, abdiqua Agnès d'un air maussade, comprenant qu'elle était vaincue. Mais quand vous arriverez au bout de la route, faites demi-tour et revenez. Ensuite, vous pourrez me ramener à l'hôtel.

Cependant, sur le chemin du retour, Agnès fut convaincue d'avoir entrevu une silhouette dans les arbres, à quelques pas de l'entrée. De toute évidence, les deux policiers n'avaient rien vu.

— Ralentissez, Ben, cria-t-elle. Je crois avoir vu quelqu'un rôder par-là.

Elle se pencha en avant sur son siège pour avoir une meilleure vue sur les arbres, mais il était trop tard ; ils avaient déjà dépassé l'endroit où Agnès avait aperçu la mystérieuse personne.

— Ça ne sert à rien, dit-elle en s'affaissant sur son siège. Vous devrez refaire la route jusqu'ici.

— Vous me faites marcher, c'est ça ?

— S'il vous plaît, Ben. Je suis sûre d'avoir vu quelqu'un.

— D'accord, mais après on retourne à l'hôtel, ok ?

— Oui ! Mais seulement après avoir fait demi-tour au bout de la route et être revenu.

Ben secoua la tête, fit demi-tour et remonta Claremont Road. Il ralentit en s'approchant de l'entrée du parc.

— Maintenant, gardez les yeux ouverts, dit-il.

Mais Agnès était déjà installée sur le siège arrière et regardait par la fenêtre.

— Là ! cria-t-elle, en voyant une silhouette regarder à travers les arbres dans le parc. Vite, vite ! Faites demi-tour quelque part et revenez.

Ben conduisit un peu plus loin sur la route et fit demi-tour.

— C'est la dernière fois, alors soyez attentive.

Ben ralentit à nouveau à l'approche des portails du parc.

— C'est quelque part un peu plus loin que le portail… *Là* ! s'écria Agnès triomphalement. Je vois quelqu'un et il a l'air très intéressé par ce que fait la police. Si seulement il se retournait une seconde –

mais il fait si sombre que je doute que je puisse voir son visage.

À ce moment-là, Ben alluma les phares, amenant la personne dans les arbres à se retourner. La lumière était si forte que la personne se couvrit instinctivement les yeux, mais pas avant qu'Agnès eût vu son visage.

— On peut y aller maintenant ? demanda Ben.

— Oui, Ben. Direction l'hôtel.

— Vous avez vu qui était la personne dans les arbres ?

— Oui, grâce à votre vivacité d'esprit avec les phares.

Elle s'enfonça dans le siège, un sourire satisfait aux lèvres.

— Ce que je veux dire, c'est que vous l'avez vue assez clairement pour pouvoir la décrire à la police ? demanda Ben, les yeux toujours rivés sur la route.

— Oui, Ben, j'ai vu la personne très clairement en effet – et je sais exactement qui c'est.

Il ne lui restait plus qu'à trouver un moyen de dire à Alan qui elle avait vu, sans qu'il devienne fou de rage parce qu'elle était allée au parc.

Elle y pensait encore lorsque Ben s'arrêta devant l'hôtel. Elle paya la course et descendit du taxi.

— Merci, Ben. Vous êtes une star.

Elle était certaine qu'aucun autre chauffeur de taxi ne l'aurait fait tournoyer de long en large et de gauche à droite sur la route près du parc, uniquement pour satisfaire son caprice.

— Merci, répondit Ben, en souriant.

Du haut des marches de l'entrée, Agnès se retourna et vit Ben toujours au bord du trottoir. Elle ne s'était arrêtée qu'une seconde pour regarder les lumières des ponts du Millénium et Tyne. Elles étaient toujours aussi impressionnantes. Cependant, elle devina que Ben attendait de la voir en sécurité à l'intérieur avant de s'éloigner, alors elle lui fit un signe de la main et ouvrit la porte. Elle avait raison ; ce fut seulement après avoir refermé la porte derrière elle que, à travers la vitre, elle vit Ben s'éloigner.

Alors qu'elle s'approchait de la réception, l'agent de sécurité en service lui demanda si elle avait apprécié sa soirée.

— Oui, merci. Très bien, répondit-elle.

Du coin de l'œil, elle aperçut quelqu'un quitter le bar. En y jetant un regard discret, elle découvrit qu'il s'agissait de Richard Harrison, un grand verre de whisky à la main. À la façon dont il se déplaçait, il ne semblait pas en être à son premier de la soirée.

— Ah, Mme Lockwood, dit Harrison. J'avais espéré vous rencontrer ce soir.

Il tituba en avançant vers elle, le verre vacillant périlleusement dans sa main.

— Attention ! Regardez ce que vous faites !

La voix venait de l'agent de sécurité.

— Oups ! Désolé, grimaça Harrison, avant de glousser. Je devrais peut-être m'asseoir un moment.

Il se dirigea lentement vers un canapé.

— Je vous suggère de monter dans votre chambre et de dormir un peu, dit le vigile.

— Qu'en pensez-vous, Mme Lockwood ? La nuit est encore longue, s'avança Harrison, en tapotant le siège à côté de lui. Peut-être que vous et moi pourrions prendre un verre ensemble. J'aimerais vraiment vous parler.

Jusqu'à présent, Agnès était restée silencieuse, dans l'espoir qu'il suivrait le conseil de l'agent de sécurité et disparaîtrait à l'étage. Mais ce ne fut pas le cas.

— Je dois y aller, si cela ne vous dérange pas, mentit-elle. Je me sens plutôt fatiguée et je voudrais aller dans ma chambre.

Mais Harrison ne se laissa pas décourager.

— C'est une bonne idée ! s'exclama-t-il, d'une voix pâteuse. Nous pourrions prendre un verre dans votre chambre.

Il fit mine de se lever, mais le canapé était assez bas et, dans son état d'ébriété, il n'y arriva pas. Il s'effondra sur le canapé, renversant un peu de whisky au passage.

— Bonne nuit, monsieur Harrison, dit

fermement Agnès, en se retournant et en marchant vers l'ascenseur.

Elle espérait qu'il n'essaierait pas de la suivre. La dernière chose qu'elle voulait était qu'il apprenne dans quelle pièce elle se trouvait. Cependant, elle aperçut son reflet dans l'un des grands miroirs. Il était toujours assis là où elle l'avait laissé et le vigile se dirigeait vers lui.

La porte de l'ascenseur s'ouvrit lorsqu'elle s'approcha et Larry, le liftier, en sortit.

— Vous n'êtes plus en service ? demanda-t-elle.

— Oui, mais je peux rester quelques minutes pour vous accompagner en toute sécurité à l'étage.

— Merci, Larry.

— Un petit problème, n'est-ce pas ?

Agnès réalisa qu'il avait remarqué le soulagement dans sa voix.

— Oui, on peut dire ça. L'un des invités a un peu trop bu.

Au moment où les portes de l'ascenseur se refermaient, elle aperçut Morris. Il se tenait dans l'embrasure de la porte menant au bar. Elle lui était reconnaissante qu'il surveillait toujours Harrison.

Larry était sur le point d'appuyer sur le bouton de son étage quand elle intervint.

— Emmenez-moi au cinquième étage, demanda-t-elle. Je descendrai par l'escalier.

— Vous saisissez la situation, dit-il, en hochant la tête.

— Merci, dit Agnès, alors que la porte s'ouvrait au niveau cinq. J'espère qu'il ne vous rattrapera pas quand vous redescendrez.

— Hum, bien vu. Je pense que je vais prendre l'escalier de secours – juste au cas où, répondit Larry.

Il sortit de l'ascenseur, puis se pencha à l'intérieur pour appuyer sur le bouton qui fermerait les portes et rapporterait l'ascenseur au rez-de-chaussée.

— Bonne nuit, dit-il, en se précipitant vers une porte portant le panneau « Employés seulement » à l'autre bout du couloir.

Une fois arrivée devant sa chambre, Agnès ouvrit la porte et entra. Elle s'assura que la chaîne était bien en place avant de jeter son sac sur le lit et d'enlever son manteau. Elle bâilla. Le lit avait l'air si accueillant et, à bien y penser, la journée avait été longue.

En se mettant au lit, Agnès se rendit compte qu'elle n'avait toujours pas trouvé la manière de dire à Alan qui elle avait vu rôder près du parc. Peu importe, il était impossible de lui dissimuler le fait qu'elle se trouvait au parc alors qu'il lui avait dit de rentrer directement à l'hôtel.

Mais elle pouvait y réfléchir demain. L'occasion parfaite se présenterait peut-être.

* * *

Dans un autre angle de l'hôtel, Richard Harrison se jeta sur le lit. Il n'avait pas eu l'intention de boire autant. Mais un verre avait conduit à un autre, puis à un autre. Il avait espéré retrouver Agnès Lockwood au bar ou au salon. Peut-être aurait-elle été plus docile dans le confort de l'hôtel. La confronter au bar de l'hippodrome avait été une mauvaise idée.

Elle avait dit que son nom de jeune fille était Morrison. Mais il était sûr que c'était Harrison ; lui et son ami avaient fait leurs devoirs. Jusqu'à présent, ils ne s'étaient pas trompés une seule fois. Il réessaierait le lendemain ou le surlendemain. Il ne fallait pas se précipiter. Il y avait trop de choses en jeu.

28

L'inspecteur-détective Johnson consulta sa montre. Lui et son sergent se trouvaient toujours sur la scène du crime. Il avait quitté Agnès au restaurant depuis un peu plus d'une heure et pourtant, il avait l'impression d'avoir passé la moitié de la nuit à cet endroit. Il était en train de profiter de la soirée jusqu'à ce qu'il reçoive l'appel d'Andrews.

Il se frotta les mains et tapa des pieds. Il faisait tellement froid. Tout en se protégeant les yeux des projecteurs installés par ses collègues, il regarda la lune briller dans un ciel sans nuages. Voilà pourquoi il faisait si froid.

— Voilà. On a fini.

Alan était tellement perdu dans ses pensées qu'il n'avait pas aperçu le Dr Nichols avancer vers lui.

— Que pouvez-vous me dire, Keith ? l'interrogea Alan.

— À votre avis ? répondit le pathologiste, la tête inclinée, en faisant un geste vers le corps qu'on transportait vers sa camionnette. Vous devrez patienter jusqu'à ce que je le ramène à la morgue.

Il fit une pause puis ajouta :

— Tout ce que je peux dire pour le moment, c'est qu'à en juger par la façon dont le corps a été mutilé, je me hasarderais à penser qu'il a été assassiné par le tueur que vous recherchez déjà.

— Merci, docteur, dit Alan, platement. Je m'en étais déjà rendu compte par moi-même.

— Je ne suis pas d'une grande aide, je sais, dit Nichols, en haussant les épaules, puis il sourit. Mais, on ne sait jamais, je pourrais trouver quelque chose lors de l'autopsie, ou un des agents de la police scientifique pourrait trouver un indice ici. En attendant, je dois y aller.

Il s'apprêta à partir, mais il se retourna vers Alan.

— Avez-vous revu cette charmante dame que j'ai rencontrée ici il y a quelques jours ?

— Oui, je l'ai vue. En fait, je dînais avec elle ce soir, quand on m'a appelé, précisa Alan.

— Eh bien, vous avez de la chance, répondit le pathologiste en lui adressant un clin d'œil, avant de se diriger vers sa camionnette.

— On arrête tout ici, car on ne peut rien faire de plus ce soir, annonça Andrews en se plaçant à côté de l'inspecteur en chef. On n'a rien trouvé pour l'instant, mais on a bouclé la zone. On refera une vérification à la première heure demain matin. On ne sait jamais, il pourrait y avoir quelque chose qu'on a manqué.

Alan avait le regard tourné vers l'endroit où les agents de la police scientifique remballaient leur équipement.

— Ok. Comme tu le dis, nous jetterons un autre coup d'œil demain.

Andrews retourna parler à ses collègues, laissant Alan fixer du regard la zone où le corps avait été trouvé.

C'était le deuxième corps trouvé dans ce parc en quelques jours. Dans chaque cas, les victimes n'avaient apparemment pas été ciblées et tuées ici. Même s'il faisait nuit et que la police avait dû utiliser des lumières temporaires pour vérifier la scène, il était évident qu'il n'y avait pas assez de sang autour des cadavres pour soutenir la thèse du meurtre dans ce lieu. Le parc avait simplement été utilisé comme un endroit pour se débarrasser des corps. Il faisait sombre, c'était calme et les nombreux grands buissons permettaient de cacher un corps sans être vu.

Alan était sur le point de s'éloigner quand une

pensée lui traversa l'esprit. Il reporta son regard sur la zone où se trouvait le corps à son arrivée. Il avait été à moitié caché par le buisson. Le reste du corps de l'homme était étendu en travers du chemin. Pourquoi cela ?

Quand Agnès avait trouvé le premier corps il y a quelques jours, il était bien dissimulé derrière un buisson, même s'il n'était pas loin de l'allée. Il aurait pu rester là bien plus longtemps si son attention n'avait pas été attirée par les oiseaux qui volaient autour.

Par conséquent, les deux personnes qui avaient découvert le deuxième corps l'avaient-elles déplacé avant d'appeler la police ? Mais pourquoi auraient-elles fait cela ? Oui, le jeune homme était un peu coquin, mais la jeune fille était complètement choquée par le cadavre. Il l'avait certainement réconforté au lieu de lui demander de l'aider à traîner la victime mutilée des buissons pour l'étudier de plus près.

Non, le tueur était probablement en train de déplacer le corps vers un endroit sûr lorsqu'il avait vu ou entendu le couple s'approcher.

Ils discutaient ou riaient probablement dans la bonne humeur après une soirée passée ensemble lorsque le tueur les avait repérés. Le meurtrier avait paniqué et jeté le corps, avant de s'empresser de fuir sans se rendre compte qu'il n'était pas complètement caché. Le tueur avait dû être horrifié par son manque de vigilance, s'il traînait encore dans les parages quand le couple avait trouvé le corps.

Si seulement le couple était arrivé quelques minutes plus tôt, il aurait pu voir le tueur et être en mesure de donner une description aux agents dépêchés sur les lieux. Mais Alan réalisa rapidement que si cela avait été le cas, ces gens seraient peut-être tous les deux morts. C'était un tueur sans pitié.

— Inspecteur, on part, lança Andrews.

Comme il n'y avait pas de réponse, il cria à nouveau, cette fois un peu plus fort.

— *Alan* !

Alan leva brusquement la tête. Andrews le dévisageait en pointant du doigt l'équipe qui quittait déjà le parc.

— On part, répéta le sergent.

— Désolé, dit Alan en se dirigeant vers Andrews. J'étais juste en train de réfléchir à certaines choses.

— Tu veux le partager ?

— Je n'ai pas grand-chose à dire, répondit Alan dans un haussement d'épaules. Comme je l'ai dit, je pensais juste à l'endroit où le corps a été trouvé. Si tu me raccompagnes, je t'en ferai part dans la voiture.

— Pas de problème.

* * *

Alan fut le premier à arriver au commissariat le lendemain matin. Il n'avait pas réussi à dormir, obnubilé par le dernier meurtre. Se tournant et se retournant dans son lit toute la nuit, il n'avait cessé de ressasser les événements dans sa tête. Il ne pouvait s'empêcher de culpabiliser d'avoir souhaité que le jeune couple soit arrivé à temps pour voir le tueur ! Dans ce cas, ils pourraient tout aussi bien être tous les deux étendus à la morgue en cet instant. Encore aujourd'hui, le tueur pouvait traquer ces jeunes, dans la crainte qu'ils n'eussent vu quelque chose.

Puis, son esprit tourmenté revint au jour où Agnès avait trouvé un corps. Et si elle était arrivée dans le parc juste à temps pour voir le tueur se débarrasser de la victime ? Elle pourrait être morte à l'heure actuelle et lui, en tant que responsable de l'enquête, pourrait diriger celle de son meurtre.

C'est cette terrible pensée qui l'avait fait bondir hors du lit avec des sueurs froides. Il voulait à tout prix attraper ce meurtrier avant qu'il ne tue Agnès, le jeune couple ou n'importe qui d'autre. Cela signifiait qu'il devait mettre tous les hommes à sa disposition sur l'affaire.

Il envisagea de ramener Morris au poste. Peut-être que son sergent avait raison. Comme Harrison n'était plus impliqué dans le meurtre de la première victime, Morris n'avait plus vraiment besoin de rester en civil alors qu'il pouvait être plus utile en travaillant sur cette affaire.

Mais plus Alan y pensait, plus il se sentait mal à l'aise à l'idée de retirer Morris de l'hôtel. Harrison restait tout de même un escroc. Il pouvait continuer à manipuler Agnès pour obtenir ce qu'il voulait.

Avec ces pensées qui lui trottaient dans la tête, il avait pris une douche, s'était habillé et précipité au poste de police.

* * *

— T'es un lève-tôt, remarqua Andrews en entrant dans le bureau.

— Je n'arrivais pas à dormir, répondit. Je me suis dit que je pourrais aussi bien être ici qu'ailleurs.

— Qu'est-ce que tu lis ? Tu as du nouveau ?

L'inspecteur en chef leva la tête.

— Non, rien de nouveau. Je revoyais juste ce qu'on avait déjà comme indices. Je me suis dit qu'on avait peut-être raté quelque chose.

— Et ?

Alan referma le dossier d'un coup sec, dégoûté.

— Aucune chance ! Il n'y a rien du tout. De ce que je peux voir, on a tout traité.

— Tu veux que je le consulte ? Il vaut mieux deux paires d'yeux qu'une seule.

— Pourquoi pas ? répondit Alan en présentant le dossier à son sergent. Bien que tu aies déjà parcouru le dossier plusieurs fois.

Il soupira.

— Peut-être devrions-nous recommencer depuis le début et chercher à savoir *pourquoi* ces meurtres ont lieu, au lieu d'essayer de trouver qui les commet.

— Je pensais qu'on avait déjà inclus le « pourquoi » dans nos enquêtes, réagit Andrews en ouvrant le dossier.

— Oui, mais peut-être devrions-nous creuser un peu plus profondément.

29

Agnès se réveilla au son de la pluie qui cognait contre la fenêtre. Pendant un instant, elle pensa se replonger dans son lit chaud pour une demi-heure de plus, mais, changeant d'avis, elle repoussa les couvertures.

Elle tira les rideaux et jeta un coup d'œil vers les quais en contrebas. Toutefois, il était difficile d'y voir clair à cause de la pluie qui ruisselait sur les vitres.

Habituellement, à cette heure de la matinée, beaucoup de gens se rendaient au travail en longeant les quais. Mais, d'après ce qu'elle pouvait voir, il y en avait nettement moins ce matin. De toute évidence, la plupart avaient choisi de prendre le bus ce jour-là.

Ceux qui bravaient le déluge en tentant de

rejoindre leur lieu de travail à pied se débattaient avec leur parapluie contre le vent violent. Même le fleuve, qui s'écoulait normalement doucement vers la mer, se fracassait contre les parois du quai, provoquant d'énormes vagues qui éclaboussaient le trottoir.

C'était la première fois qu'elle assistait à une telle agitation du fleuve et, pendant quelques instants, elle se sentit anxieuse à l'idée de séjourner dans un hôtel si proche des eaux tourbillonnantes. Si le temps se dégradait, l'hôtel pourrait même être inondé. On lit souvent des articles sur ce genre de situation.

Agnès secoua la tête et s'éloigna de la fenêtre. Elle avait laissé son imagination s'emballer. L'hôtel était bien en retrait de la rivière. De plus, des tempêtes comme celle-ci devaient se produire régulièrement à cette époque de l'année.

Débranchant son téléphone, qui avait été en charge toute la nuit, elle l'alluma. Elle se demanda si Alan avait pu lui envoyer un SMS avant de partir au bureau. Mais le téléphone resta silencieux. *Nul doute qu'il la contactera plus tard dans la journée*, se dit-elle en allant prendre une douche avant de descendre prendre son petit-déjeuner.

En bas, à la réception, Agnès acheta un journal à la boutique de l'hôtel pour le lire pendant son repas. La lecture du journal ne lui prendrait pas beaucoup de temps. Les nouvelles étaient toujours les mêmes ces jours-ci et elle en avait déjà lu la majorité. Tout ce qui la préoccupait, c'était de savoir s'il y avait du nouveau sur le corps trouvé la nuit dernière.

Même si la pluie s'était un peu calmée, le temps demeurait très humide à l'extérieur, ce qui n'était pas le genre de jour pour se promener sur les quais. Agnès était toujours sans nouvelles d'Alan, manifestement trop occupé. Elle espérait que l'équipe médico-légale avait réussi à collecter des preuves sur la scène de crime avant le début de la pluie. Si on avait attendu jusqu'à ce matin, ces éventuelles preuves auraient été emportées par les eaux. Elle doutait que même les tentes utilisées par la police eussent été utiles par ce temps.

Harrison prenait encore son petit-déjeuner quand Agnès entra dans la salle à manger. Elle fut surprise de le voir ici si tôt, surtout après sa consommation d'alcool de la veille. Elle avait pensé qu'il aurait besoin de dormir davantage ce matin.

Il leva la tête mollement et lui adressa un mince sourire lorsqu'elle passa devant sa table. Il grignotait des toasts secs ; son couteau et sa fourchette étaient posés à côté de son assiette, inutilisés. Manifestement, il ne prenait pas son petit-déjeuner habituel ce matin. Peut-être était-il un peu plus mal en point après tout. Elle lui répondit par un léger signe de tête.

En déplaçant son regard vers la salle, elle aperçut Morris assis à quelques tables plus loin. Un journal, reposant sur quelques bouteilles de condiments, était étalé devant lui.

Alors qu'Agnès passait sa commande auprès du serveur, un homme apparut à l'entrée de la salle à manger. Elle ne l'aurait probablement pas remarqué s'il n'avait pas eu l'air aussi mal à l'aise en scrutant la pièce.

Il était assez grand et avait l'air plutôt corpulent ; le genre qu'on ne voulait pas provoquer. Néanmoins, sa veste bleu marine et son pantalon gris foncé lui prodiguaient une certaine élégance. Le journal coincé sous son bras tomba soudainement sur le sol lorsqu'il leva les mains pour arranger sa cravate.

Agnès cacha un sourire lorsqu'il se pencha pour ramasser son journal. Jetant un nouveau coup d'œil dans la pièce, l'homme sembla soulagé d'apercevoir Harrison.

Tandis qu'il avançait dans la pièce, Agnès eut l'impression d'avoir déjà croisé cet homme quelque part, mais, pour le moment, elle était incapable de se rappeler l'endroit. Par contre, s'il logeait à l'hôtel, il se pouvait qu'elle l'eût vu errer dans les environs. Réalisant qu'elle le fixait, elle reporta son attention sur son journal.

L'homme prit place en face de Harrison et, après

avoir jeté un coup d'œil au menu, il appela le serveur et se commanda un petit-déjeuner. Une fois le serveur disparu, les deux hommes commencèrent à discuter. Leur conversation semblait très intense, mais leurs voix étaient si basses qu'Agnès n'entendit pas un mot. Elle chercha Morris discrètement du regard, en se demandant s'il pouvait percevoir quelque chose de sa place. Cependant, même s'il était placé de l'autre côté de la table d'Harrison, il se trouvait trop loin.

Permettant à son esprit de vagabonder quelque peu, elle se demanda si Morris, en sa qualité de détective en civil, n'avait pas un appareil connecté à son oreille, le genre de puce qui capte divers sons et les amplifie. Peut-être y avait-il un responsable dans la salle de contrôle du poste de police qui écoutait chaque mot. Elle fut contrainte d'interrompre ses réflexions lorsque le serveur apparut avec son petit-déjeuner.

Agnès finissait son café au moment où Harrison et son compagnon se levèrent soudainement et quittèrent la salle à manger. Grâce à l'angle des miroirs, elle put les observer traverser la réception en direction de l'ascenseur. Les portes se refermaient à peine derrière eux que Morris se leva d'un bond et se dirigea vers les escaliers.

Une fois de retour dans sa chambre, Agnès se demanda ce qu'elle allait faire ce jour-là. Elle avait espéré que la pluie s'arrêterait, mais, malgré une *légère* accalmie, il faisait toujours aussi mauvais dehors. Juste à ce moment-là, son téléphone sonna ; c'était enfin Alan.

Il commença par s'excuser de l'avoir laissée au restaurant la veille au soir.

— Ce n'était pas ta faute, répondit-elle. Je suis vraiment désolée pour la personne que vous avez trouvée dans le parc. Le corps était-il dans le même état que celui que j'ai trouvé ?

— Malheureusement, oui.

— Donc nous recherchons le même tueur ?

— Oui.

Alan nota le mot « nous » dans sa réponse, mais choisit de ne pas en parler. Il savait maintenant que ça ne valait pas la peine d'en discuter.

— Je suppose que le tueur n'a pas été négligent cette fois en laissant quelques indices ?

— Si seulement... Ça devient ridicule. Toute cette technologie à portée de main et on est toujours incapable de trouver le moindre indice. J'ai envoyé deux hommes là-bas ce matin pour réexaminer les lieux, mais c'est une perte de temps. Les indices qu'on n'a pas pu relever la nuit dernière ont disparu avec toute cette pluie.

Agnès regarda par la fenêtre ; dehors, la pluie continuait à tomber à verse et le ciel était gris.

— Je suis d'accord, mais tu sens que tu dois faire quelque chose.

— Écoute, Agnès, je dois y aller. Je voulais juste dire bonjour pendant que j'en avais l'occasion. Le commissaire Blake a encore refait surface. Ce misérable homme a demandé une réunion ce matin. Je ne suis pas sûr de ce qu'il pense de ses rencontres ; il est le seul à y prendre plaisir. J'aimerais juste que nous ayons quelque chose à lui dire. Au moins, ça lui permettrait de nous foutre la paix.

— Alan, je pense que j'ai peut-être quelque chose..., commença Agnès, en voyant soudain l'occasion de lui parler de celui qu'elle avait vu traîner dans le parc la veille au soir.

Mais elle ne put aller plus loin.

— Désolé, Agnès, je dois y aller. Blake est en route. Je vous recontacterai plus tard.

— Alan ! *Alan*..., cria Agnès.

Mais c'était inutile, il était parti.

* * *

L'inspecteur en chef replaça le combiné. Il se sentait mal d'avoir interrompu Agnès de la sorte, mais il voulait être dans la salle des opérations avant l'arrivée du commissaire. Blake semblait se délecter à donner aux retardataires l'impression d'être des écoliers en retard en classe.

Prenant quelques dossiers sur son bureau, il sortit dans le couloir. Il se demandait ce qu'Agnès voulait lui dire, même s'il doutait qu'elle puisse avoir de nouvelles informations concernant l'affaire. Il était tard hier soir lorsqu'il avait été appelé et là, ce n'était que le milieu de la matinée. Néanmoins, il prit note de la recontacter dès que Blake aurait terminé son discours de ralliement aux agents.

Lorsqu'Alan entra dans la salle des opérations, il constata que ses hommes étaient regroupés autour du panneau qui montrait les photos des deux corps trouvés dans le parc. Il y avait aussi de gros plans de quelques coups de couteau. Alan avait déjà affiché des photos de l'épingle de cravate, du bouton de manchette et du morceau de tissu que lui et son sergent avaient trouvé sur les lieux après la découverte du premier corps. Cependant, à part cela, le panneau était visiblement vide.

Il n'y avait aucune des informations habituelles, comme les noms des victimes ou leurs adresses. Aucun nom de parents, de proches, d'amis ou même de lieux de travail – rien qui permette normalement aux inspecteurs de commencer à travailler sur l'affaire.

Quelques minutes plus tard, le commissaire franchit la porte. Il jeta un coup d'œil dans la pièce avant de se diriger vers le panneau d'affichage. Il jeta le dossier qu'il portait sur un bureau et regarda les photos, les mains jointes derrière le dos.

L'inspecteur en chef leva les sourcils en direction de son sergent. Cela ne semblait pas bon.

— C'est ça ? demanda le commissaire Blake, puis il décroisa ses mains et se retourna. C'est tout ce que vous avez – quelques photos prises sur la scène ?

Il tapa durement ses jointures sur le panneau.

— Et vous vous prenez pour des détectives ! Vous devriez...

— Mais..., dit une voix qui se fit entendre derrière lui.

— Je ne veux pas entendre d'excuses, répondit Blake en se tournant vers l'homme qui avait osé l'interrompre. Je veux entendre du positif. Ce n'est pas trop demander ?

Le commissaire blablatait sur la façon dont les choses devaient être faites... ce qu'il attendait de ses hommes.

Cependant, l'inspecteur Johnson avait cessé d'écouter depuis un moment. Il était en colère. Non, plus que ça, il bouillonnait. Il n'aimait pas cet homme. Il ne l'avait jamais aimé. Dès que Blake avait pris ses fonctions au début de l'année, Alan avait éprouvé une aversion immédiate envers lui. Il ne savait pas trop pourquoi. Ses manières avaient déclenché des sonnettes d'alarme et le commissaire n'avait rien fait au cours des deux derniers mois pour le soulager.

La seule chose qui importait à Blake était de s'attribuer le mérite lorsqu'une affaire était classée. Ensuite, on le voyait à son club, buvant du champagne avec ses copains, ou dans la salle de presse, donnant une interview sur la façon dont il avait résolu l'affaire.

Alan avait été désolé lorsque le commissaire Slatten avait été contraint de prendre sa retraite pour des raisons de santé. Il avait été un bon officier et un homme bon. Il écoutait ses hommes et prenait tout en compte avant de dire un mot. Pas du tout comme l'homme qui se tenait devant eux en ce moment.

Oui, Blake était son supérieur. Cependant, Alan n'allait pas rester les bras croisés et regarder cet homme écraser ses détectives.

— Avec tout le respect que je vous dois, monsieur le Commissaire, dit Alan en faisant un pas en avant, d'une voix calme, avec une détermination d'acier. Peut-être ignorez-vous qu'il n'y avait aucun indice sur les scènes de crime. Nous n'avons rien trouvé sur les corps lors des autopsies, hormis les multiples coups de couteau, provenant de différentes armes. Même les dents des victimes ont été cassées. Le docteur Nichols n'avait donc pas grand-chose à nous dire.

— Le docteur Nichols est le médecin légiste, au fait, reprit-il, après une pause, au cas où vous ne l'auriez pas encore croisé en raison de votre emploi du temps chargé. Cependant, maintenant que vous avez été informé des faits, peut-être comprendrez-vous que nous faisons tous tout ce que nous pouvons avec strictement rien pour avancer. *Monsieur* !

Ce dernier mot resta suspendu dans l'air. En temps normal, c'était un signe de respect pour un officier supérieur. Cependant, vu la manière dont Alan l'avait prononcé il y a un instant, il faisait plutôt penser à un ricanement. Un silence de mort s'ensuivit, tandis que le commissaire fixait l'inspecteur en chef comme s'il n'arrivait pas à croire qu'on lui avait parlé de la sorte, surtout par un subordonné.

Alan lui renvoya le même regard, déterminé à ne pas détourner les yeux le premier. Pourquoi le ferait-il ? Les mots étaient sortis et il les avait tous pensés. De plus, s'excuser maintenant ne serait qu'un signe de faiblesse.

Fixant toujours son supérieur, Alan se demandait d'où pouvait bien venir cette dernière pensée. Puis il se souvint. C'était dans une émission de télé appelée *NCIS*.

En fait, ce fut le commissaire Blake qui détourna le regard en premier. Il balaya la salle du regard à la recherche d'un signe de soutien. Mais il n'y en avait pas. Les détectives semblaient avoir pris le parti de l'inspecteur en chef.

Subitement gêné, Blake ramassa son dossier et se dirigea vers la porte.

— Vous n'avez pas fini d'entendre parler de moi ! rugit-il en quittant la pièce.

— Il ira voir le commissaire divisionnaire, murmura Andrews, alors que le commissaire partait en trombe dans le couloir.

— Je sais, répondit Alan. Mais je serai prêt quand on me convoquera.

30

Une fois la conversation téléphonique avec Alan terminée, Agnès décida de descendre pour finir de lire son journal dans le salon. Même si elle aimait sa chambre avec sa vue magnifique sur le Tyne, elle ne pouvait pas y rester toute la journée. De plus, le personnel de maison ne tarderait pas à venir faire le ménage et elle gênerait son travail.

Elle avait pensé à envoyer un SMS à Alan pour lui dire qui elle avait vu à l'extérieur du parc, mais elle s'en était abstenue. Elle préférait le lui dire au téléphone, ou en face à face. Ainsi, elle pourrait voir sa réaction en découvrant comment elle était allée au parc alors qu'il lui avait dit de rentrer directement à l'hôtel ! De toute façon, elle n'avait pas l'impression d'avoir vu le tueur ; ce n'était probablement qu'une personne aussi curieuse qu'elle.

Agnès constata qu'un certain nombre de sièges étaient déjà occupés lorsqu'elle arriva dans le salon. Plusieurs autres invités avaient apparemment eu la même idée. Elle trouva néanmoins un canapé confortable, garni de gros coussins charnus, situé près du foyer électrique, le genre qui affichait des flammes réalistes dansant dans un âtre de vrai charbon. Elle était quelque peu surprise de voir que ce canapé était toujours vacant. Sans doute quelqu'un avait-il quitté les lieux avant son arrivée.

Juste ce qu'il fallait par un jour d'orage, pensa Agnès en lançant un regard par la fenêtre. La pluie tombait à verse et provenait de nuages orageux qui se déplaçaient dans le ciel.

S'installant confortablement, Agnès ouvrit le journal. Elle avait déjà lu les gros titres de la première page, qui évoquaient le corps retrouvé dans le parc la veille au soir. L'histoire se poursuivait sur quatre pages du journal. Elle fut étonnée de la rapidité avec laquelle le meurtre avait été rapporté. Ce devait être une deuxième édition.

En lisant tous les articles, Agnès se rendit compte qu'ils étaient tous identiques. En effet, ils étaient rédigés par des journalistes différents, mais ils racontaient la même histoire. En fin de compte, aucun d'eux ne présentait d'éléments nouveaux aux lecteurs. Comment le pourraient-ils ? Même la police ne savait rien. Ils n'avaient rien pour avancer.

Baissant le journal, elle se remémora la soirée précédente, celle où elle avait vu une personne rôder parmi les arbres. Elle savait qu'elle aurait dû appeler Alan immédiatement pour l'avertir, mais cela risquait de lui donner l'impression qu'elle avait ignoré ses instructions. Bien que, à la réflexion, elle l'avait *totalement* ignoré !

Néanmoins, elle savait qu'elle aurait dû l'obliger à l'écouter plus tôt ce matin. Cette information aurait pu l'aider lors de sa réunion.

Se sentant quelque peu coupable, elle changea son approche de la situation. Ne laissait-elle pas son imagination s'emballer ? Après tout, elle ne croyait pas un seul instant avoir repéré un tueur caché dans les arbres. Toutefois, cette personne aurait pu voir qui s'était débarrassé du corps.

Mais elle eut alors une autre idée : si c'était le cas, pourquoi cette personne n'était-elle pas allée voir la police ? Peut-être l'avaient-ils déjà fait...

Agnès plia le journal et le jeta sur le côté. Toutes ces réflexions ne lui faisaient pas du bien du tout. Elle jeta un coup d'œil à la fenêtre et souhaita voir la température s'améliorer. Elle avait besoin de sortir et de se promener. Cela l'aiderait à se vider la tête.

— Ça vous dérange si je me joins à vous ?

Agnès leva la tête et découvrit le visage hostile de Richard Harrison, en face d'elle. Sans attendre de réponse, il prit place sur le canapé à côté d'elle. Elle s'éloigna de lui, ne voulant pas se retrouver trop près.

— Je voudrais m'excuser pour mon comportement d'hier soir. Je crois que j'ai un peu trop bu.

— Vous *croyez* ! répliqua Agnès froidement.

— Ça arrive parfois, dit-il, avec un sourire en coin. Ne me dites pas que vous n'avez jamais bu un verre de trop ?

— Oui, peut-être. Mais je ne pense pas avoir déjà contrarié quelqu'un avec des remarques suggestives.

— Bon, je vais le répéter. Je suis *vraiment* désolé pour hier soir, dit-il en souriant. Maintenant que c'est réglé, je commande un café pour deux ?

Dans un premier temps, Agnès pensa à dire « non merci » et à lui dire de se placer ailleurs. Mais elle était curieuse de le connaître, lui et sa belle-sœur, Joanne. Que mijotaient-ils vraiment ? La seule façon pour elle de le faire parler serait de le laisser croire qu'il la bernait.

Du coin de l'œil, elle vit Morris s'installer sur un siège près de la porte et elle se sentit immédiatement plus à l'aise. Au moins, il serait là si les choses devenaient incontrôlables.

— Un café serait très bien, dit-elle en forçant un sourire.

— Super, dit Richard, puis il leva la main pour attirer l'attention d'un serveur qui servait du café à quelques clients à proximité. Café et scones pour deux, s'il vous plaît, dès que vous pouvez.

Une fois fait, il se réinstalla dans le canapé et étira ses longues jambes.

— C'est une matinée plutôt décevante, quand on parle météo, commenta-t-il, avec un signe de tête vers la fenêtre. Aviez-vous des projets pour aujourd'hui ?

— Non, pas vraiment. J'ai tendance à attendre de voir le temps qu'il fait, puis je décide de ce que j'ai envie de faire.

— Bonne idée. Le temps peut être très changeant à cette époque de l'année. C'est très difficile de planifier à l'avance.

Le serveur arriva avec le café et les scones et Richard paya l'addition. Elle observa attentivement Richard verser le café, pour s'assurer qu'il ne glissait pas quelque chose dans l'une des tasses.

Puis, il posa la cafetière et fit glisser une tasse vers elle. Tout semblait normal. Néanmoins, par mesure de précaution, elle décida de ne pas prendre une seule gorgée avant qu'il ait bu dans sa tasse.

Elle était peut-être paranoïaque, mais la dernière fois qu'elle avait accepté un verre d'un des invités, la boisson avait été mélangée à une drogue. On avait dû l'aider à monter dans sa chambre avant qu'elle ne sombrât dans une sorte de coma. À son réveil, elle s'était retrouvée enfermée dans la réserve en haut de l'hôtel. Il n'y avait aucune chance de voir cela se reproduire.

Richard lui proposa un scone, mais elle leva la main.

— Merci, mais je viens de finir mon petit-déjeuner.

— Moi aussi, dit-il, en prenant un pour lui-même. Mais ceux qu'ils préparent ici sont trop délicieux pour les laisser passer.

Il y eut un bref silence pendant qu'il croquait son scone. Il essuya quelques miettes sur sa bouche, puis demanda :

— Avez-vous visité beaucoup d'endroits dans le monde ?

— Oui, pas mal.

Agnès mentionna certains des pays qu'elle et son mari avaient visités au fil des ans.

En fait, elle avait visité beaucoup plus d'endroits avec ses parents, grâce au travail de son père au ministère des Affaires étrangères. Cependant, vu les circonstances, elle était déterminée à laisser son père en dehors de la conversation. Peut-être que c'était le but de cette douce conversation. Harrison voulait peut-être qu'elle aborde le sujet de son père.

— Très intéressant, dit Richard.

Il continua en évoquant des endroits qu'il avait visités auparavant et lui dit ensuite où il aimerait faire sa prochaine escale.

— L'Australie, dit-il en levant les mains vers le plafond. C'est la destination de mon prochain voyage. C'est un pays vaste, audacieux et magnifique.

— Mais, pour l'instant, vous êtes ici, à Newcastle-upon-Tyne. Qu'est-ce qui vous a poussé à venir ici ?

Il y avait de la brusquerie dans sa voix.

À présent, elle en avait assez de toutes ces discussions et souhaitait que Richard en vienne au fait. Elle était persuadée que le café, les scones et le tête-à-tête douillet devant le feu du salon figuraient tous des efforts pour gagner sa confiance après son échec lamentable de la veille avec Joanne.

Agnès avait deviné qu'il allait retenter sa chance, d'autant plus qu'il logeait dans le même hôtel. N'était-ce pas la raison pour laquelle il séjournait là ? Peut-être était-ce la raison pour laquelle il avait traîné autour du bar la nuit dernière – pour lui servir des boissons et lui faire croire qu'il était son demi-frère. Il pouvait essayer autant de fois qu'il le voulait. Il était impossible que son père ait eu une liaison sordide avec sa mère.

Elle était encore sous le choc du fait qu'elle avait

pu considérer cette accusation comme vraie lorsqu'il l'avait rattrapée à l'hippodrome. Harrison était un escroc et il était bon dans ce domaine. Même elle devait admettre qu'il recherchait bien ses victimes, s'assurant qu'elles en valaient la peine. Elle se demandait combien de personnes il avait pu escroquer dans le passé. Désormais, c'était son tour et il savait probablement exactement ce qu'elle valait. Non seulement il en voulait à son argent, mais il devait aussi viser une part de l'entreprise que ses parents lui avaient laissée.

* * *

Alan s'attendait à recevoir un appel du commissaire Lewis pour lui demander de se présenter immédiatement à son bureau. Pourtant, jusqu'à présent, ce n'était pas arrivé.

Le commissaire Blake avait quitté en trombe la salle des opérations depuis plus d'une heure. À sa sortie, il avait l'air tellement en colère qu'Alan était certain qu'il irait directement au bureau du commissaire divisionnaire pour le dénoncer.

Pendant ce temps, l'inspecteur en chef et son sergent réexaminaient l'affaire pour la énième fois. Tous deux avaient déjà parcouru les dossiers plusieurs fois. Pourtant, une fois de plus, rien ne ressortait.

— Je vais appeler Agnès, dit Alan en jetant le dossier.

Il s'était soudainement rendu compte qu'il s'était promis de lui téléphoner dès qu'il serait disponible. Mais il s'était laissé entraîner dans le réexamen de l'enquête.

— Elle semblait vouloir me dire quelque chose.

Cependant, au moment où Alan sortait son téléphone portable, celui-ci sonna.

— C'est Morris, dit-il en l'ouvrant.

— Monsieur, je n'ai rien à signaler. Harrison n'a pas quitté l'hôtel ce matin. En ce moment, il est en train de discuter avec Mme Lockwood dans le salon.

— Et tout va bien ? demanda Alan en posant la main sur l'arrière de sa tête. Je veux dire, est-ce qu'elle donne l'impression d'avoir des problèmes ?

— Elle a l'air d'aller bien, répondit-il en faisant une pause. Bien que, d'après son expression, elle commence peut-être à s'ennuyer un peu en sa compagnie. Il est avec elle depuis un certain temps maintenant.

Alan n'aimait pas du tout ça. Toutefois, il n'y pouvait rien. Au moins, Morris était là. Il était soulagé d'avoir décidé de laisser le détective en civil à l'hôtel.

— Ok, mais garde-le à l'œil. Ne le perds pas de vue et rappelle-moi si quelque chose ne va pas.

— Oui, monsieur, répondit Morris.

Alan aurait aimé disposer de quelques minutes pour réfléchir à ce problème, mais le téléphone sur son bureau sonna. L'appel provenait du détective Jones.

— Monsieur, je pense que nous avons une piste pour les boutons de manchette et l'épingle de cravate, dit Jones. Je me suis soudainement souvenu avoir entendu parler d'une bijouterie assez récente sur l'avenue Pink Lane et je me suis demandé si elle pouvait nous aider. J'ai donc décidé de trouver la boutique et de leur montrer une photo des objets. Le propriétaire, un certain M. Anderson, m'a dit qu'il avait commandé la parure pour un client peu après l'ouverture de la boutique.

— T'es toujours là ? demanda Alan, excité.

C'était la première brèche qu'ils avaient et il voulait y donner suite immédiatement.

— Oui.

— Reste là, on arrive dans quelques minutes.

— Prends ton manteau, Andrews, dit Alan, en raccrochant, juste avant de se précipiter vers le portemanteau. Jones a trouvé le magasin qui a commandé les boutons de manchette que nous avons trouvés dans le parc.

Au moment où ils quittaient la pièce, le téléphone sur le bureau d'Alan se mit à sonner.

— Tu ne devrais pas répondre ? demanda

Andrews en se retournant vers le bureau. C'est peut-être le commissaire divisionnaire.

— Laisse tomber, dit Alan, déjà à mi-chemin dans le couloir. Si c'est le commissaire qui me demande de passer pour discuter, il devra attendre. Cette affaire est plus importante.

Andrews sourit et secoua la tête. Aurait-il un jour le courage d'être aussi désinvolte ?

31

Agnès était toujours dans le salon avec Richard Harrison. Il radotait. Bien que, honnêtement, elle ne savait pas sur quoi ; elle avait perdu tout intérêt de suivre cette conversation depuis un moment. Elle pensait plutôt à Alan et à l'endroit où ils pourraient se rendre ce soir.

Le regard perdu vers les fenêtres, elle était contente de ne pas avoir à s'aventurer dehors aujourd'hui. Il pleuvait abondamment et le vent hurlait comme un loup solitaire entre les grands immeubles du quai. Elle frissonna à l'idée d'être dehors par un temps pareil.

Elle ferma les yeux et continua à planifier leur soirée ensemble. Si seulement ils pouvaient dîner ici à l'hôtel. Alan pourrait passer la nuit...

— Parlez-moi de notre père. Était-il bon avec *vous* ? Il aurait certainement pu faire plus pour moi.

Agnès ouvrit grand les yeux et jeta un regard dans la pièce, se demandant si quelqu'un avait entendu la remarque de Richard. Cependant, elle constata que beaucoup d'invités étaient partis et que ceux qui restaient semblaient s'être assoupis. Même Morris semblait avoir disparu. Où était-il passé ?

Comment n'avait-elle pas remarqué que la clientèle du salon s'amenuisait au fur et à mesure que la matinée avançait ? Un regard sur sa montre lui indiqua qu'il était presque l'heure du déjeuner. Peut-être s'était-elle laissé aller à l'ennui.

— De quoi parlez-vous ? Je croyais vous avoir dit que l'homme sur la photo n'était pas mon père, contra Agnès, d'un air de défi.

Elle hésitait à dire à Harrison qu'elle en avait assez juste avant de faire une grande sortie. Cependant, elle ne bougea pas. Il fallait qu'elle en finisse avec cette histoire, ainsi il cesserait de la harceler.

Ses yeux étaient maintenant fixés sur la porte. Elle pouvait voir quelques personnes rôder dans la zone de réception. Aucune d'entre elles ne portait de manteau, ce qui signifiait qu'elles ne sortaient pas. Elle espérait qu'une ou deux d'entre elles décideraient de se rendre dans le salon.

Heureusement, deux couples entrèrent et s'installèrent dans les canapés. Ils avaient l'air assez jeunes et, plus important encore, bien réveillés et prêts à discuter avec leurs compagnons.

— Mais *c'était* votre père. Pourquoi le nier ? rétorqua Harrison, en haussant les épaules. Il vous a donné une bonne vie, alors qu'il ne m'a rien donné.

— Ce n'était *pas* votre père. Je parierais ma vie là-dessus.

Du coin de l'œil, elle vit Morris revenir dans la pièce.

— Qu'espérez-vous obtenir avec toutes ces sottises ? ajouta-t-elle.

— Ce ne sont pas des bêtises. Je veux ce qui aurait dû être à moi !

Harrison avait presque craché les mots.

— Et qu'est-ce que ce serait ?

Agnès essayait de garder son calme, même si elle tremblait de colère. Pour le moment, elle voulait le faire parler. Peut-être allait-il faire une erreur.

— Vous savez ce que c'est, rétorqua-t-il. L'argent, les affaires et...

— Et moi, alors ? Si vos affirmations étaient vraies, n'aurais-je pas eu droit à une part ?

— Vous n'en aviez pas besoin. Vous vous en êtes bien sortie. Vous vous êtes bien mariée et je crois savoir que votre mari vous a laissé beaucoup d'argent.

— Comment pouvez-vous savoir ce que mon mari m'a légué ? répondit Agnès, promptement. Ça n'a absolument rien à voir avec vous.

Elle réfléchit un instant.

— Ou bien avez-vous mis votre nez dans les affaires de mon mari également ?

Harrison ne répondit pas. Pendant un moment, il sembla plutôt décontenancé. Mais, se ressaisissant, il plongea la main dans sa poche et en sortit la photo qu'il lui avait montrée à l'hippodrome.

— C'est votre père – ne le niez pas ! lança-t-il en lui mettant la photo dans la main.

À contrecœur, Agnès la lui prit. Elle avait espéré ne plus jamais poser les yeux dessus. Néanmoins, avec la photo à la main, elle y jeta un rapide coup d'œil. Quelque chose la frappa et elle y regarda de plus près. Oui, il ressemblait certainement à son père, mais il y avait quelque chose dans cette image qui ne sonnait pas vrai.

— Où avez-vous dit que vous l'aviez eue, déjà ? demanda Agnès, en regardant toujours la photo.

— Je vous l'ai déjà dit. Ma mère l'a prise il y a de nombreuses années.

Il voulut reprendre la photo, mais elle fut plus rapide que lui et retira rapidement sa main.

— Je peux la garder un moment ?

— Pourquoi ? Vous avez sûrement déjà

beaucoup de photos de notre père. Pourquoi voulez-vous celle-ci ?

— Ne vous inquiétez pas, je vous la rendrai.

Elle évita de répondre à sa question. Elle avait l'intention de montrer la photo à Alan ; il serait en mesure de découvrir si elle avait été trafiquée. Harrison la dévisagea un long moment.

— D'accord, plia-t-il, en haussant les épaules. Pourquoi ne pas en prendre une copie et l'ajouter à votre album de famille ? Vous avez tout le reste.

Il avait élevé la voix en prononçant ces derniers mots.

Le bourdonnement de la conversation provenant des personnes qui étaient entrées dans le salon un peu plus tôt s'arrêta soudainement et la pièce devint silencieuse. Agnès ne leva pas les yeux de la photo, pourtant elle pouvait sentir leurs regards la transpercer.

Elle devait admettre que cet homme était bon. Il savait comment exploiter une foule. Bien qu'il n'y avait pas vraiment de foule ici, il avait certainement attiré l'attention de quelques personnes.

Sa manière désinvolte et détendue avec laquelle il prêtait la seule photo qu'il avait de son père à une demi-sœur qui ne voulait rien savoir de lui avait donné l'impression qu'il était le gentil. Agnès savait que rien de ce qu'elle pouvait dire ou faire à ce stade ne pourrait améliorer sa situation. Elle devait continuer à passer pour la méchante jusqu'à ce qu'elle puisse prouver, une fois pour toutes, que Harrison était un escroc.

— Merci, dit-elle, avec un sourire qui ne parvint pas à atteindre ses yeux. Je vais peut-être faire ça.

Alors qu'Agnès se baissait pour glisser la photo dans son sac à main, elle le vit remuer avec gêne sur le canapé. Peut-être qu'il n'était pas aussi blasé qu'il le laissait croire qu'elle emprunte la photo. Peut-être avait-il espéré que sa remarque acerbe l'inciterait à la lui rendre. Si c'était le cas, ça ne fonctionnerait pas. Une fois la photo bien rangée dans son sac, elle referma la fermeture éclair, craignant qu'il n'essaie de la récupérer lorsqu'elle serait moins vigilante.

Au moment où elle se redressait, son téléphone sonna. En le sortant de sa poche, elle vit que l'appel venait d'Alan.

— Bonjour, je suis ravie d'avoir de tes nouvelles, dit-elle. J'espère que ta réunion s'est bien passée ce matin...

32

L'inspecteur Johnson et le sergent Andrews mirent plus de temps que prévu à atteindre la bijouterie de Pink Lane. Avec le mauvais temps, de plus en plus de gens avaient décidé de se rendre en voiture sur leur lieu de travail, plutôt que de marcher ou de patienter dans les arrêts de bus.

Plus d'une fois, Alan avait été tenté d'allumer les gyrophares bleus installés sur sa voiture pour les urgences, mais il se répétait que ce n'était pas une urgence. Si ?

La personne qui avait commandé les boutons de manchette et l'épingle à cravate au magasin cherchait peut-être déjà à fuir la zone. Pire encore, elle pourrait déjà avoir quitté le pays. La police n'avait pas permis que l'information sur les objets trouvés parvienne à la presse ou aux journaux télévisés, de peur que cela n'alerte le tueur. Pourtant, s'ils appartenaient bien au meurtrier, resterait-il dans les parages une fois qu'il aurait constaté leur disparition ?

Enfin, Alan tourna sur Pink Lane. Maintenant, ils allaient devoir garder les yeux ouverts pour trouver la bijouterie. Le quartier était plutôt connu pour ses restaurants, ses bars et ses boîtes de nuit, bien que, dans le passé, on y trouvait aussi des bijouteries et des boutiques de cadeaux en argent.

— Jones a dit que la boutique est assez petite et qu'elle est nichée entre deux cafés, dit Alan à son sergent.

— Là ! s'écria Andrews, en désignant l'endroit où Smithers leur faisait signe, puis il se mit à rire. J'aurais dû deviner que Smithers serait ici, aussi.

Alan fit clignoter ses phares, indiquant qu'ils l'avaient vu, et un instant plus tard, Smithers disparut. Qui pourrait le blâmer, par ce temps ?

Lorsque l'inspecteur en chef et Andrews entrèrent dans le magasin, ils trouvèrent l'endroit beaucoup plus spacieux qu'ils ne l'avaient imaginé. À en juger par l'étroitesse de la devanture, ils avaient cru que l'intérieur serait minuscule. Cependant, le nouveau propriétaire avait apparemment bien réfléchi à son achat afin d'utiliser l'espace au maximum.

Les armoires désuètes et tout ce qui était

considéré comme superflu à notre époque avaient été démolis et remplacés par des étagères plus modernes pour présenter la marchandise. Sur le comptoir se trouvait un gros catalogue. Il s'agissait probablement d'articles qui n'étaient normalement pas en stock, mais qui pouvaient être commandés pour les clients qui souhaitaient quelque chose de différent. Vers le fond du magasin, Jones et Smithers étaient assis dans des fauteuils confortables près d'un grand feu de cheminée.

Alan secoua lentement la tête en regardant autour de lui. Il avait déjà vu tout cela auparavant. Oui, la boutique était cosy et semblait très confortable, mais il était sûr que ce n'était pas dû à cette fausse cheminée. Celle-ci n'était destinée qu'à attirer les clients à l'intérieur pendant le temps froid. Nul doute que la chaleur était diffusée par des radiateurs invisibles.

Un autre homme était assis à côté des détectives, vêtu d'un élégant costume d'affaires et un nœud papillon. Alan pensa qu'il s'agissait du propriétaire de l'établissement.

— M. Anderson ? demanda Alan.

— Oui, c'est moi, Charles Anderson.

— Je suis l'inspecteur Johnson et voici le sergent Andrews.

— Asseyez-vous, s'il vous plaît, dit Anderson. Voulez-vous du thé ou du café ?

— Non, merci, ça ira, dit Alan en prenant une chaise, impatient d'aller droit au but. M. Anderson...

— Charles, s'il vous plaît.

Alan hocha la tête.

— Charles, mes agents m'ont dit que vous vous souvenez avoir commandé une épingle de cravate et des boutons de manchette correspondant à ceux que nous avons trouvés sur une scène de crime. Tenez-vous un registre des personnes qui passent des commandes ?

— En effet, répondit Charles, avec un large sourire, en brandissant un grand dossier rempli de commandes. Même si je ne suis pas dans ces locaux depuis très longtemps, j'ai reçu de nombreuses personnes. Le bruit court que je suis habilité à commander des articles dans le monde entier. J'ai des contacts partout.

— Cela signifie-t-il que vous avez le nom et l'adresse de l'homme qui a commandé les boutons de manchette et l'épingle de cravate ? demanda Alan avec espoir.

Ce serait bien de voir la chance leur sourire, pour une fois.

— Non, j'ai bien peur que non, dit Charles, avant d'ouvrir le dossier et de tirer une feuille de papier du haut de la pile, qu'il tendit à l'inspecteur. J'ai trouvé la commande en question peu avant votre arrivée. Vous verrez que les articles ont été commandés par une femme – Mme Elizabeth Small. J'ai cru comprendre qu'ils devaient être un cadeau d'anniversaire spécial pour son mari.

— Mais elle n'a pas laissé d'adresse ? rétorqua Alan, frustré de voir que son espoir d'un coup de chance était sur le point de s'effondrer. Comment étiez-vous censé la contacter une fois les articles livrés ?

— Vous constaterez qu'elle a laissé son numéro de téléphone portable, expliqua Charles en pointant son doigt vers la feuille de commande qu'Alan tenait toujours. Apparemment, elle et son mari séjournaient dans l'un des hôtels de la ville, mais ont été contraints de quitter l'établissement le lendemain. Il s'agissait d'une confusion de dates au moment de la réservation. Elle devait se rendre dans un autre hôtel à sa sortie du magasin.

— Vous n'avez pas trouvé ça bizarre ? renchérit Alan. Je veux dire, n'avez-vous pas été surpris qu'elle et son mari aient attendu presque la dernière minute avant de commencer à chercher un autre endroit où loger ?

Charles haussa les épaules.

— Je n'y ai pas du tout pensé. Ce n'était pas du tout mes affaires.

Alan secoua la tête en signe de désespoir, avant de réessayer.

— Mais, en regardant les choses sous un angle différent – ce qui, je m'empresse de l'ajouter, est *votre affaire* – n'étiez-vous pas un peu inquiet qu'ils ne trouvent pas un logement à leur goût ? Dans ce cas, monsieur et madame Small n'auraient pas d'autre choix que de quitter la région, vous laissant assumer le coût des objets.

Charles Anderson sourit et se tapota le nez, d'un air entendu.

— Inspecteur, il est clair que vous n'êtes pas un homme d'affaires, alors que moi je le suis. Vous voyez, dès que Mme Small a fait part de son incertitude quant à l'endroit où elle se trouverait lorsque les marchandises devaient arriver, j'ai suggéré qu'elle paie d'avance. Je lui ai dit que j'étais tout à fait prêt à accepter un chèque, mais que je devais attendre qu'il soit encaissé avant de commander les marchandises. Elle n'a pas tergiversé. Elle a simplement ouvert son sac à main et a payé le montant total – en liquide.

— Elle a payé en liquide ? s'étonna Alan.

Il jeta un nouveau coup d'œil à la feuille de papier dans sa main, pensant qu'il avait dû mal la lire la première fois. Mais c'était bien le cas ; la facture indiquait un coût de presque mille livres.

Alan se souvint que Morris lui avait dit que l'épingle de cravate et les boutons de manchette coûtaient cher lorsqu'il avait vu les photographies dans la salle des opérations. Néanmoins, il n'avait jamais imaginé que de simples boutons de manchette et une épingle de cravate pouvaient être aussi dispendieux. Pour lui, « cher » signifiait environ cent livres, tout au plus.

— Vous ne vous êtes pas demandé, poursuivit Alan, pourquoi quelqu'un se promènerait dans la ville avec une telle somme d'argent dans son..., s'interrompit-il, en levant la main et en secouant la tête. Non, pas la peine de répondre à cette question. Je sais... que ça ne vous concernait pas.

— Exactement, vous avez compris ! s'exclama Charles en se frappant les mains l'une contre l'autre. Pourquoi devrais-je poser des questions ? J'avais l'argent. Pour moi, c'était une situation gagnante. Je vois que vous comprenez vite, inspecteur. Je vais faire de vous un homme d'affaires !

— D'accord, dit Alan en se reprenant. Vous l'avez appelée et elle est venue récupérer les objets. A-t-elle dit où elle logeait ? A-t-elle expliqué ses difficultés à trouver un autre hôtel ?

— Non, elle n'a pas dit grand-chose, en fait. Elle a regardé l'épingle de cravate et les boutons de manchette et a dit que son mari allait les adorer. On s'est serré la main et elle est partie.

— Donc, nous avons perdu notre temps ici aujourd'hui, conclut Alan en s'affaissant davantage sur sa chaise. Vous n'avez vraiment rien de nouveau à nous dire.

— C'est parce que vous n'avez pas posé la bonne question, dit Charles, exalté. Vous n'avez pas demandé si je pouvais vous donner une description de Mme Small.

— Et le pouvez-vous ? dit Alan, dubitatif.

Il avait eu assez de déceptions pour la journée.

— Êtes-vous capable de décrire la femme ?

— Je peux faire mieux que ça, répondit Charles en se levant d'un bond, en direction de son bureau. J'ai une photo d'elle.

— Pourquoi ne me l'avez-vous pas dit plus tôt ? s'ébahit Alan, en se redressant soudainement sur sa chaise.

— Vous ne me l'avez pas demandé !

***

De retour dans la voiture, le sergent Andrews essaya de garder un visage impassible pendant que l'inspecteur en chef marmonnait sur l'attitude de Charles Anderson.

— Vous y croyez ? s'emporta Alan, furieux. Cet homme semblait traiter l'enquête sur deux meurtres comme une sorte de jeu. *Je vois que vous comprenez vite*, mima-t-il. J'espère que j'aurai l'occasion de lui montrer exactement à quelle vitesse je peux comprendre.

Andrews et les deux autres détectives avaient gardé le silence pendant que l'inspecteur Johnson interrogeait le propriétaire du magasin. Sur le moment, Andrews s'était demandé pourquoi Jones et Smithers n'avaient pas déjà obtenu les informations concernant la caméra de vidéosurveillance et la photo de Charles Anderson avant leur arrivée. Cependant, maintenant, avec le recul, le propriétaire de la boutique les avait probablement fait tourner en bourrique, eux aussi.

— Je suis d'accord, dit Andrews. Il est allé un peu trop loin.

Déjà de retour au poste, Alan remit la photo à Andrews et lui demanda de faire des copies et de les distribuer à tous les inspecteurs.

— Je dois prévenir la presse ? demanda Andrews. Nous pourrions avoir une piste si sa photo est diffusée en première page des journaux.

Alan posa une main sur l'arrière de sa tête et fit les cent pas dans le bureau pendant un long moment. Il avait besoin de réfléchir à tout cela.

Son sergent avait raison. Les gros titres des journaux avaient assurément été utiles à la police à plus d'une occasion. Cependant, à ce stade de l'enquête, il se sentait peu enclin à diffuser le fait qu'ils recherchaient une femme qui pourrait être en mesure de les aider dans leurs investigations ; en tout cas, pour le moment.

Jusqu'à présent, ils s'en étaient tirés en dissimulant la découverte des preuves sur les lieux, de peur que le suspect ne prenne connaissance des gros titres et ne s'enfuie. Or, si l'on savait qu'ils recherchaient une femme qui pourrait les aider dans leur enquête grâce aux objets en question, toute cette histoire devrait être rendue publique et les deux personnes pourraient partir sur le prochain vol disponible de Newcastle.

— Non.

Sa décision prise, Alan cessa de faire les cent pas et se retourna pour faire face à son sergent.

— Pas maintenant. Donne une copie à chaque agent du commissariat. Dis-leur de l'étudier et de la garder avec eux. Ils doivent se méfier de cette femme. Dis aux inspecteurs de montrer la photo dans tous les hôtels, restaurants et cafés de la ville. Si Elizabeth Small a vent qu'on la recherche, elle risque de disparaître – en supposant, bien sûr, qu'elle soit encore dans la région.

— Je comprends. Je vais me rendre au laboratoire pour qu'ils scannent la photo et vérifient la base de données. On ne sait jamais, cette femme pourrait avoir fait surface quelque part. Je distribuerai les copies dès que je les aurai.

Alan acquiesça et le sergent se précipita hors du bureau vers le couloir.

À présent seul, Alan réalisa qu'il n'avait toujours pas téléphoné à Agnès. Il traversa la pièce et ferma la porte. Celle-ci restait généralement ouverte ; il aimait que ses détectives sachent qu'il était disponible à tout moment. Il n'y avait rien qu'il ne ferait pas pour eux.

Mais à cet instant précis, il désirait un moment paisible avec la femme qu'il aimait depuis son enfance.

33

— Salut. Je suis si heureuse de ton appel, dit Agnès, lorsqu'elle répondit au téléphone.

Elle était tellement soulagée d'entendre une voix familière, après avoir été clouée avec Richard Harrison toute la matinée.

— Ça va ? demanda Alan. J'ai eu des nouvelles de Morris. Il m'a dit que Harrison s'était planté à côté de toi ce matin. Il est toujours là ?

— Oui, répondit Agnès, puis elle regarda vers la fenêtre pour faire croire à Richard qu'elle parlait du temps. Oui, le temps est encore assez mauvais ici.

Alan était contrarié de ne rien pouvoir faire pour empêcher Harrison de harceler Agnès. À moins qu'elle ne dépose une plainte officielle auprès de la police, il avait les mains liées. Peut-être qu'il lui suggérerait de le faire quand ils se rencontreraient.

— Sur une note plus gaie, veux-tu dîner avec moi ce soir ? s'enquit-il. Bien que, si le temps ne s'éclaircit pas, je ne sais pas où on ira. C'est assez désagréable de te traîner trop loin de l'hôtel et...

— Je te rappelle, interrompit Agnès, avant de mettre fin à l'appel.

Elle venait de penser à la plus merveilleuse des idées. Maintenant, la dernière chose qu'elle voulait, c'était que Harrison, qui était sans doute accroché à chacun de ses mots, connaisse ses plans.

— Désolé, Richard.

Elle se pencha et ramassa son sac à main.

— C'est un appel privé et je préférerais le prendre ailleurs.

Elle se leva et quitta la pièce.

* * *

Alan ferma son téléphone, lentement. De quoi s'agissait-il ? L'avait-il bien entendue ? Agnès l'avait interrompu si soudainement et avait parlé si vite qu'il avait pu mal comprendre. Elle avait peut-être des problèmes. Elle avait peut-être même demandé de l'aide.

Quelqu'un, vraisemblablement Harrison, aurait pu lui arracher le téléphone avant qu'elle ne puisse en dire plus. Dans son état d'agitation, il se mit à appeler Morris, mais il replaça aussitôt le combiné. Si Agnès *avait* des problèmes, Morris serait déjà en train d'essayer de les résoudre. Il serait stupide de l'appeler maintenant et de le détourner de son devoir. Il devait être patient. Mais, comme la plupart de ses détectives le savaient, la patience n'était pas l'un de ses points forts.

***

En haut, dans sa chambre, Agnès rappela Alan. D'après la façon dont il avait parlé tout à l'heure, elle avait l'impression qu'il était seul et elle espérait que c'était toujours le cas.

— C'est moi, dit Agnès, même si elle savait parfaitement qu'Alan avait compris de qui il s'agissait à l'instant où son téléphone avait sonné.

Je suis désolée de t'avoir interrompu, poursuivit-elle. Mais j'ai eu une merveilleuse idée pour le dîner de ce soir et je ne voulais pas que Richard Harrison le sache – ni aucune des autres personnes qui auraient pu être intéressées par notre conversation.

— Bien. Peu importe c'est quoi, je suis d'accord.

— Alors, pourquoi ne pas dîner ici ? Par ça, je veux dire *ici*, dans ma chambre, proposa-t-elle, en jetant un coup d'œil à sa chambre. Il fait sec et chaud, j'ai une télé, une radio, une table avec deux chaises et un canapé... en fait, j'ai tout le confort moderne.

Ses yeux dérivèrent vers le lit et, pendant un bref instant, elle fut tentée de lui suggérer de passer la nuit avec elle, mais elle se retint. Laissons la soirée suivre son cours.

— Bref, qu'en penses-tu ?

— Agnès, que puis-je dire ?

La première pensée d'Alan avait été qu'elle était sur le point de reporter leur soirée à cause du temps extrêmement mauvais. Jusqu'à présent, ils avaient tenté de cacher leur relation à Richard Harrison en allant au restaurant loin des quais, de peur qu'il ne les voie ensemble. Cependant, heureusement pour eux, la météo avait été de leur côté... jusqu'à aujourd'hui.

— Tu pourrais dire oui, répondit-elle, timidement.

— Oui. Merci, ce serait merveilleux.

— Super, je vais organiser le service d'étage. Maintenant, as-tu du nouveau sur l'affaire ?

Alan lui parla de la photographie qu'ils avaient acquise le matin même.

— C'est la première vraie piste qu'on a. Andrews vérifie la base de données. Il imprime aussi quelques copies. J'en aurai une avec moi ce soir. Tu pourras y jeter un coup d'œil, même si je doute que tu l'aies déjà rencontrée. De quoi avais-tu hâte de me parler ce matin ?

Elle s'apprêtait à mentionner qui elle avait vu à l'extérieur du parc la nuit où le deuxième corps avait été trouvé, mais elle n'en eut pas l'occasion. Une agitation soudaine anima le bureau d'Alan. Ce dernier lui demanda de patienter un moment, pendant qu'il écoutait ce qu'un de ses détectives avait à dire. Bien qu'Agnès ne pouvait pas entendre chaque mot de la conversation, elle comprit qu'une personne avait été portée disparue. Cela pourrait être une autre piste.

— Je suis désolé, mais je dois y aller, répondit Alan au téléphone. Il s'est passé quelque chose...

— Oui, j'ai entendu, interrompit Agnès. Tu dois partir. On se reparle plus tard.

Alan la salua et suivit son détective dans le couloir vers la salle des opérations. Le sergent Andrews distribuait des copies de la photographie qu'ils avaient reçue le matin même. Une était déjà épinglée au tableau d'affichage.

— Rien dans la base de données jusqu'à présent, annonça Andrews, lorsqu'il vit l'inspecteur en chef entrer dans la pièce. Mais je suis parti avant la fin de la recherche, donc on peut encore espérer avoir des indices.

— J'en doute, répondit Alan en secouant la tête. Je pense que notre meilleure chance est de sortir avec ces photos. Les montrer à tous ceux que nous rencontrons et espérer que quelqu'un la reconnaisse. Maintenant, à propos de cette personne disparue… Qui est-ce et qui a signalé sa disparition ?

Il s'avéra que l'appel provenait du commissariat de Whitley Bay, une ville balnéaire située sur la côte est de Newcastle. Le sergent Andrews lit le rapport qui lui avait été remis par le chef de bureau.

— M. et Mme Patterson, les parents d'un jeune homme nommé John, étaient à l'étranger pour affaires depuis quelques semaines. Ils lui avaient confié la responsabilité de l'entreprise familiale pendant leur absence. Mais…, s'interrompit Andrews, en levant les yeux vers l'inspecteur en chef. Veux-tu lire ceci ?

Alan secoua la tête et fit signe à son sergent de continuer, qui acquiesça et baissa les yeux sur le rapport.

— En rentrant chez eux, ils ont découvert que leur fils avait disparu. Il devait venir les récupérer à l'aéroport de Newcastle, mais il ne s'est pas présenté. En supposant qu'il était encore au bureau ou pris dans les embouteillages, ils l'ont appelé sur son portable pour lui dire qu'ils allaient rentrer par leurs propres moyens, mais il n'a pas répondu. Une fois arrivés chez eux, ils se sont immédiatement mis à la recherche de leur fils. Ils ont appelé le bureau et contacté ses amis, mais personne ne l'avait vu depuis plusieurs jours. Ils pensaient tous qu'il avait décidé de « prendre congé » pour quelques jours. Mais ses parents ont dit qu'il ne partirait jamais sans prévenir son entourage. C'est alors qu'ils ont décidé de contacter le poste de police de Whitley Bay. Une photo et d'autres détails sur l'homme disparu ont été envoyés par courriel ici. Cependant, le docteur Nichols pense que ces données pourraient correspondre à diverses personnes.

Andrews leva les yeux du rapport.

— Les parents sont en route pour venir ici en ce moment même. J'ai demandé à Jones d'aller les chercher à leur domicile.

Alan acquiesça, avant de concentrer son attention sur les photographies épinglées au tableau, notamment les deux montrant les victimes du meurtre.

Derrière lui, Andrews ordonna aux détectives de commencer à enquêter dans les hôtels, les restaurants et partout où la femme sur la photo aurait pu être vue.

— Veillez à ce qu'ils regardent tous attentivement la photo. Il est impératif que nous trouvions cette femme, leur dit-il.

Une fois les détectives partis, Andrews se rapprocha de l'inspecteur en chef.

— Je sais ce que tu penses. Ces gens vont vivre

un choc terrible quand ils verront les corps. Si seulement il y avait un autre moyen.

— On nous dit qu'on doit toujours essayer de préparer les proches, avant qu'ils n'entrent dans la morgue, soupira Alan, en faisant un geste vers les photos des corps mutilés. Mais comment peut-on préparer quelqu'un à quelque chose comme ça ?

Se détournant du tableau, il fit les cent pas dans la pièce, les mains jointes fermement derrière son dos.

— On doit demander aux parents si leur fils a des signes distinctifs sur le corps, poursuivit Alan. Tu sais de quoi je parle. Quelque chose qu'ils reconnaîtraient – un grain de beauté, une tache de naissance ou même un tatouage. Je sais que c'est peu probable. Le docteur Nichols n'a rien trouvé de spécial sur les corps. Cependant, personne ne connaît mieux son fils qu'une mère et, au cas où il y aurait quelque chose, Nichols pourrait le vérifier. Les parents n'auraient pas à voir les corps.

Andrews ne dit rien, ça ne valait pas la peine, l'expression de son visage en disait long. Alan prit une profonde inspiration.

— D'accord, je me raccroche à la moindre chose, mais essayons quand même.

Ils ne purent en dire plus, car Jones entra dans la salle des opérations en annonçant avoir laissé les parents dans le bureau de l'inspecteur en chef.

— La policière Marriot a préparé du thé et elle est avec eux maintenant, expliqua-t-il, avant de baisser les yeux un instant. Ils sont dans une mauvaise passe.

Alan lança un regard à son sergent, puis se retourna vers le détective. — Merci, Jones. Laissez-nous faire.

— *Nous* ? demanda Andrews, une fois Jones sorti.

— Oui, nous, répondit Alan, en se dirigeant vers la porte.

— Est-ce que tu souhaites que je sois à tes côtés dans ton bureau quand tu parleras aux parents ?

Il ne pensait pas qu'il serait impliqué dans l'entretien douloureux avec les parents endeuillés. Il avait déjà participé à ce genre d'événements, mais sans la présence de corps dans un état aussi épouvantable. D'habitude, les officiers supérieurs se chargeaient de cette tâche.

— Tu ne penses pas que ce sera plutôt inquiétant pour eux ? dit Andrews, en suivant son chef d'unité hors de la salle des opérations. Euh, je veux dire, ne traversent-ils pas déjà une mauvaise passe ?

— Si, en effet. Mais il sera bon pour eux de voir que nous mettons tout en œuvre pour attraper l'assassin de leur fils – si l'un d'eux s'avère être leur fils. En plus, ce sera un bon entraînement pour toi quand tu deviendras inspecteur.

Alan se retourna pour faire face à son sergent.

— Bien sûr, si tu n'es pas prêt à le faire...

Le sergent Andrews prit une profonde inspiration.

— Je suis prêt, dit-il en suivant son chef dans le couloir.

34

Il était un peu plus de vingt heures quand Alan arriva à l'hôtel. Habituellement, ils se retrouvaient vers 19 h ou 19 h 30. Cependant, la journée avait été exceptionnellement chargée au commissariat de Newcastle.

Tout d'abord, il y avait la photographie de la femme qui aurait commandé les boutons de manchette et l'épingle de cravate trouvés sur la scène du crime. Ensuite, un couple s'était manifesté et, après avoir vu les deux victimes, avait identifié l'une d'entre elles comme étant leur fils.

Lors du premier entretien avec M. et Mme Patterson, ils avaient affirmé que John n'avait ni taches de naissance ni tatouages. Il était donc nécessaire d'avertir les parents qu'ils pourraient avoir à découvrir deux corps, ce qu'Alan voulait éviter.

Les deux victimes étaient allongées côte à côte dans la morgue à l'entrée d'Elaine et William Patterson.

Le docteur Nichols avait dévoilé l'un des corps et, bien que les deux parents avaient été choqués par la vue, ils avaient secoué la tête, indiquant que ce n'était pas leur fils.

Cependant, ils avaient tous deux fait un bond d'horreur en voyant la victime suivante.

— C'est John – notre charmant fils. Non ! Non ! Ce n'est pas possible ! s'était écrié Élaine.

Sa voix avait résonné sur les murs de la morgue et elle s'était agrippée à son mari pendant que le drap blanc était ramené à la hâte sur le corps de leur fils, qui avait été si jeune et plein de vie.

— Jamais je ne pourrai oublier l'expression de leur visage, pas tant que je n'aurai pas trouvé ce tueur et mis derrière les barreaux, dit Alan d'un ton sinistre, en faisant les cent pas dans la chambre d'Agnès. Je dois faire payer cet homme pour ses crimes terribles.

Il n'avait pas eu l'intention de commencer par raconter sa journée ; pas de façon aussi approfondie, en tout cas. Mais il avait eu l'air si épuisé en arrivant qu'Agnès avait immédiatement deviné que quelque chose s'était passé.

— Que puis-je faire pour t'aider ? demanda-t-elle calmement, quand il eut fini de parler. Et ne me dis pas de rester en dehors de ça. D'après ce que tu m'as dit, je suppose que c'est moi qui ai trouvé le corps de leur fils.

Alan cessa de faire les cent pas et se précipita vers Agnès.

— D'accord, c'est vrai. Néanmoins, ça ne veut pas dire que tu dois t'impliquer davantage.

— Mais je le veux, insista Agnès. Je veux contribuer à attraper ce... meurtrier.

Alan farfouilla dans les poches de sa veste lorsqu'il se souvint soudain de la photographie qu'il avait acquise à la bijouterie le matin même.

— Pourquoi ne pas y jeter un coup d'œil ? As-tu déjà vu cette femme ? demanda Alan en présentant la photo.

Il espérait qu'en lui montrant la photo d'une personne qu'elle n'avait probablement jamais vue de sa vie, Agnès serait persuadée d'avoir fait de son mieux... que dorénavant, elle laisserait la police se charger de résoudre le crime.

Agnès s'empara de la photo. Elle la fixa un moment avant de s'effondrer sur une chaise près de la table.

— T'as vu cette femme ? demanda Alan.

Il s'assit à côté d'elle et lui prit la main.

— Vu cette femme ? Oui, je l'ai vue, répondit

Agnès, en regardant toujours la photo. Mais plus encore, je l'ai rencontrée.

Alan resta stupéfait.

— Tu as rencontré Elizabeth Small ?

Mais avant de poursuivre, une personne frappa à la porte avant de lancer : — Service de chambre.

La conversation ne put se poursuivre uniquement après la livraison du repas par le serveur et sa sortie de la chambre.

— Non, je n'ai pas rencontré Elizabeth Small, contra Agnès en tapotant la photo. Mais, dit-elle en reportant son attention sur Alan, *j'ai* rencontré Joanne Lyman.

— Tu veux dire que c'est la même femme que Richard Harrison t'a présentée ?

— Oui, et c'est elle qui a bousculé l'homme sur le quai ce même jour. Mais plus encore, Alan. J'ai vu cette femme à nouveau la nuit où le deuxième corps a été trouvé.

— Tu veux dire que tu l'as vue à l'hôtel ?

— Non. Ce n'était pas à l'hôtel.

Agnès hésita. Elle redoutait de devoir dire à Alan ce qu'elle avait fait la nuit où il avait été rappelé.

— Je l'ai vue à l'extérieur du parc. Elle regardait la police pendant que vous étiez tous sur la scène du crime.

— Agnès ! Qu'est-ce que tu faisais là ?

Il se leva et recommença à arpenter le sol de long en large, une main posée fermement sur sa nuque.

— Tu aurais pu te faire tuer !

— Ne t'inquiètes pas, je n'étais pas seule. Ben était avec moi et je ne suis pas sorti de son taxi. Et, avant que tu ne t'emportes sur lui, c'était mon idée. J'ai insisté pour qu'il passe devant le parc avant de me ramener à l'hôtel. Il a accepté, bien qu'à contrecœur, même s'il m'a dit qu'il n'arrêterait pas la voiture.

Elle poussa un soupir.

— Bref, Alan, tu veux que je te raconte ou pas ?

Alan arrêta de faire les cent pas et alla s'asseoir à côté d'elle.

— Bien sûr que je veux, dit-il, en lui prenant la main. Je suis désolé de m'être mis en colère, c'est juste que je m'inquiète pour toi tout le temps.

— Je le sais, Alan, et je l'apprécie vraiment. Mais tu dois essayer de comprendre que j'ai toujours été une personne indépendante. Je ne changerai plus maintenant.

Elle jeta un coup d'œil au chariot ; leur nourriture était gardée au chaud à l'intérieur. Même ainsi, elle ne resterait pas chaude pour toujours.

— Écoute, pourquoi ne pas prendre notre repas pendant qu'on parle ? ajouta-t-elle.

Alan acquiesça et rapprocha le chariot de la

table. Il ôta le couvercle et, enfilant les gants de cuisine laissés par le serveur, il sortit les assiettes et plusieurs plats de service.

— Ça a l'air délicieux, Agnès, dit-il en découvrant chacun des plats. Mais la quantité de nourriture est énorme. Attends-tu quelqu'un d'autre pour le dîner ?

— J'ai oublié de te demander ce que tu aimerais manger ce soir, alors j'ai commandé quelques plats sur le menu. J'ai pensé qu'on pourrait tout se partager.

Une fois leurs assiettes préparées, ils s'installèrent confortablement et Agnès raconta à Alan comment elle avait vu Joanne Lyman au parc la nuit où le deuxième corps avait été trouvé.

— Comme je l'ai dit, j'ai vu quelqu'un qui traînait dans les arbres, mais je n'arrivais pas à distinguer qui c'était, donc j'ai demandé à Ben de faire demi-tour et de repasser devant le parc.

Elle expliqua ensuite comment, seulement après beaucoup de persévérance de la part de Ben, elle avait pu voir le visage de Joanne Lyman.

— Je dois admettre que c'est très étrange qu'elle se tenait là, dit Alan, pensif. Cependant, je ne suis pas sûr qu'elle soit l'assassin. D'abord, je n'arrive pas à imaginer qu'une femme puisse faire une chose aussi horrible que de mutiler un corps de cette manière, et encore moins qu'elle puisse le transporter dans le parc. Les deux hommes étaient grands et, sans être particulièrement en surpoids, ils étaient lourds.

— Je suis d'accord.

— Ah bon ?

Alan avait l'air surpris.

— Oui, enfin, concernant le poids des corps, en tout cas, dit Agnès, en haussant les épaules. Je ne suis pas sûre de l'autre chose, cependant.

— Peut-être que Harrison est encore dans le coup après tout, dit Alan, décidant de ne pas creuser davantage la question de savoir si une femme était capable de commettre un crime aussi odieux.

Il prit la bouteille de vin et remplit leurs verres.

— Peut-être qu'il a commis le meurtre et que son amie est allée sur place pour s'assurer qu'il n'avait rien laissé derrière lui qui puisse l'incriminer. Mais avant qu'elle n'arrive, le corps avait été trouvé.

— Tu oublies quelque chose.

— Ah ?

— Oui, dit Agnès, puis elle but une gorgée de vin avant de poursuivre. Tu oublies que l'inspecteur Morris a suivi Harrison ces derniers jours.

Alan se tapa le front.

— Bien sûr que oui ! Où ai-je la tête ?

— De plus, continua Agnès, quand je suis finalement arrivée à l'hôtel cette nuit-là, Harrison sortait du bar en titubant. Il était bel et bien ivre. On aurait dit qu'il était resté là toute la soirée.

Elle sourit.

— Il n'avait pas l'air très en forme au petit-déjeuner le lendemain matin non plus, même s'il s'est un peu égayé quand un ami l'a rejoint pour le petit-déjeuner, ajouta-t-elle pensivement.

— Homme ou femme ?

— Homme, répondit Agnès, mais elle repensa au matin en question. Le problème, c'est que j'avais l'étrange impression de l'avoir déjà vu auparavant.

Elle haussa les épaules.

— Mais je ne savais pas où, continua-t-elle, en levant son verre. Il reste du vin dans cette bouteille ?

— On aurait dû en commander deux, dit Alan en remplissant son verre, mais je ne devrais peut-être pas en reprendre.

— J'en ai commandé deux, répondit Agnès en désignant une autre bouteille posée sur la coiffeuse, puis elle inclina la tête. Pourquoi ne peux-tu pas prendre un autre verre ? Tu ne conduis pas, n'est-ce pas ?

— Non, j'ai pris un taxi.

— Alors, pour l'amour de Dieu, prends un autre verre, Alan. Laisse-toi aller !

Alan passa ses doigts dans ses cheveux, les ébouriffant un peu.

— Qu'est-ce que t'en penses ?

— Ça te va bien.

Alan se retourna sur son siège pour se regarder dans un miroir.

— T'es certaine ? dit-il, en touchant le sommet de sa tête.

Agnès serra les lèvres, s'efforçant de ne pas rire. Mais cette coiffure était tellement éloignée de son look habituel et soigné qu'elle ne put se retenir longtemps et éclata de rire.

Alan se regarda à nouveau dans le miroir et fit la grimace.

— Je ressemble à un de ces chanteurs pop – bon, peut-être un modèle plus âgé.

— Si on regardait ce qu'ils ont proposé comme dessert ? dit-elle quand elle cessa enfin de rire. Il y avait tellement de choses merveilleuses sur le menu que j'ai eu du mal à choisir. Je leur ai donc dit d'inclure ce qui était en tête de leur liste de spécialités.

— Agnès ! s'exclama Alan lorsqu'il zieuta la superbe sélection que la cuisine avait préparée. Ils ont tous l'air si délicieux. Il va être difficile de choisir.

À la fin du repas, ils s'éloignèrent de la table et s'installèrent sur le canapé.

— Qu'allons-nous faire de cette femme, Joanne Lyman ? Ou est-ce Elizabeth Small ? s'enquit Agnès en pleine réflexion. Je me demande sous combien d'autres noms elle est connue.

— Je dois y réfléchir. Mais, si tu la croises à nouveau, ne dis rien de la photo, ni que la police connaît son autre nom. On ne veut pas qu'elle s'enfuie quelque part.

Il y eut un long moment de silence avant qu'Alan ne reprenne la parole.

— Morris m'a dit que tu avais eu un moment difficile avec Harrison ce matin.

— Oui, il a essayé de mettre la main sur mon entreprise.

— Ton entreprise ?

— Oui.

Agnès se glissa sur le canapé et le regarda droit dans les yeux.

— J'aurais dû te raconter tout ça avant, mais le sujet n'a jamais été abordé. Lorsque mon père a cessé de travailler pour le gouvernement, il a décidé de créer sa propre entreprise. Il a ouvert un petit magasin dans le nord de Londres où il vendait des costumes, des chemises et des cravates pour hommes à des prix très raisonnables. Tu te souviens peut-être que, même à l'époque, tout le monde ne pouvait pas se permettre les prix des grandes surfaces.

Elle s'arrêta un moment, réfléchissant à la boutique de Tottenham.

— Quand la nouvelle s'est répandue, l'affaire a décollé, poursuivit-elle. Ma mère lui a suggéré d'acheter un local plus grand et d'inclure des vêtements et accessoires pour femmes dans son stock. Elle lui a dit qu'elle serait prête à s'occuper du secteur féminin.

— Bref, pour faire court, alors que mon père réfléchissait encore, le magasin d'à côté a soudainement été mis en vente et il a décidé de l'acheter. Ils ont construit une arche dans le mur, pour en faire un seul magasin. Fidèle à sa parole, ma mère s'est occupée de l'aspect vêtements féminins de l'affaire et, à eux deux, ils ont bien réussi. En fait, ils ont commencé à vendre d'autres articles dans le magasin et à la fin, ils ont dû s'agrandir encore plus.

— Ils ont acheté un autre magasin ?

— Oui, mais pas à Tottenham. Bien que le magasin d'origine soit toujours là à ce jour. Le personnel avait été si fidèle que mes parents ne pouvaient supporter de le laisser partir. Ils ont même nommé l'un de leurs plus fidèles employés comme directeur, raconta Agnès, en souriant. En fait, c'est le fils de cet homme qui est responsable maintenant.

— Donc, où ont-ils décidé d'ouvrir leur nouveau magasin ?

— Devine !

Il se frappa le front en se rappelant soudain le nom d'un grand magasin de Londres.

— Tu ne parles sûrement pas de Harrison's – *le* Harrison's ? Le grand magasin de Londres ?

— Si, acquiesça-t-elle. Bon, je sais que cela semble incroyable, mais c'est vrai et j'en ai hérité à la mort de mes parents. J'ai gardé leur nom au-dessus de la porte et j'ai quelqu'un qui dirige l'entreprise pour moi – quelqu'un en qui j'ai vraiment confiance. Crois-moi, si je n'avais pas confiance en lui, il serait à la rue.

Alan sourit. Il pouvait le croire. Il doutait que quelqu'un puisse lui en passer une.

— Il y a quelques actionnaires, mais pas beaucoup, reprit Agnès. Je détiens toujours la majorité des actions – plus de cinquante et un pour cent. Je me fais un devoir d'assister à toutes les réunions importantes, où que je sois. De plus, la décision finale sur tout ce qui est important dans la gestion de l'entreprise m'appartient. En d'autres termes, la société est à moi et le sera jusqu'à..., s'arrêta-t-elle pour déglutir difficilement, ...jusqu'à ce que mes fils doivent me succéder.

— C'est incroyable, s'exclama Alan. Je n'avais pas la moindre idée que tu étais *ce* Harrison.

— Pourquoi le saurais-tu ? Je ne l'ai jamais mentionné et je suppose qu'il ne t'est jamais venu à l'esprit de te pencher sur mon passé.

Elle haussa les épaules, essayant toujours de comprendre ce qui se passait dans sa tête.

— Par exemple, comment Harrison a su mon nom en premier lieu ? Si je me souviens bien, il m'a vue pour la première fois le jour où tu m'as rattrapée dans le parc. Et tu n'as pas mentionné mon nom – et certainement pas mon nom de famille.

Alan se leva et commença à faire les cent pas en réfléchissant aux propos d'Agnès. Soudain, il s'arrêta et se retourna vers elle.

— Il est possible que Richard Harrison ait entendu parler de toi pour la première fois lorsque tu as fait les gros titres l'année dernière.

— Mais il ne m'aurait connue que sous mon nom de femme mariée, souligna Agnès.

— C'est vrai, dit Alan, en se grattant la tête un instant, le temps d'y penser. Cependant, parfois, quand un journal veut avoir une longueur d'avance sur un autre, il fait quelques recherches supplémentaires. Je crois me souvenir qu'il a été mentionné que tu étais en visite dans ta ville natale, lorsque tu as soudainement été plongée dans une enquête pour meurtre. Peut-être que l'un des chercheurs a trouvé ton nom de jeune fille. Ils ont peut-être aussi découvert que ton père avait travaillé pour le gouvernement. Toutes ces nouvelles informations pourraient avoir été mentionnées à un moment donné. Si Harrison en a été informé, alors…

— Tu penses que Richard Harrison a commencé à retracer mon passé à partir de ce moment ? interrompit Agnès.

— Je fais des spéculations, Agnès. Je pourrais me tromper. Je pense juste tout haut.

— Désolée, dit-elle, en lui faisant signe de continuer.

— Cependant, si j'ai raison et que Harrison a commencé à faire des recherches sur ton passé l'année dernière, il aurait pu faire le rapprochement et trouver la bonne réponse. Mais à ce moment-là, tu avais quitté la région.

Alan se rassit sur le canapé et prit la main d'Agnès.

— Il aurait pu mettre tout ça sur le compte d'une perte de temps. Cependant, en te voyant dans le parc le lendemain du meurtre, il a rapidement décidé de reprendre là où il s'était arrêté.

Agnès secoua lentement la tête.

— Ça semble si plausible. Je crois que tu pourrais avoir raison, dit-elle dans un soupir. Mais je ne suis allée au parc que pour renouer avec mon passé.

— Je sais. C'est juste un coup de malchance que Harrison se soit trouvé là au même moment.

— Et un coup de chance que tu y étais aussi,

répondit rapidement Agnès. Maintenant, pouvons-nous changer de sujet ?

— Il s'est arrêté de pleuvoir, dit Alan en jetant un coup d'œil vers la fenêtre.

— C'est ce qu'il y a de plus intéressant à dire ? se moqua Agnès.

— Ça dépend. Que suggères-tu ?

— J'ai cru que tu ne demanderais jamais !

35

Quand Alan arriva au commissariat le lendemain matin, il se dirigea directement vers le laboratoire.

— Pouvez-vous me dire si cette image a été trafiquée ? demanda Alan au premier technicien qu'il rencontra, en montrant la photo qu'Agnès lui avait donnée la veille au soir.

La technicienne, une femme portant une blouse blanche, lui prit la photo et l'examina à travers ses lunettes à forte monture.

— Je vais devoir l'examiner en détail, inspecteur, dit-elle en continuant à fixer la photo. Mais ce que je peux vous dire tout de suite, c'est que ce papier photographique n'est pas celui qu'ils auraient utilisé à l'époque où la photo a été prise.

Elle leva les yeux vers Alan et sourit.

— C'est un papier plus moderne, le type de papier photo que beaucoup de gens utilisent aujourd'hui pour imprimer des copies des photos de leurs albums, expliqua-t-elle, avant de marquer une pause, les yeux à nouveau sur la photo. Mais ça ne veut pas dire qu'elle a été retouchée. Quelqu'un a pu la réimprimer pour éviter que l'original ne soit complètement détruit.

— C'est vrai. Néanmoins, je vous serais reconnaissant de l'examiner dès que vous le pourrez et de me faire savoir si vous trouvez quelque chose qui ne semble pas correct.

— Je le ferai. Je vais commencer tout de suite et je vous recontacterai plus tard.

Dans la salle des opérations, Alan informa son équipe de ce qu'il avait appris la veille au soir.

— Je sais que la femme, dit-il en pointant un index sur la photo épinglée au tableau d'affichage, que nous avons d'abord prise pour Elizabeth Small, est également connue sous le nom de Joanne Lyman. Pour autant que nous le sachions, elle pourrait utiliser une série d'autres noms. Gardez cela à l'esprit lorsque vous montrerez la photo aux magasins et aux restaurants de la ville.

Le bourdonnement habituel des voix s'éleva après que l'inspecteur eut donné ses instructions. Cependant, Alan n'avait pas terminé. Il leva la main pour stopper le murmure des conversations.

Il les informa ensuite que la femme en question avait été vue en train de traîner autour des arbres au bord du parc la nuit où le second corps avait été trouvé, mais il se retint de nommer Agnès comme la personne qui l'avait vue.

— Je suis sûr que vous conviendrez qu'il est impératif que cette information ne soit pas divulguée à la presse. Cette femme, dit Alan, en pointant de nouveau son doigt sur la photo, ne doit pas apprendre que nous la recherchons. Je ne veux pas qu'elle quitte soudainement la région avant que j'aie pu l'interroger.

Il jeta un coup d'œil dans la pièce.

— Est-ce que quelqu'un a des questions ?

Une fois qu'il fut clair que personne n'avait rien à dire, Alan leur souhaita bonne chance pendant qu'ils sortaient.

— Je suppose que c'est Mme Lockwood qui t'a donné l'autre nom de la femme qu'on connaît sous le nom d'Elizabeth Small, dit Andrews, tandis que lui et l'inspecteur en chef retournaient dans le couloir.

— On ne peut rien te cacher, Sergent, dit Alan avec un sourire en poussant la porte de son bureau. La femme a été présentée à Mme Lockwood par Harrison quand il est tombé sur elle à l'hippodrome.

— Elle a vraiment rencontré cette femme ?

— Oui, répondit l'inspecteur en chef en laissant la porte se refermer une fois qu'ils se tinrent tous les deux dans la pièce. Et, même si ça pourrait nous être d'une aide précieuse, j'espère qu'elle ne sera plus jamais en contact avec cette femme.

Andrews acquiesça, pensif.

— Qu'as-tu d'autre en tête, sergent ?

Il posa ses coudes sur le bureau et forma un clocher avec ses doigts.

— J'essaie de savoir qui t'a dit qu'Elizabeth Small – ou est-ce Joanne Lyman ? – traînait dans le parc lorsqu'on enquêtait sur le meurtre.

Alan ne dit pas un mot. Il inclina simplement la tête sur le côté et continua à observer son sergent qui réfléchissait.

— Bien sûr ! s'exclama Andrews en se tapant sur le côté de la tête. C'était Mme Lockwood.

Il plissa les yeux.

— Mais que diable faisait-elle là ?

— Ne te donne pas la peine de te lancer dans cette voie. Je me suis posé la même question, Andrews.

— Et ?

Alan retira ses coudes de la table.

— C'est une longue histoire, sergent, mais tu peux être sûr que je ne l'ai pas emmenée là-bas. Mme Lockwood est une loi à elle toute seule.

— Amen, répondit Andrews.

* * *

Agnès ne savait pas si elle devait descendre pour prendre son petit-déjeuner et risquer de tomber sur Richard Harrison au restaurant ou se le faire servir dans sa chambre. C'était son regard perçant qu'elle ne supportait pas. Ses yeux donnaient l'impression de la transpercer dès qu'il regardait dans sa direction.

Si Alan n'avait pas dû partir si tôt, elle aurait commandé un petit-déjeuner à l'étage pour eux deux et le problème aurait été résolu. De plus, prendre le petit-déjeuner ensemble aurait été la fin parfaite de la nuit béate qu'ils avaient passée dans les bras l'un de l'autre.

Cependant, lorsqu'il lui dit qu'il était important qu'il transmette à son équipe les informations qu'elle lui avait données concernant Elizabeth Small, elle avait parfaitement compris. Après tout, Alan travaillait sur une enquête de meurtre assez macabre. Il avait également dit qu'il parlerait de la photographie au laboratoire et avait promis de la lui rendre dans la journée.

Après mûre réflexion, elle décida de descendre prendre son petit-déjeuner, réalisant qu'elle ne pouvait pas rester cachée dans sa chambre éternellement. Lorsqu'elle sortit de l'ascenseur, elle ne décela aucun signe de Harrison traînant près de la réception. Elle poussa un énorme soupir de soulagement lorsqu'elle découvrit qu'il n'était pas non plus dans la salle à manger.

Pendant le petit-déjeuner, Agnès se demanda comment elle allait passer sa journée. Le temps était bien meilleur que la veille, mais quelques nuages noirs planaient encore dans le ciel. Après mûre réflexion, elle opta finalement pour une visite au centre commercial. S'il pleuvait, elle ne le saurait pas avant de partir. Mais, plus important encore, elle serait tellement impliquée dans ce que les magasins avaient à offrir qu'elle pourrait oublier Richard Harrison.

* * *

Peu après qu'Alan eût terminé son briefing dans la salle des opérations, il reçut un appel du laboratoire.

— La photo que vous m'avez laissée a été photoshopée.

— Je suis en route, dit Alan, puis il déposa le téléphone et se leva d'un bond. Je descends, dit-il à Andrews en se précipitant vers la porte. Je te raconte à mon retour.

En bas, dans le laboratoire, la femme à laquelle Alan avait parlé plus tôt l'attendait lorsqu'il entra à grands pas dans une pièce utilisée par la plupart des techniciens. Plusieurs bureaux étaient entassés dans le petit espace et elle se tenait debout près de l'un d'eux.

Elle était très différente sans la blouse blanche qu'elle portait plus tôt. Il la reconnut grâce à ses lunettes distinctives et à ses cheveux auburn qui tombaient à présent librement sur ses épaules. À leur rencontre plus tôt, ses cheveux étaient attachés en un nœud serré à l'arrière de sa tête. Ce style l'avait fait paraître beaucoup plus âgée.

— Vous avez des nouvelles pour moi, Mme Swinton, dit Alan en regardant le badge épinglé sur son pull.

— Oui, comme je l'ai dit au téléphone, cette photo a été photoshopée. Je dois admettre que la personne qui a travaillé dessus était très intelligente et savait ce qu'elle faisait. Toute personne à qui l'on montrerait la photo supposerait qu'il s'agit d'une photo réelle – et c'est en grande partie le cas. Néanmoins, après un examen minutieux, je peux vous assurer qu'elle a été trafiquée.

Elle ajouta en désignant l'homme sur la photo :

— Ce n'est pas le visage de la personne qui était sur le cliché original. La tête a été remplacée par celle que nous voyons maintenant. Vous trouverez ce que je veux dire ici sur l'écran.

Elle fit un geste vers un ordinateur portable où la photo avait été fortement agrandie.

— Il y a un soupçon de jointure ici, précisa-t-elle en indiquant l'endroit où la tête et le cou se rejoignaient. De toute évidence, la nouvelle tête ne s'adaptait pas tout à fait au corps et celui qui a photoshopé la photo a fait de son mieux en accentuant le col de la chemise. Il y a deux ou trois autres détails, mais celui-ci est le plus évident.

Elle haussa les épaules.

— Peut-être que s'ils avaient travaillé dessus un peu plus longtemps, ça ne se serait pas vu. Mais peut-être qu'ils étaient pressés par le temps.

— Je pense que c'est la réponse, dit Alan pensivement, en regardant toujours l'écran. C'était un travail urgent. Mais honnêtement, même si j'avais scanné la photo dans mon ordinateur et que je l'avais agrandie, je doute que j'aurais remarqué la jointure.

— C'est pour ça qu'on nous paie, inspecteur en chef ! dit-elle en riant.

— Probablement pas assez, répondit Alan.

— C'est vrai. Néanmoins, j'aime ce que je fais et aider à attraper les criminels compense largement le manque d'argent.

Alan avait un énorme sourire sur le visage lorsqu'il s'éloigna de l'ordinateur portable.

— Vous avez l'air très content de vous, remarqua-t-elle.

— En effet, je le suis, Mme Swinton. Vos

découvertes m'ont mis sur la voie de la capture d'un fraudeur.

— Alors, comme je l'ai dit, je suis ravie d'avoir pu aider.

* * *

En retournant à son bureau, Alan appela Agnès pour lui annoncer la bonne nouvelle.

— On le tient, déclara-t-il dès qu'elle répondit. J'ai fait vérifier la photo au labo et ils m'ont dit qu'elle a été photoshopée.

— C'est extraordinaire, Alan. Je suis tellement soulagée.

— C'est quoi tout ce bruit de fond ? Je t'entends à peine.

— Je suis dans le centre commercial Eldon Square, répondit-elle en élevant la voix, pour se faire entendre au-dessus du vacarme qui l'entourait. J'avais besoin de sortir de l'hôtel pour prendre l'air et rien de tel que quelques heures de shopping.

Alan n'avait jamais compris ce que les femmes aimaient dans le shopping. Quand il voulait quelque chose de nouveau, il se rendait dans l'une des rares boutiques qu'il fréquentait, choisissait ce qu'il voulait, payait et partait. Ils le connaissaient tous et s'assuraient qu'ils avaient toujours les articles dont il avait besoin en stock. Il n'avait jamais passé d'un magasin à l'autre pour chercher un article, pour finalement revenir au premier et l'acheter là.

— Si tu le dis, Agnès, gloussa-t-il.

Pourtant, malgré sa frivolité, il était rassuré de savoir qu'elle se trouvait dans une foule, plutôt que repliée dans un coin de l'hôtel à la merci de Harrison et Joanne Lyman, ou il ne savait autre nom que cette misérable femme se donnait aujourd'hui.

— Si j'en ai l'occasion, je te rejoindrai pour un déjeuner rapide.

Alan avait presque atteint son bureau lorsqu'il mit fin à son appel avec Agnès. Il s'arrêta un instant et glissa le téléphone dans sa poche avant d'ouvrir la porte. Andrews leva aussitôt la tête.

— Du nouveau ? demanda-t-il.

— Oui, mais pas dans l'affaire de meurtre, répondit Alan. Apparemment, l'homme qu'on connaît sous le nom de Harrison est en réalité un fraudeur. C'est une fausse ! déclara-t-il, en tendant la photographie qui préoccupait Agnès à son sergent. Je l'ai fait examiner par le laboratoire et j'ai pu constater que c'était une fausse ! La technicienne m'a assuré qu'elle a été photoshopée... la tête du père d'Agnès a été greffée sur le corps d'une autre personne.

— Ça a l'air vrai, dit Andrews en regardant la photo.

— Je suis d'accord, mais regardez ça, dit Alan, en tendant une photo agrandie. Elle m'a montré ça sur un ordinateur portable et je lui ai demandé d'en imprimer une copie.

Andrews siffla entre ses dents.

— Je n'aurais jamais remarqué ça.

— Non. Je ne l'ai pas vu non plus.

À présent, Alan faisait les cent pas dans le bureau.

— Cependant, continua-t-il, maintenant qu'on sait ce qu'il prépare, on doit mettre un terme à son jeu. Combien de personnes a-t-il persuadé de lui remettre leur argent durement gagné simplement en changeant le visage sur une photo ?

— Mais, dit Andrews en prenant une profonde inspiration, où se trouve la femme, Elizabeth Small, également connue de Mme Lockwood sous le nom de Joanne Lyman, dans ce puzzle ? Est-ce que nous la recherchons pour fraude ou pour meurtre ?

— C'est une bonne question, Andrews.

Alan cessa de faire les cent pas et s'approcha pour regarder par la fenêtre.

— Et je dois trouver la réponse le plus vite possible.

— Tu veux dire avant que Mme Lockwood ne le fasse ? souligna Andrews, avec le sourire.

— Exactement, répondit Alan en lançant un clin d'œil.

36

Agnès appréciait sa sortie shopping. Elle avait acheté quelques bricoles et avait décidé de s'arrêter quelques minutes dans un café pour reposer ses jambes. Elle n'avait pas voulu aller au restaurant, car Alan avait dit qu'il essaierait de la rejoindre plus tard. Tout en sachant qu'il travaillait sur une affaire de meurtre, elle espérait qu'il trouverait le temps de manger un sandwich avec elle.

Détendue dans le fauteuil confortable en cuir, Agnès sirotait son café tout en observant les lieux. La plupart des autres clients semblaient concentrés sur leur ordinateur portable, ne s'arrêtant que de temps en temps pour boire une gorgée de café.

Cependant, un homme en particulier attira son attention. Il n'utilisait pas d'ordinateur portable. Au lieu de cela, il était concentré sur le journal étalé devant lui. Il ressemblait beaucoup à l'homme qui avait rejoint Richard Harrison dans la salle à manger pour le petit-déjeuner l'autre matin.

Elle détourna le regard, ne voulant pas attirer l'attention sur elle, bien qu'elle douta qu'il l'ait reconnue même si elle avait été assise en face de lui. Le matin en question, il n'avait pas semblé prêter vraiment attention à elle ou aux autres personnes prenant le petit-déjeuner, car Harrison et lui étaient tous deux en pleine conversation.

Néanmoins, elle ne pouvait pas se permettre de prendre le risque. Il pourrait finir par la suivre pour le reste de la journée. Elle envisagea de prendre une photo de lui, mais se ravisa. Si le flash se déclenchait, tout le monde se retournerait pour regarder dans sa direction.

Agnès s'assura d'être dos à lui jusqu'à ce qu'elle eût fini son café et quitta rapidement le café. À l'extérieur, dans le centre commercial, elle s'attarda quelques instants pour voir s'il la suivait. Quand elle comprit que ce n'était pas le cas, elle poussa un soupir de soulagement.

Peu de temps après, elle reçut un appel d'Alan.

* * *

— Qu'est-ce qui t'a fait comprendre que la photo était fausse ? s'enquit Alan, une fois qu'ils furent assis dans un restaurant au coin de la rue John Dobson, avec la photo posée sur la table en face d'Agnès. J'ai laissé cette photo à une technicienne au laboratoire et elle m'a dit plus tard qu'elle avait été photoshopée. Elle m'a montré exactement où le visage d'origine avait été remplacé par celui-ci.

Il sortit la copie agrandie de sa poche et les plaça côte à côte.

— Je n'ai pas repéré la jointure. Et toi ?

— Non, dit Agnès en regardant les photos de plus près. Je ne l'ai pas vue du tout.

— Alors qu'est-ce qui t'a fait douter de l'authenticité de cette photo ?

Agnès désigna le bras gauche de l'homme sur la photo. Son coude était suspendu par-dessus le toit de la voiture, tandis que son avant-bras pendait sur le côté.

— Cet homme ne porte pas de montre. Mon père n'allait *jamais* nulle part sans sa montre.

Les larmes lui montèrent aux yeux et Alan se pencha sur la table pour lui prendre la main.

— Un jour, je lui ai demandé pourquoi il la portait tout le temps, poursuivit Agnès. Il m'a expliqué qu'elle avait une grande importance pour lui. Il m'a dit que ses parents n'avaient jamais été riches, mais qu'ils avaient économisé un peu d'argent chaque semaine pendant plusieurs années pour lui acheter quelque chose de spécial pour sa majorité, comme on disait à l'époque.

Alan hocha la tête.

— Papa m'a dit que c'était l'une des meilleures montres sur le marché à l'époque. Il en avait vu la publicité dans les journaux et souhaitait ardemment en posséder une, même s'il ne pensait jamais y arriver. Il a appris plus tard que le bijoutier l'avait commandée à Londres, mais qu'il avait exigé un acompte important avant d'accepter de passer la commande.

Elle regarda Alan.

— Je ne sais pas pourquoi je te raconte tout ça. Tout ce que je voulais vraiment dire, c'est que mon père était tellement ému par la façon dont ses parents s'étaient efforcés de lui offrir un cadeau aussi merveilleux qu'il s'était juré de le porter pour toujours.

Elle sourit et hocha la tête au travers de ses larmes.

— Et il l'a fait. Mon père l'a portée tout le temps. Elle ne l'a jamais laissé tomber. C'était presque comme si cette montre savait ce qu'elle représentait pour lui. Maintenant, tu vas penser que je suis une idiote.

— Pas du tout, Agnès, dit-il, en secouant la tête.

Il caressa la montre qui ornait son poignet. Ses parents avaient fait la même chose pour lui.

— Quoi qu'il en soit, ajouta Agnès, pour en revenir à ta question. C'est la raison pour laquelle je savais que l'homme sur la photo n'était pas mon père. Mais il me fallait d'autres preuves. Personne n'aurait cru à ma seule parole que la photo était fausse. Ils auraient plaidé qu'il avait laissé sa montre à la maison ce jour-là.

— Notre technicienne de laboratoire a prouvé que tu avais raison.

— Oui. Mais seulement parce que *tu* leur as demandé de vérifier, répondit rapidement Agnès. Penses-y, Alan. Si j'étais entrée dans n'importe quel poste de police de Newcastle et que j'avais demandé à l'officier à la réception de vérifier cette photo, aurait-il pris des mesures ?

Alan ne savait pas vraiment comment répondre à sa question. Avec toutes les récentes coupures dans le budget de la police, on aurait très bien pu lui dire d'attendre et de voir si on l'importunait à nouveau avant de prendre d'autres mesures. Heureusement, il avait été tiré d'affaire et n'avait pas eu besoin de répondre, car le serveur était soudainement apparu, portant leur déjeuner.

Ils venaient à peine de finir de manger qu'Alan reçut un appel de son sergent.

— Je suis en route.

— Désolé, Agnès, je vais devoir y aller, dit-il, une fois l'appel terminé, avant de sortir son portefeuille. Une femme vient de signaler la disparition de son mari.

— Ce n'est pas grave, dit Agnès en posant sa main sur son bras. Vas-y. Je m'occupe de ça.

— Merci. J'espère que nous pourrons dîner ensemble ce soir. Je t'appellerai plus tard.

— Ce serait génial, Alan. Mais, si tu es pressé par le temps, nous pourrons toujours prendre le service de chambre.

— Seulement si je peux apporter une chemise propre avec moi cette fois, plaisanta Alan, puis il ramassa les sacs qu'Agnès avait achetés le matin même. Je vais les mettre dans ma voiture, ça t'évitera de les transporter.

— Super, s'exclama-t-elle alors qu'il se précipitait vers la porte. Maintenant, je peux acheter plein d'autres choses !

37

Le sergent Andrews arpentait la pièce quand l'inspecteur en chef entra.

— On dirait que mes habitudes déteignent sur toi, dit Alan en jetant son manteau sur un crochet du support près de la porte. Je suppose que la dame n'est pas encore arrivée ?

— Non. Mme Ann Western est en route depuis Bamburgh, répondit Andrews, avant de regarder sa montre. Elle risque d'en avoir encore pour un moment.

Bamburgh était une petite ville côtière du nord du Northumberland, bien connue pour son château du XIIe siècle qui surplombait la ville.

— Y a-t-il quelque chose que je dois savoir avant son arrivée ?

— Le mari de Mme Western, qui dirige sa

propre entreprise, avait pris congé pour partir dans une sorte de safari. Il lui avait dit qu'il l'appellerait dès qu'il le pourrait. C'est pourquoi elle ne s'est pas inquiétée outre mesure jusqu'à avant-hier. C'est à ce moment-là qu'il devait rentrer. Je crois savoir qu'elle l'a appelé sur son téléphone, mais comme elle tombait sur sa boîte vocale, elle a essayé d'appeler l'aéroport. Il n'y avait aucune trace de son passage sur un vol à destination ou en provenance d'Afrique. C'est là qu'elle a commencé à paniquer et a appelé la police. De ce que j'ai pu comprendre, sa nièce la conduisait jusqu'ici.

Alan hocha la tête pensivement.

Le couple, qui avait identifié la première victime comme leur fils, avait dit à la police qu'il s'occupait de l'entreprise familiale pendant leur absence. Maintenant, il semble que la deuxième victime était aussi un homme avec sa propre entreprise. Si c'était le cas, il y avait un schéma qui se dessinait.

— Harrison, marmonna-t-il, les yeux plissés.

— Pardon, t'as dit quelque chose ? demanda Andrews.

— Je pensais tout haut, répondit l'inspecteur en chef. Il m'est soudainement venu à l'esprit que Harrison pourrait avoir sa place quelque part dans cette affaire. Tu te souviens que je t'ai raconté comment il avait essayé d'escroquer de l'argent à Mme Lockwood ?

Andrews acquiesça.

— Eh bien, j'ai eu l'idée qu'il pourrait être notre meurtrier, poursuivit Alan. Mais je me suis soudain souvenu que la nuit où le deuxième corps a été trouvé, il a passé la soirée au bar de l'hôtel. Mme Lockwood m'a dit qu'elle l'a vu tituber autour de la réception quand elle est arrivée plus tard dans la soirée.

Puis, il haussa les épaules avant d'ajouter :

— De plus, Morris le suivait depuis un moment. Il aurait vu quelque chose de suspect et aurait demandé des renforts.

Le sergent baissa les yeux un instant pour regarder la paperasse sur son bureau, mais il releva rapidement la tête vers l'inspecteur en chef.

— As-tu eu des nouvelles de Morris récemment ?

— Non, répondit Alan en fronçant les sourcils – ce n'était pas le genre de Morris de rester silencieux si longtemps. Essaie de l'appeler.

Andrews composa le numéro du téléphone portable de Morris. Il sonna un certain temps avant de tomber sur la messagerie vocale.

— Pas de réponse, dit-il à son inspecteur.

— Essaie encore, dit Alan, de sa voix tranchante, ce ton urgent que personne dans l'équipe n'osait ignorer.

Andrews composa le numéro pour la deuxième

fois. Encore une fois, pas de réponse. Il regarda l'inspecteur en chef et secoua la tête.

— Attends quelques minutes et réessaie.

Alan était de plus en plus inquiet. Allant à l'encontre de son jugement, il s'était laissé convaincre de laisser le jeune détective s'infiltrer dans l'hôtel. Morris n'était pas dans la police de Newcastle depuis très longtemps et n'avait jamais travaillé en civil auparavant. Pire encore, Alan savait qu'il aurait dû le retirer une fois Harrison hors du cadre du meurtre. Pourtant, il avait insisté pour que Morris reste en poste, principalement parce qu'il avait besoin de savoir que quelqu'un veillait sur Agnès. Mais maintenant, le jeune détective ne donnait pas de nouvelles et ne répondait pas au téléphone.

— Toujours pas de réponse, dit Andrews en posant son téléphone. Je vais réessayer dans environ dix minutes. Il se peut qu'il n'ait tout simplement pas de signal en ce moment.

Alan acquiesça.

Néanmoins, il était évident pour Andrews que l'inspecteur n'était pas convaincu.

— Je vais appeler Mme Lockwood et lui demander de nous prévenir si elle voit le moindre signe de Morris à son retour à l'hôtel.

— Quand rentrera-t-elle ?

— Je n'en ai aucune idée, sergent. Elle est en mission.

— Quelle mission, monsieur ? Où est-elle ?

— Au centre commercial Eldon Square.

— Oh bien, oui, je vois.

Andrews se détourna pour cacher son sourire.

* * *

Agnès était retournée au centre commercial après avoir quitté le restaurant. Il aurait peut-être mieux valu qu'Alan ne la débarrasse pas des achats qu'elle avait déjà faits. Ainsi, elle aurait pu appeler un taxi juste après le déjeuner et rentrer à l'hôtel. Cependant, sans être encombrée par ses sacs, elle avait suivi ses envies de shopping et était retournée au centre commercial. Maintenant, le problème était qu'elle voyait Richard Harrison se diriger vers elle.

Elle aurait aimé faire demi-tour et se faufiler dans l'une des boutiques du centre commercial et prétendre qu'elle ne l'avait pas vu. Mais ce n'était pas possible. Il accéléra le pas et l'appela.

— Bonjour, Agnès. Ma charmante sœur.

— Je ne suis *pas* votre sœur, répliqua-t-elle alors qu'il se rapprochait, et c'est Mme Lockwood.

Agnès regarda le flot de personnes qui se pressaient derrière Harrison, espérant apercevoir le détective Morris. Mais elle ne voyait aucun signe de lui. Avec un peu de chance, il serait en train de rôder en arrière-plan.

— Oh, Agnès, est-ce une façon de traiter votre frère ?

— Combien de fois dois-je vous dire que vous n'êtes *pas* mon frère ? s'obstina fermement Agnès.

— Mais qu'en est-il de la photo que je vous ai montrée ? Elle est la preuve que nous avons le même père. Donc je suis votre demi-frère.

— L'homme sur cette photo n'est pas mon père et vous le savez !

Agnès fouilla dans son sac à main, en sortit la photo et la lui lança.

— Prenez-la et arrêtez de me harceler.

Harrison s'empara de la photo avant qu'elle ne tombe sur le sol. Pendant un moment, il sembla furieux, mais, en réalisant que quelques personnes s'étaient arrêtées pour voir l'agitation et les dévisageaient après son emportement, il se ressaisit rapidement.

— De quoi parlez-vous, Agnès ? Bien sûr que c'est notre père.

Il regarda la photo. Agnès fit un geste pour partir, mais il leva rapidement les yeux et lui attrapa le bras.

— Où croyez-vous aller ? siffla Harrison.

— Je retourne à l'hôtel, rétorqua-t-elle, en

baissant les yeux sur son bras. Et enlevez votre main de moi ou je crie à l'aide.

À présent, Agnès avait réellement la frousse, mais elle était parvenue à injecter de la confiance dans ses paroles. Elle jeta à nouveau un coup d'œil dans le centre commercial. Où diable était Morris ?

À contrecœur, Harrison relâcha sa prise sur son bras.

— Nous pourrions peut-être partager un taxi et aller quelque part pour discuter de notre filiation dans un cadre plus calme et plus privé.

— Il n'y a rien à discuter, contra Agnès, en le regardant droit dans les yeux. Cette photo est fausse. D'abord, l'homme ne porte pas de montre. Mon père ne sortait jamais sans sa montre.

Harrison fixa la photo.

— Vous pouvez voir par vous-même que l'homme ne porte pas de montre, poursuivit-elle. Deuxièmement, je sais que la photo a été trafiquée parce que je l'ai fait vérifier. Vous avez probablement trouvé une photo de lui dans un vieux journal et avez décidé de l'utiliser à votre avantage. Eh bien, ça n'a pas marché.

Agnès prit une profonde inspiration.

— Maintenant, vous allez dégager de mon chemin ou je vais devoir appeler la police.

La mâchoire de Harrison se décrocha tandis

qu'il la regardait partir en trombe vers une sortie donnant sur Northumberland Street.

Dès qu'Agnès fut certaine d'être hors de son champ de vision, elle se glissa dans une boutique et sortit son téléphone.

38

Mme Vera Western et sa nièce, Janice, s'effondrèrent lorsqu'elles identifièrent le corps à la morgue comme étant celui de John Western.

— Pourquoi ? Pourquoi ? Pourquoi ? avait hurlé Vera Western, quand le docteur Nichols avait retiré le drap qui recouvrait le visage et la partie supérieure de la victime.

Elle serait tombée au sol si Alan et le pathologiste ne l'avaient pas rattrapée à temps.

— Je ne veux pas vous déranger davantage, Mme Western, mais comment pouvez-vous être si sûre que cet homme est votre mari ? demanda Alan, une fois que Mme Western avait récupéré de son épreuve.

À présent, elle et sa nièce se trouvaient dans un cadre plus détendu au commissariat de police.

— Ses cheveux, répondit Ann Western, tout en jetant un coup d'œil à sa nièce Janice, qui acquiesça.

— Vous voyez, John n'a jamais changé de coiffure. Les styles variaient, mais John était un homme qui s'en tenait à ce qu'il pensait lui convenir.

Elle essuya les larmes qui roulaient sur ses joues.

— C'était un homme bien, un bon mari, ajouta-t-elle. Il n'a jamais fait de mal à personne. Il était un pilier de la communauté de Bamburgh et il travaillait dur dans l'entreprise que sa mère avait créée. Elle la lui a laissée à sa mort.

L'inspecteur en chef déplaça son regard vers son sergent pendant un moment, avant de regarder à nouveau Mme Western.

— Quel genre d'entreprise est-ce ?

— C'est un magasin de la rue principale. La mère de John a ouvert une petite épicerie il y a de nombreuses années. C'était à une époque où les gens n'avaient pas de moyens de transport pour se déplacer jusque dans les grandes villes. Cependant, la concurrence s'est accrue lorsque de plus grands magasins ont commencé à apparaître et que les gens ont eu plus d'argent pour acheter leur propre véhicule. C'est alors qu'elle a commencé à vendre d'autres marchandises... des articles qui intéressaient les touristes. Ça semblait marcher, alors elle a fait de la place pour un petit café.

Elle fit une pause.

— Mais là, je radote. John a repris l'affaire à la mort de sa mère et l'a encore agrandie. J'ai appris qu'une grande entreprise souhaitait s'impliquer. John était si enthousiaste à ce sujet et..., s'interrompit-elle pour s'essuyer les yeux, ...et maintenant regardez ce qui s'est passé.

Elle a fixé l'inspecteur en chef.

— Qui pourrait faire une chose pareille ?

— C'est ce que nous avons l'intention de découvrir, lui assura Alan.

Peu après que les deux femmes aient quitté le poste de police, le portable de l'inspecteur sonna.

— Alan, je viens d'avoir la plus horrible rencontre avec Harrison. Heureusement, j'étais au milieu du centre commercial, donc il n'a pas pu être trop méchant, mais...

— Où es-tu maintenant ? l'interrompit Alan.

Il y eut une pause pendant qu'Agnès essayait de trouver le nom de la boutique dans laquelle elle s'était précipitée. Malheureusement, elle ne pouvait pas voir l'enseigne sans sortir et elle était réticente à le faire.

— Je ne sais pas. Je me suis dépêchée de m'éloigner de lui et j'ai foncé dans une boutique dès que j'ai été hors de son champ de vision. Tout ce que je peux te dire, c'est que la boutique est située près de l'entrée principale...

Soudain, la connexion fut interrompue.

Alan n'hésita pas.

— Prends ton manteau, Andrews. Tu viens avec moi.

— Où allons-nous ?

— Je te le dirai en chemin.

* * *

Agnès était en pleine conversation avec Alan lorsque son téléphone lui fut arraché des mains. Elle se retourna et fut légèrement soulagée en découvrant le visage d'une femme. Elle s'attendait à trouver Richard Harrison qui la regardait fixement.

— Que faites-vous, Joanne ? Rendez-moi mon téléphone.

Agnès tendit la main pour reprendre son portable, mais Joanne dégagea rapidement sa main.

— À qui parliez-vous à l'instant ? demanda Joanne.

— Ce ne sont pas vos affaires.

— Je vais en faire mon affaire, rétorqua Joanne, en haussant les épaules.

Elle parcourut le téléphone jusqu'à ce qu'elle parvienne à la liste des appels récents d'Agnès.

— Bon, qui est Alan ? demanda-t-elle. Vous semblez l'appeler souvent.

— C'est un ami – on se voit pour dîner de temps en temps, répondit Agnès. Bien que, comme je l'ai dit, ce ne sont pas vos oignons. Maintenant, rendez-moi mon téléphone.

— Je pense que vous devriez venir avec moi, annonça Joanne en plaçant le téléphone dans la main tendue d'Agnès. Il faut qu'on parle.

— Parler de quoi ? craqua Agnès. Nous n'avons rien à nous dire. Fichez-moi la paix, c'est tout ce que je demande.

— S'il vous plaît. Je connais un petit café tranquille où nous pourrons parler sans être interrompues.

— Qu'est-ce qu'il y a entre vous et Harrison ? Pourquoi voulez-vous que je me retrouve seule ?

Joanne a fait un signe de tête vers les autres clients de la boutique.

— Nous pensons simplement que nous pouvons régler cela d'une manière plus civilisée, sans attirer l'attention sur nous. Je vais appeler un taxi et nous pourrions y être en un rien de temps.

— Écoutez-moi..., commença Agnès, en détachant chaque syllabe. Il est hors de question que j'aille quelque part en taxi avec vous. Maintenant, laissez-moi tranquille.

— Bonjour, Agnès, quel plaisir de tomber sur toi.

Agnès fut tellement soulagée d'entendre la voix d'Alan derrière elle.

— Bonjour, dit-elle. Qu'est-ce que tu fais ici ? Le shopping n'est pas vraiment ton truc, n'est-ce pas ?

— Je suis avec un ami, lança Alan, avec un geste vers son sergent. Voici Michael. Il cherche des vêtements de sport. J'ai dit que je le déposerais, mais je me suis dit que j'allais manger un morceau avant de retourner au bureau.

Le sergent fit un signe de tête aux deux femmes. Puis, Alan regarda la femme qui se tenait à côté d'Agnès.

— Est-ce une de vos amies ?

— Pas vraiment. C'est Joanne. Nous nous sommes rencontrées brièvement à l'hippodrome et nous nous sommes recroisées par hasard il y a quelques minutes. Mais nous avons fini de bavarder, alors je pourrais peut-être me joindre à toi pour prendre un café, si tu es d'accord.

— J'en serais ravi.

— Je ferais mieux d'y aller, dit Joanne. J'espère vous revoir bientôt, Agnès.

— Pas si je vous vois la première, marmonna Agnès, tandis que Joanne se précipitait dans le centre commercial bondé.

Alan demanda à son sergent de suivre Joanne.

— Ne la perds pas de vue.

Et il se tourna vers Agnès.

— Viens, on va aller chercher ce café, juste au cas où quelqu'un nous observerait.

Autour d'un café, Agnès expliqua comment elle était tombée sur Harrison, puis, ayant tout juste réussi à lui échapper, s'était fait arracher son téléphone par Joanne.

— Ce qui a commencé comme une belle journée a tourné au cauchemar.

— Tu devrais peut-être me laisser te réserver une place dans un autre hôtel, tenta Alan une fois de plus, pour faire entendre raison à Agnès. Au moins pendant que Harrison rôde encore autour du Millennium. En attendant, nous le surveillons de près. Dès que nous aurons la preuve absolue qu'il escroque les gens de leur argent, nous l'arrêterons.

Mais Agnès refusa à nouveau sa proposition.

— On ne me forcera pas à quitter mon hôtel, se buta-t-elle, puis elle sourit. Je sais que tu t'inquiètes pour moi, Alan. Mais je n'ai jamais fui quoi que ce soit auparavant et je n'ai pas l'intention de commencer maintenant. De plus, Morris est là. Il veillera sur moi.

Alan se caressa le menton, pensivement.

— Est-ce que tu me caches quelque chose ? demanda Agnès en fronçant les sourcils. As-tu éloigné Morris de l'hôtel et tu ne sais pas comment me le dire ?

— Non, il suit toujours Harrison. Le problème est qu'on n'a plus de nouvelles de lui. As-tu aperçu Morris quand tu parlais à Harrison ?

— Non, répondit-elle, en se remémorant la scène où Harrison l'avait confrontée. J'ai regardé autour de moi, espérant le voir rôder en arrière-plan, mais il n'y avait aucun signe de lui. Il se peut qu'il ait simplement fait profil bas, dit-elle avec hésitation. Tu crois qu'il lui est arrivé quelque chose ?

— Je ne sais pas. J'espère bien que non, répondit Alan en haussant les épaules. Il se peut que son téléphone n'ait pas été activé.

— Néanmoins, tu es assez inquiet pour lui ?

Alan acquiesça.

Agnès jeta un coup d'œil dans le café, ne sachant pas quoi dire ensuite. Si seulement elle l'avait vu se cacher dans l'embrasure d'une porte de magasin, cela aurait rassuré Alan sur le fait que le jeune détective était toujours là, bien vivant.

— Si je le vois en rentrant à l'hôtel, je t'appelle tout de suite. En attendant, je ferais mieux de retourner à l'hôtel.

— Je vais te déposer. Je suis garé juste devant, dit Alan.

— Mais je croyais que Northumberland Street était une zone interdite aux voitures.

— C'est le cas – sauf en cas d'urgence et ton appel m'a semblé être une urgence, expliqua Alan, tout en sortant son téléphone. Je ferais mieux de tenir Andrews au courant de ce qui se passe.

39

De retour à l'hôtel, Agnès tria ses courses avant de se décider à descendre. Lors de son passage devant la porte plus tôt, les bavardages provenant du salon lui avaient indiqué qu'il y avait déjà du monde installé à l'intérieur. Même si Harrison y entrait pour une de ses conversations intimes et qu'il devenait subitement méchant, il y aurait des témoins.

Agnès se choisit une chaise confortable près de la porte du salon, ce qui serait pratique si elle devait s'enfuir rapidement. Elle avait apporté un livre pour lire. Cependant, étant incapable de se concentrer, elle le referma au bout de quelques minutes. Son esprit ne cessait de ressasser les événements de l'après-midi.

Sur le chemin du retour à l'hôtel, Alan lui avait dit que le deuxième corps avait été identifié. Il n'avait pas eu le temps d'en dire plus à ce moment-là. Par contre, Alan avait mentionné que la victime possédait une entreprise à Bamburgh.

Agnès secoua la tête tristement. Les deux victimes avaient eu tant de raisons de vivre. Relativement jeunes, elles avaient une famille aimante et une entreprise à gérer. Cette dernière pensée la fit se redresser sur sa chaise – elles possédaient toutes deux une entreprise, ou étaient en passe d'en hériter une. Puis, une autre pensée lui traversa l'esprit. Les victimes retrouvées mortes et mutilées à Gateshead possédaient-elles aussi une entreprise ?

— Je peux vous offrir quelque chose – du thé ou du café ?

Agnès leva brusquement les yeux sur une serveuse devant elle. Elle était tellement plongée dans ses pensées qu'elle n'avait pas remarqué qu'une personne approchait.

— Un grand verre de vin rouge, s'il vous plaît, répondit-elle avec un sourire.

Agnès regardait toujours la serveuse qui sortait du salon, mais son esprit revenait déjà à sa dernière idée. Est-ce pour cela que ces hommes ont été tués ? Si c'était le cas, serait-elle la prochaine ? Pourtant, pourquoi quelqu'un rechercherait-il quelqu'un et le tuerait-il, simplement parce qu'il a une entreprise ?

Agnès commençait à avoir mal à la tête. Il y avait trop de questions sans réponse ; peut-être était-il temps de voir les choses sous un autre angle. Après tout, elle avait une entreprise, une entreprise sacrément lucrative. Même l'escroc Harrison avait essayé de mettre la main dessus en prétendant être son demi-frère. Pourtant, elle était toujours en vie et en pleine forme.

Mais une autre pensée lui traversa l'esprit. Peu importe où s'égaraient ses pensées, Richard Harrison semblait s'y glisser. Était-il possible qu'il ait essayé le même tour d'escroquerie sur toutes les victimes, ici et à Gateshead ? Les avait-il toutes tuées après avoir obtenu ce qu'il voulait ?

Mais Agnès réalisa alors qu'il y avait une faille dans son raisonnement. Harrison ne pouvait pas être le tueur. La nuit où le deuxième corps avait été trouvé dans le parc des expositions, il était ici à l'hôtel. Morris l'avait observé toute la soirée.

La serveuse se pointa avec le vin qu'Agnès avait commandé et le posa sur la table basse.

— C'est un bon livre ? s'enquit-elle en désignant le livre qu'Agnès avait mis de côté.

— Je ne l'ai pas encore vraiment commencé, répondit Agnès, tout en fouillant sa carte de crédit dans son sac. Mais j'ai aimé d'autres romans de cet auteur, donc je suis sûre que celui-ci sera bon.

— J'aime beaucoup les livres d'Agatha Christie moi aussi, renchérit la serveuse avant de s'éloigner.

— Moi aussi, dit Agnès, plus à elle-même qu'à la serveuse. Je me demande ce que Miss Marple aurait fait de cette affaire.

Elle jeta un coup d'œil au livre posé sur l'accoudoir de la chaise. Elle devrait peut-être arrêter de penser à ce que Harrison manigançait et se remettre à lire le roman. Les pensées qui tournaient dans sa tête ne la menaient nulle part. Cependant, après avoir lu trois fois le premier paragraphe, elle poussa un soupir et abandonna la lecture. Ce n'était pas le bon moment. Le livre devra attendre un autre jour.

En attendant, elle voulait concentrer son attention sur les meurtres, ce qui signifiait revenir à la grande question : si Harrison n'était pas le tueur, qui d'autre aurait pu avoir une telle rancune envers les victimes ?

Cette ligne de pensée ne la menait nulle part. D'abord, elle ne savait rien des victimes ou de leurs familles. Par conséquent, comment pourrait-elle même essayer de deviner ce qu'ils faisaient ou qui ils voyaient dans leur vie quotidienne ? Personne ne savait vraiment s'ils avaient même été en contact avec Harrison.

Agnès secoua la tête. Elle était revenue à la case départ.

Prenant une gorgée de son vin, elle se rassit dans son fauteuil et se remémora la nuit où le deuxième corps avait été trouvé dans le parc. Elle avait déjà repensé à tout cela plusieurs fois dans sa tête. Pourtant, elle n'avait jamais rien trouvé d'autre que de voir Joanne Lyman cachée dans les arbres près de la scène où le corps avait été trouvé.

Pourquoi Joanne s'intéressait-elle tant à ce que faisait la police ? Avait-elle quelque chose à voir avec le meurtre ? Aurait-elle pu laisser le corps gisant près du buisson où l'autre avait été trouvé ?

Agnès écarta instantanément la dernière question. Une femme seule n'aurait pas pu soulever le cadavre pour le grimper puis le descendre d'une voiture ; Alan avait décrit la victime comme étant grande et plutôt bien bâtie. De plus, le jeune couple qui avait trouvé le corps avait déclaré à la police qu'il n'avait ni vu ni entendu une voiture dans le parc. Par conséquent, le corps avait dû être transporté dans le parc depuis une voiture située à l'extérieur des grilles. Joanne Lyman n'aurait pas pu faire ça. Et si quelqu'un *l'avait* aidée à se débarrasser du corps, pourquoi n'avait-elle pas disparu dans la nuit avec son compagnon ?

Il lui restait deux questions.

La première : pourquoi Joanne était-elle si

intéressée par ce que faisait la police ? Mais, se rappelant la manière dont sa propre curiosité à elle l'avait conduite jusqu'au parc, Agnès s'empressa de rejeter cette hypothèse. Peut-être avait-elle entendu les sirènes de police et était-elle allée voir ce qui se passait.

La deuxième : Joanne était-elle impliquée dans le meurtre ? Mais si c'était le cas, pourquoi rôderait-elle autour du parc ? Sa partie de cette sale besogne aurait été faite – achevée. Elle se serait enfuie aussi vite que possible, afin d'éviter les soupçons.

Agnès secoua la tête. Une fois de plus, elle revenait à la case départ.

— Nous voici encore une fois réunis.

La voix inopportune de Richard Harrison fit irruption dans ses pensées.

— Voulez-vous me rejoindre là-bas ?

Il fit un geste vers un canapé à l'autre bout de la pièce.

— Je ne pense pas, répondit Agnès en tapotant le bras de son fauteuil. Je suis très à l'aise ici. Mais allez-y. Je suis sûre que vous trouverez quelqu'un d'autre pour vous rejoindre – quelqu'un de beaucoup plus vulnérable à vos arnaques que moi.

Agnès se mordilla les lèvres. Elle se sentait mal à l'aise de suggérer à Harrison de se trouver une autre victime. Elle savait qu'Alan avait demandé à son équipe d'examiner le passé d'Harrison, mais il l'avait informée qu'il leur faudrait plus que son seul témoignage pour le condamner pour fraude. Par conséquent, il était impératif que quelqu'un d'autre se présente et affirme qu'il était un escroc.

— Je ne sais pas de quoi vous parlez, fanfaronna Harrison.

— Je pense que vous le savez, répliqua Agnès tranquillement.

Elle avait l'intention d'en rester là, mais une idée qui lui avait traversé l'esprit avant son arrivée lui revint et elle ajouta un détail sans importance.

— Au fait, où est Joanne ?

— Joanne ?

— Oui, Joanne, répondit lentement Agnès. Vous devez vous souvenir de Joanne – après tout, c'est votre demi-belle-sœur.

Harrison toussa.

— Oui, bien sûr. Je crois qu'elle est partie faire du shopping. Je n'ai pas l'habitude d'avoir de ses nouvelles lorsqu'elle est en mode shopping.

Retrouvant son calme, il sourit sournoisement.

— Mais je suis sûr qu'elle vous contactera très bientôt.

Agnès ne répondit pas. Sa dernière remarque la perturba. Ce n'était pas tant sa remarque que la façon dont elle avait été formulée. Essayant de paraître indifférente, elle reprit son livre et commença à lire le premier paragraphe pour la énième fois.

Elle sentait les yeux de Harrison qui la fixaient, mais elle ne leva pas les yeux. Après un temps qui lui sembla interminable, elle le vit s'éloigner, mais il trébucha sur son sac à main qui se trouvait par terre à ses pieds.

— Désolé, marmonna-t-il, puis il se baissa et le remit en place, avant de se glisser sur le canapé à l'autre bout de la pièce.

Agnès garda les yeux fixés sur son livre. Avec un peu de chance, Harrison en aurait assez et disparaîtrait à l'étage – espérons que ce soit pour faire son sac et quitter l'hôtel pour toujours.

Cependant, quelques minutes plus tard, du coin de l'œil, elle aperçut un homme rôder dans l'embrasure de la porte. Sans bouger la tête, elle balaya les yeux dans sa direction et poussa un soupir de soulagement en apercevant Morris. Alan allait être heureux d'apprendre que le détective était toujours de service.

Baissant son livre, elle se pencha pour saisir son vin sur la table basse. Mais avant que ses doigts ne touchent le verre, Morris vacilla soudainement dans son champ de vision. Cette apparition soudaine ainsi que la chaîne d'événements qui suivit la laissèrent totalement immobilisée pendant un long moment. Presque comme si elle regardait un film au ralenti.

Le détective, qui tentait de retrouver son équilibre, trébucha sur la table basse en face d'elle. La secousse subite contre la table fit partir son verre de vin en vrille, qui glissa périlleusement dans sa direction. Agnès tendit la main, dans l'espoir de l'attraper avant qu'il ne tombe, mais il était trop tard. Elle ne put que regarder le verre tomber et le vin se renverser sur sa robe.

Reprenant soudain vie, Agnès se leva d'un bond et baissa les yeux sur sa robe.

— Je m'excuse. Je crois que j'ai glissé sur quelque chose, mentit Morris, en regardant le sol derrière lui. Permettez-moi de vous en acheter une autre.

— J'ai besoin de me changer, répondit Agnès, sans lever les yeux.

Elle rassembla ses affaires et se dirigea vers la porte.

— Je suis vraiment désolé, s'excusa le détective à voix haute en la suivant à la réception. Je ne sais pas quoi dire d'autre.

Dès qu'ils eurent franchi la porte, il accéléra le pas et avança à côté d'Agnès.

— Je pense qu'il y a quelque chose que vous devriez savoir, chuchota-t-il.

***

Plus tôt, après avoir déposé Agnès à l'hôtel, Alan était retourné directement au centre commercial Eldon Square. La dernière fois qu'il avait eu des nouvelles de son sergent, c'était lorsqu'il lui avait parlé avant son départ avec Agnès. À ce moment-là, le sergent Andrews lui avait assuré qu'il suivait toujours la femme qu'ils connaissaient sous deux pseudonymes. Il avait ajouté qu'il n'y avait rien de suspect à signaler.

— Néanmoins, tiens-la à l'œil jusqu'à mon retour, avait ordonné Alan. N'oublie pas que la moitié de nos hommes sont à la recherche de cette femme et que tu l'as en ligne de mire. Nous ne pouvons pas nous permettre de la perdre maintenant. Je vais appeler et envoyer deux inspecteurs là-bas dès que possible.

Maintenant de retour au centre commercial, Alan contacta son sergent.

— Je suis près de l'entrée du Monument. Où es-tu ?

Andrews expliqua qu'il était dans un grand café pas très loin.

— Mme Lyman, ou peu importe comment elle se fait appeler aujourd'hui, s'est arrêtée ici il y a environ dix minutes. Harrison l'a rejointe peu après.

Je n'ai pas vu les détectives que tu as envoyés ici. Je présume qu'ils se sont bien fondus dans la masse.

— Je sais où tu es, j'arrive, dit Alan en traversant le centre commercial vers l'emplacement du café. Cependant, je n'entrerai pas. Je ne peux pas prendre le risque que Joanne Lyman me revoie. Je suis censé être de retour au bureau. Mais ne raccroche pas. Garde ton téléphone ouvert.

Quelques minutes plus tard, l'inspecteur en chef entendit Andrews lui dire de garder les yeux ouverts s'il était près du café.

— Harrison s'en va.

En réalisant qu'il n'était qu'à une courte distance du café, Alan se détourna et fixa son regard sur la vitrine d'un magasin. À présent, son téléphone était presque collé à son oreille.

— Je suis tout près. Dis-moi quelle direction prend Harrison une fois qu'il a franchi la porte.

Il y eut une pause avant la réponse d'Andrews.

— Harrison vient de quitter le café, monsieur. Quand il a franchi la porte, il a tourné à droite. Joanne Lyman est toujours là.

— Oui, je le vois. Je vais le suivre. Pendant ce temps, tu restes avec la femme, sergent. On doit savoir ce qu'elle va faire. Cependant..., s'interrompit Alan quand, dans la foule, il repéra deux visages familiers.

Il lui fallut quelques secondes pour réaliser qui ils étaient.

— Ça va bien, monsieur ? s'enquit Andrews, sur un ton alarmé.

— Oui, je vais bien, s'esclaffa Alan. Je viens de repérer les détectives en civil que j'ai demandé plus tôt.

40

L'inspecteur en chef Johnson parvint à s'entretenir rapidement avec ses détectives avant de poursuivre Harrison. Il leur demanda de prendre le relais d'Andrews et de suivre Joanne Lyman lorsqu'elle quitterait le café.

— Le sergent la suit depuis un certain temps, leur dit-il. Elle va s'en rendre compte s'il continue à se montrer partout où elle va. Au fait, ajouta-t-il, avant de s'éloigner, j'adore le déguisement.

Alan poursuivit Harrison à travers le centre commercial. Heureusement, ce dernier ne s'arrêtait jamais pour regarder autour de lui, ce qui permit à l'inspecteur en chef de conserver une distance raisonnable avec lui. Suivre un suspect qui s'interrompait toutes les quelques minutes pour admirer une vitrine ou tout ce qui pouvait attirer son attention signifiait devoir se camoufler dans n'importe quelle entrée jusqu'à ce que le sujet décidât de passer à autre chose.

Harrison continua de marcher jusqu'à ce qu'il atteignît l'une des sorties. Une fois dehors, il se dirigea vers une station de taxis.

— Merde, marmonna Alan.

Il avait laissé sa voiture devant une autre entrée du centre commercial.

En calculant à quelle distance elle se trouvait, il réalisa qu'il n'avait pas le temps de s'y rendre. Par conséquent, la seule autre option était de prendre le prochain taxi dans la file et d'espérer que le chauffeur serait capable de suivre Harrison, malgré le trafic.

— Suivez ce taxi, ordonna Alan, en montrant son badge. Mais ne lui faites pas savoir qu'il est suivi.

— Vous êtes sérieux ? s'exclama le chauffeur de taxi, en se retournant pour faire face à l'inspecteur.

— Oui, je suis sérieux. Maintenant, dépêchez-vous. Je ne veux pas le perdre.

Le chauffeur regarda le badge d'Alan.

— OK, mon pote, accrochez-vous.

La seule façon de sortir sur Percy Street était de passer par la gare routière de l'autre côté. Bien qu'Alan eût attaché sa ceinture aussitôt assis, il fut tout de même projeté en avant lorsque le taxi fit une brusque embardée pour éviter un bus en train de quitter sa station en marche arrière.

— C'est lui, dit le chauffeur en ralentissant.

— Bien, maintenant suivez-le, mais restez hors de vue, répondit Alan.

Le chauffeur acquiesça et continua à suivre le taxi qui se frayait un chemin dans les rues. Il était évident que Harrison retournait à l'hôtel.

Dès que Harrison descendit du taxi et gravit les marches menant à l'hôtel, le premier réflexe d'Alan fut de le suivre à l'intérieur. L'envie de revoir Agnès, même pour quelques minutes, était très tentante. Toutefois, elle pourrait être dans l'une des salles publiques et Harrison pourrait les voir ensemble, ce qu'ils essayaient tous deux d'éviter.

Alan était tellement plongé dans ses pensées qu'il ne vit pas le taxi s'arrêter près de l'hôtel quelques instants après qu'Harrison fut entré dans le bâtiment. Ce ne fut que lorsqu'il aperçut le détective Morris descendre du siège passager qu'il se redressa et le remarqua.

Il était soulagé de voir que son détective allait bien et suivait toujours Harrison. Cependant, en même temps, un certain agacement le gagnait parce que Morris n'avait pas répondu à son téléphone lorsque lui et Andrews avaient essayé de le contacter. Comprenant que ce n'était ni le moment ni l'endroit pour s'énerver, il demanda à son chauffeur de le conduire au Grey's Monument où il pourrait récupérer sa voiture. Toute cette affaire ne s'était avérée qu'une quête futile.

Il ne pouvait qu'espérer que les détectives qui suivaient Joanne Lyman aient plus de chance. Nul doute qu'il en entendrait parler à son retour au poste.

* * *

— Que dois-je savoir ? demanda Agnès en s'approchant de l'ascenseur. Qu'y a-t-il d'autre à savoir ? Vous avez renversé mon verre...

Elle le regarda fixement.

— Vous avez bu ? reprit-elle.

— On doit continuer à marcher, répondit Morris. Essayez d'avoir encore l'air en colère contre moi, poursuivit-il, ignorant sa dernière question.

— Ce n'est pas difficile. Je *suis* toujours en colère contre vous ! rétorqua Agnès.

Mais, à cet instant, elle comprit que ce qui s'était passé dans le salon était plus important qu'elle ne l'avait d'abord pensé.

— Désolé, continuez. Dites-moi ce que je dois savoir.

Il porta son index à ses lèvres avant de parler.

— J'ai vu Harrison glisser quelque chose dans votre verre, chuchota-t-il. Donc, quand vous avez tendu la main pour prendre votre vin, je savais que je devais faire quelque chose rapidement, sans laisser Harrison savoir que j'avais vu ce qu'il avait fait. Renverser votre verre sur la table semblait être la seule option.

— Pourquoi chuchotons-nous ? demanda Agnès, toujours à voix basse.

— Je pense qu'il a déposé quelque chose dans votre sac au même moment. Ça pourrait être un petit microphone.

— Un micro ? s'étonna Agnès, les yeux écarquillés.

Ils étaient maintenant arrivés à l'ascenseur. Heureusement, il n'était pas ouvert au rez-de-chaussée, ils avaient donc quelques instants devant eux. Agnès jeta un coup d'œil vers la porte du salon. Aucun signe de Richard Harrison. Il était probablement encore assis à l'intérieur, à râler sur le fait que son petit plan n'avait pas fonctionné cette fois-ci. Elle allait devoir être très prudente jusqu'à ce qu'il parte ou que la police dispose suffisamment de preuves pour l'accuser de fraude.

Néanmoins, elle était consciente que ce n'était pas parce que Harrison ne les avait pas suivis qu'il ne les observait pas. Les miroirs stratégiquement placés dans tout le rez-de-chaussée signifiaient que les gens pouvaient être vus sous tous les angles. Ses yeux pouvaient être posés sur eux deux à ce moment précis.

Face à Morris, elle fronça les sourcils et baissa la main vers la tache sur sa robe. Pour quiconque la regardait, elle était une femme très en colère.

— J'espère seulement que cette tache partira. Avez-vous une idée de ce que coûte cette robe ?

Parlant plus doucement, elle remercia le détective.

— Je suis tellement soulagée que vous ayez été là pour le prendre sur le fait. Renverser mon verre était une réflexion rapide de votre part. Harrison aurait pu essayer de me tuer.

— Je suis terriblement désolé, madame. Je ne l'ai pas fait exprès, répondit Morris en continuant à jouer la comédie, puis il ajouta en baissant la voix, lorsque vous vous changerez, veuillez à mettre votre robe dans un sac en plastique et le transmettre à l'inspecteur en chef ou à l'un de ses collaborateurs dès que possible. La médecine légale pourrait déceler ce que Harrison a mis dans votre verre.

Agnès ne put répondre, car, à ce moment-là, les portes de l'ascenseur s'ouvrirent et deux personnes en sortirent. Elle se contenta de faire un clin d'œil à Morris en espérant qu'il comprenne.

— Vous montez ? demanda Larry.

— Oui, s'il vous plaît, répondit Agnès, avant de pointer du doigt sa robe, puis Morris. Vous vous rendez compte ? Il vient de renverser mon vin sur moi.

À l'étage, dans sa chambre, Agnès se changea rapidement et mit sa robe dans un sac qu'elle récupéra de la poubelle. Cela fait, elle jeta le contenu de son sac sur le lit et le fouilla. Morris avait raison, il y avait parmi ses affaires un petit objet noir qui n'aurait pas dû s'y trouver. Elle le ramassa pour l'observer de plus près. Il semblait assez inoffensif. Cependant, s'il s'agissait d'une sorte de dispositif d'écoute, quelqu'un pourrait être en train d'écouter en ce moment même, dans l'espoir d'obtenir des bribes d'informations.

Tout en reposant l'appareil sur le lit, elle prit son téléphone et se précipita dans la salle de bain. Une fois à l'intérieur, elle ferma la porte et appela Alan.

— C'est moi, annonça-t-elle au moment où il décrocha. Il y a environ dix minutes, le détective Morris a vu Harrison déposer quelque chose dans mon verre à vin quand j'avais le regard ailleurs.

Elle lui raconta ensuite comment Morris l'avait empêchée de boire dans le verre.

— Il m'a suivie jusqu'à l'ascenseur et m'a dit de mettre ma robe dans un sac pour la transmettre à la police scientifique.

Un frisson parcourut Alan à l'idée qu'Agnès

aurait pu facilement être empoisonnée si Morris n'était pas arrivé à temps.

— Je vais envoyer une femme détective là-bas tout de suite, dit-il. Elle dira qu'elle est ta cousine et s'appellera Sue Wilberforce.

— Mais ce n'est pas tout, interrompit Agnès. Morris a vu Harrison déposer quelque chose dans mon sac. Je l'ai trouvé quand je suis montée à l'étage. Nous pensons que c'est peut-être un micro.

— Où est-il maintenant ?

— Je l'ai laissé sur le lit. Je passe cet appel depuis la salle de bain.

— Enveloppe-le dans une serviette ou autre chose et donne-le à la détective quand elle passera pour la robe. Je vais voir si on peut identifier son origine.

— OK, je vais m'en occuper maintenant.

— En attendant, continua Alan, ne laisse pas Harrison s'approcher de toi. J'aimerais que tu me laisses te trouver un autre hôtel jusqu'à ce qu'on puisse coincer cet homme. Tu ne veux pas y réfléchir ? Je m'inquiétais déjà du fait que tu sois dans le même hôtel, mais maintenant je suis presque paniqué !

— Arrête de t'inquiéter. Je vais m'en sortir.

— Dis-moi comment je pourrais arrêter de m'inquiéter, s'enquit Alan en soupirant.

Rien de ce qu'elle disait ne l'empêcherait de s'inquiéter pour elle.

— Je vais envoyer la détective chez toi et prévenir la police scientifique que j'ai quelque chose d'urgent en chemin.

*　*　*

Une fois qu'il eut envoyé la détective à l'hôtel et informé la police scientifique de la tâche qui l'attendait, Alan s'enfonça dans son fauteuil et secoua la tête. Il était tellement plongé dans ses pensées qu'il ne perçut pas l'entrée de son sergent dans le bureau.

— Mauvaise nouvelle ? demanda Andrews, en accrochant son manteau.

— La pire, répondit Alan, les yeux au ciel. Harrison a glissé quelque chose dans le verre de Mme Lockwood pendant qu'elle ne regardait pas.

— Est-ce qu'elle va bien ?

— Oui, grâce à Morris. Il a surpris Harrison en flagrant délit et a renversé son verre avant qu'elle ne puisse le boire.

— Bien joué, Morris, dit Andrews.

— Oui, en effet. Mais que serait-il passé s'il n'avait pas été au bon endroit au bon moment ?

— Mais regarde le bon côté des choses pour une fois. Il était au bon endroit et il a fait ce qu'il fallait.

Alan se redressa sur sa chaise. Son expression était passée du désespoir à la foi.

— Oui, il l'a fait et, oui, je lui en suis reconnaissant. Nous ferons de lui un sacré bon détective. Maintenant, laisse-moi te mettre au courant de ce qui s'est passé.

41

Peu de temps après avoir parlé à Alan, Agnès reçut un appel de la réception lui disant que sa cousine, Sue Wilberforce, la demandait.

— Faites-la monter, s'il vous plaît, répondit Agnès.

Alan avait dit qu'une détective la rejoindrait sous peu, mais elle était plutôt surprise qu'elle fût arrivée si rapidement. Néanmoins, bien qu'Agnès s'attendait à ce qu'on frappât à sa porte, elle prit la précaution de regarder par le judas et de demander qui c'était avant d'ouvrir la porte.

— Sue Wilberforce.

— J'ai cru comprendre que vous aviez quelque chose à me remettre pour le commissariat, dit-elle en entrant dans la pièce.

— Oui.

Perplexe, Agnès marcha lentement vers l'endroit où elle avait laissé le sac contenant sa robe tachée. Il y avait quelque chose de légèrement familier chez cette femme. Pourtant, elle n'arrivait pas à se rappeler où elle l'avait vue.

À présent, l'esprit d'Agnès tournait à plein régime ; elle recherchait toutes les personnes aperçues avec Alan. Elle se souvenait d'une femme détective avec lui une fois, mais ce n'était pas la personne qui se tenait devant elle en ce moment. La première était brune et de corpulence légère, alors que les cheveux de cette femme étaient blonds comme le miel et qu'elle portait des lunettes à large monture violette. Donc, où avait-elle vu cette femme ?

— Vous devriez peut-être rester ici quelques minutes, proposa Agnès en se retournant pour faire face à la femme. Après tout, vous *êtes* censée être ma cousine. Un membre de ma famille n'entrerait pas et ne sortirait pas aussi rapidement ? Les dames de la réception sont très attentives.

— Mais c'est important, insista la femme. Je dois rapporter votre robe au commissariat aussi vite que possible.

— Oui, bien sûr. Vous avez raison, dit Agnès en se baissant pour ramasser un sac sur le sol. Je suis désolée. Je crois que je cherche juste un peu de compagnie.

Agnès remit le sac à la femme et lui montra le chemin de la porte.

— J'espère que votre équipe pourra trouver quelque chose, dit-elle.

Dès qu'Agnès vit la femme entrer dans l'ascenseur et disparaître derrière les portes, elle retourna dans sa chambre et claqua la porte. Par précaution supplémentaire, elle fit glisser la chaîne de sécurité. Une fois cela fait, elle prit son téléphone portable et appela Alan.

— Je viens de recevoir une femme qui s'est fait appeler Sue Wilberforce, dit Agnès au moment où il répondit au téléphone. Elle a dit qu'elle venait récupérer le sac. Cependant, je ne crois pas qu'elle soit la détective que vous avez envoyée. Il y avait quelque chose chez elle...

— C'est impossible ! intervint Alan. Comment quelqu'un aurait-il pu être au courant de notre conversation ?

— Je n'en ai aucune idée. J'ai laissé la petite chose noire sur le lit quand je vous ai appelée de la salle de bains.

Puis elle eut une idée soudaine.

— Est-il possible qu'il soit si finement réglé, cet objet – je ne sais quel nom on lui donne de nos jours – qu'il permette de capter les voix même dans une pièce voisine ? En tout cas, la personne qui est venue dans ma chambre est partie avec mon linge sale.

* * *

Le sergent Andrews ne put s'empêcher de remarquer que l'inspecteur en chef était devenu pâle pendant sa deuxième conversation avec Agnès. Une fois qu'ils eurent fini de parler, Alan empocha son téléphone et dit :

— Je dois aller à l'hôtel. Quelqu'un a placé un dispositif d'écoute dans le sac à main d'Agnès...

— Oui, tu me l'as dit, interrompit Andrews. Elle l'a trouvé et...

— Et celui qui l'a mis sur écoute a quand même pu entendre l'appel qu'elle m'a passé plus tôt, interrompit Alan. Sinon, comment auraient-ils pu savoir qu'une personne du nom de Sue Wilberforce allait ramasser la robe tachée ?

— Mais j'ai cru comprendre, d'après ce que j'ai capté de votre conversation, que Mme Lockwood n'a pas remis l'article convoité à celle qui se faisait passer pour la détective, répondit Andrews en souriant.

— Non, dit Alan, en souriant à son tour. Mme Lockwood est une femme intelligente. L'imposteur est parti avec son linge sale. Je suppose qu'ils vont avoir une surprise. Le vrai sac contenant sa robe tachée et le dispositif d'écoute est en route. Dieu merci, notre détective n'avait pas encore atteint l'hôtel à cet instant, sinon qui sait ce qui lui serait arrivé.

Il secoua la tête.

— Mais, pour en revenir à Mme Lockwood, que vont-ils faire quand ils découvriront qu'elle les a trompés ? J'ai vraiment besoin de la faire changer d'hôtel, mais elle ne bougera pas.

Il y eut une pause pendant qu'Alan enfilait son manteau.

— Attends une minute, dit Andrews, en se souvenant soudain de quelque chose. Ne devais-tu pas voir le Superintendant en chef sous peu ? Tu l'as déjà repoussé plusieurs fois.

— Dans ce cas, il doit avoir l'habitude maintenant. Agnès et Morris pourraient être en réel danger. Il faut que je sois là.

— Je viens avec toi, déclara Andrews en sautant de sa chaise et en attrapant son manteau.

— Mais, c'est mon problème…, commença Alan.

— Pas de mais, je viens avec toi.

42

Le temps que l'inspecteur en chef et son sergent atteignent l'hôtel, ils avaient mis au point un plan. En entrant séparément, Alan monterait les escaliers jusqu'à la chambre d'Agnès, ce qui laissait Andrews entrer tranquillement dans le salon. Tous deux avaient laissé leurs manteaux dans la voiture garée à une certaine distance, pour faire croire qu'ils restaient à l'hôtel et qu'ils étaient simplement sortis fumer une cigarette.

Agnès jeta un coup d'œil par le judas lorsqu'elle entendit frapper à sa porte et fut soulagée de voir Alan se tenir à la porte. Elle l'ouvrit et le fit rapidement entrer.

— N'est-ce pas excitant ? s'exclama-t-elle.

— Excitant, Agnès ? J'étais déjà mort

d'inquiétude pour toi et maintenant je m'inquiète pour Morris.

Alan s'assit sur le bord du lit.

— Oh mon Dieu, j'avais oublié Morris.

Elle porta la main à son front en repensant aux événements récents.

— Si ma voix a pu être entendue pendant que j'étais dans la salle de bains, il est probable qu'ils ont entendu Morris me parler à la réception, même si nous chuchotions. Ils sauront qu'il a fait exprès de renverser mon verre.

Elle s'assit à côté d'Alan.

— Si c'est le cas, ils seront après lui, continua-t-elle. Tu dois l'emmener loin de cet hôtel. Il n'est plus en sécurité ici.

— Mon sergent le recherche en ce moment même en bas, répondit Alan. Mais tu dois te rappeler que tu n'es pas en sécurité ici non plus, Agnès. C'est ce que j'essaie de te dire depuis plusieurs jours. Mais si tu refuses d'écouter, qu'est-ce qui te fait penser que Morris le fera ?

— Parce qu'il est jeune et qu'il a toute la vie devant lui, suggéra-t-elle.

— Pourtant, s'il est aussi têtu que toi, il choisira de rester.

— Mais le fait que tu sois plus gradé que lui n'a-t-il pas un rapport avec ça ? rétorqua Agnès rapidement, ne voulant pas être devancée. Si tu lui ordonnes de quitter sa mission, alors il n'aura pas d'autre choix.

Elle fronça les sourcils. Toutes ces discussions ne les menaient nulle part.

— N'y a-t-il pas autre chose dont on pourrait parler ? Que s'est-il passé après que tu aies envoyé ton sergent suivre Joanne Lyman ?

— Pas grand-chose, vraiment, dit Alan avec un haussement d'épaules. J'ai cru comprendre qu'elle avait visité plusieurs boutiques du centre commercial, avant de se rendre dans un café. Harrison l'a rejointe peu après. C'est à ce moment-là que j'ai appelé et ordonné à deux détectives de prendre le relais d'Andrews.

Puis, il éclata de rire.

— Je sais que je leur ai dit d'essayer de se fondre dans la masse, mais j'ai dû y regarder à deux fois quand j'ai posé les yeux sur Jones et Smithers. Je ne pouvais pas en croire mes yeux. Ils étaient tous les deux habillés en femmes. Ils étaient plutôt beaux, aussi.

Il fit une pause pendant un moment.

— Je me demande s'ils seraient intéressés par la pantomime de cette année ? Nous faisons un gala de charité à Noël, expliqua-t-il en jetant un regard à Agnès. Bref, pour en revenir au sujet, je les ai laissé faire pendant que je suivais Harrison. Mais quand il est revenu ici et que j'ai vu Morris arriver quelques minutes plus tard, je suis retourné au poste.

Il jeta un coup d'œil à sa montre.

— Mais tout ça s'est passé il y a un certain temps et, depuis, je n'ai eu de nouvelles d'aucun d'entre eux.

Il regarda Agnès, mais elle fixait le mur en face d'elle et, d'après son expression, il pouvait dire qu'elle n'avait pas écouté un mot de ce qu'il avait dit. Alan avait déjà vu ce regard, celui qu'elle lançait lorsque son esprit était ailleurs, à rassembler les nombreuses pensées qui se bousculaient dans sa tête.

— Sais-tu que les crêpes deviennent vertes lorsque la pâte est versée dans la poêle ? demanda Alan.

— Oui, répondit Agnès automatiquement.

— Je crois savoir que c'est la raison pour laquelle la lune devient verte au mois de février, ajouta Alan.

— C'est possible, répondit-elle, la voix toujours en mode automatique.

— OK, Agnès, je connais ce regard. À quoi penses-tu ?

Agnès leva la main.

— Accorde-moi un instant ; je pensais à quelque chose que tu as dit concernant tes détectives.

Alan ouvrit la bouche pour répondre, mais son

téléphone sonna, interrompant ce qu'il s'apprêtait à dire.

— Tu ferais mieux de répondre. Ça pourrait être important.

Alan plongea la main dans sa poche et en sortit son téléphone portable. En regardant le nom sur l'écran, il vit que l'appel entrant était celui du détective Smithers.

— Oui, je dois prendre cet appel... Comment ça, vous l'avez perdue ? cria Alan au téléphone, avant de se lever et de commencer à faire les cent pas. Quand avez-vous perdu sa trace ?

Il n'y eut pas de réponse.

— Pour l'amour du ciel, quand est-ce que vous l'avez perdue ? répéta Alan.

— Il y a environ trente minutes... ou peut-être quarante-cinq. Écoutez, nous la suivions, mais elle a pris un appel téléphonique et a disparu dans une des toilettes pour dames. Nous sommes restés dehors, mais elle n'est jamais ressortie.

— Pourquoi l'un d'entre vous ne l'a pas suivie à l'intérieur ?

— On n'aimait pas ça. Et on pensait qu'elle sortirait au bout de quelques minutes.

L'inspecteur en chef poussa un soupir.

— Bon, retournez au poste et changez-vous. On en reparle plus tard.

Une fois l'appel terminé, Alan composa le

numéro de son sergent et lui transmit la nouvelle avant de refaire face à Agnès.

— Je suppose que tes détectives ont perdu Joanne, dit-elle.

Alan acquiesça.

— Il semble qu'ils aient été réticents à la suivre dans les toilettes pour dames. Je ne peux pas leur en vouloir. Quoi qu'il en soit, ils ont attendu dehors pendant un long moment, mais elle n'est jamais réapparue.

— C'est étrange, dit Agnès pensivement. Elle ne peut pas être restée là tout ce temps.

— Il y avait peut-être une autre porte ? proposa Alan, en haussant les sourcils.

— Il aurait pu y en avoir une, j'imagine. Elle pourrait donner sur un autre couloir du centre commercial.

Juste à ce moment-là, le téléphone d'Alan sonna à nouveau. Cette fois, c'était le laboratoire au poste. Il écouta attentivement ce qu'ils avaient à dire. Une fois l'appel terminé, il raccrocha et réfléchit un long moment avant de se tourner vers Agnès.

— C'était le Dr Nichols. Je leur ai demandé de faire un test sur ta robe dès que possible. Ses premières conclusions montrent qu'il y a bien eu quelque chose d'ajouté à ta boisson. Il sera difficile de dire exactement ce que c'était. Cependant, il pense que c'est quelque chose qui t'aurait assommé plutôt qu'empoisonné.

— Donc, ça veut dire qu'ils n'en ont pas encore fini avec moi. Peut-être que Harrison essayait une autre méthode pour me forcer à lui céder l'entreprise familiale.

Alan ouvrit la bouche pour dire quelque chose, mais elle sauta en premier.

— Et, avant même que tu ne le suggères, encore une fois, je ne quitterai pas cet hôtel. Tu peux sûrement arrêter Harrison maintenant. Ton propre détective l'a vu mettre quelque chose dans mon verre et il l'a également vu placer un dispositif d'écoute dans mon sac à main.

Elle tendit la main vers le lit où se trouvait son sac.

— Pour l'amour de Dieu, tu n'as pas assez d'éléments pour l'inculper de quelque chose ?

— Dans le bon vieux temps, oui. Mais tel que le système fonctionne aujourd'hui, c'est sa parole contre celle de Harrison. Nous ne pouvons rien faire avant...

— Avant quoi, interrompit Agnès, avant que la victime soit retrouvée morte ! Oh Alan, je suis désolée, mais les choses ne sont plus ce qu'elles étaient. Dans le temps...

Elle haussa les épaules de manière expressive.

— Je sais, dit Alan en plaçant ses bras autour

d'elle. Si seulement il y avait eu deux témoins quand il a contaminé ta boisson, j'aurais pu l'arrêter. Il aurait été plus difficile pour lui de nier l'accusation. Ne vois-tu pas, Agnès, tu dois vraiment quitter cet hôtel. Tu dois t'éloigner de lui le plus possible... même si ça veut dire que tu dois retourner dans l'Essex.

— De quoi tu parles, Alan ? s'emporta Agnès, en se détachant de lui. Tu ne peux pas dire ça !

— Je pense juste à toi. Bien sûr, je ne veux pas que tu partes si loin. Mais je ne veux pas non plus que tu sois en danger et il me semble que Harrison cherche à mettre la main sur ton argent d'une manière ou d'une autre.

Agnès ne répondit pas tout de suite. Elle s'approcha de la fenêtre et observa les quais en pensant à la dernière remarque d'Alan.

— Et si j'acceptais de laisser l'entreprise à Harrison, dit-elle lentement, sans se retourner. Penses-tu qu'il me laisserait tranquille ? Disparaîtrait-il simplement pour diriger le grand magasin à Londres et me laisserait-il continuer ici à Newcastle comme si de rien n'était ?

— Agnès, tu ne penses pas à...

— Non, bien sûr que non, se reprit-elle immédiatement, en se retournant pour lui faire face. Je te faisais simplement part de quelque chose. Je veux que tu puisses te mettre à sa place un instant.

Alan se gratta la tête un moment avant de répondre.

— OK, je ne suis pas sûr qu'il verrait les choses aussi facilement que ça. Harrison se demanderait toujours si tu pourrais soudainement regretter ta décision. Il pourrait finir par surveiller ses arrières jour et nuit, craignant que tu ailles voir la police et leur demandes d'ouvrir une enquête.

— Exactement ! Je suis tout à fait d'accord.

— Tu es d'accord ?

— Oui. Sauf pour une chose.

— Et ce serait ?

— J'irais voir la police et *j'ordonnerais* qu'elle ouvre une enquête, répondit Agnès, avec un clin d'œil. Mais pour en revenir à ce que tu as dit – tu as raison. Harrison et son complice ne pourront jamais, jamais être sûrs que je ne vais pas apparaître soudainement et causer des problèmes. La seule façon qu'ils pourraient éviter que ça se produise serait que je sois morte. Peut-être qu'il a tué les deux hommes que tu as à la morgue une fois qu'il les a escroqués de leurs affaires.

— Mais tu l'as dit toi-même, Harrison ne peut pas avoir tué la dernière victime, l'homme en manteau de tweed que le jeune couple a trouvé, car il était ici à l'hôtel toute la soirée.

— Je sais et c'est ce qui me rend perplexe.

Agnès leva vivement la tête, reprenant soudainement quelque chose qu'Alan avait dit.

— Attends une minute. Tu viens de dire que la deuxième victime portait un manteau de tweed ?

— Oui, pourquoi ?

— Tu te souviens que je t'ai raconté comment j'ai vu Joanne harceler un homme sur les quais un après-midi ? Il ne semblait pas vouloir avoir affaire à elle.

— Oui, je me souviens. On était en train de dîner ensemble avant que je ne sois appelé ailleurs. Mais quel est le rapport avec tout ça ?

— L'homme que j'ai vu parler à Joanne ce jour-là portait un manteau de tweed.

— T'es sûre de ça ?

— Absolument, assura Agnès, mais elle fronça les sourcils. Pourtant, on a pratiquement exclu Harrison des meurtres réels.

— Lui et Joanne pourraient avoir un autre complice, suggéra Alan. Un complice chargé d'assassiner les victimes une fois qu'elles ont cédé leur entreprise.

— J'imagine que c'est possible, admit Agnès à contrecœur. Pourtant, j'ai toujours ce sentiment tenace qu'ils ne sont que deux dans cette arnaque.

Alan n'avait pas l'air convaincu.

— Réfléchissez-y, commença Agnès, puis elle expliqua le raisonnement derrière ses pensées. Plus il y a de personnes dans un groupe de voleurs, moins ils obtiennent de gains lorsque l'argent est partagé. De plus, il y a toujours une chance que l'un d'entre eux devienne gourmand et exige plus d'argent parce qu'il croit en faire plus que le reste de la bande – surtout si cette personne se trouve être le tueur désigné. Ils ont beaucoup plus à perdre.

Alan hocha la tête en signe d'accord. Cela semblait plausible.

— Mais il y a toujours le problème de savoir comment Richard Harrison a tué la deuxième victime s'il était ici dans l'hôtel. Morris était ici tout le temps et tu l'as vu toi-même quand tu es rentrée ce soir-là. Tu as dit qu'il était ivre.

— Je sais. Ce malheureux ne peut pas être à deux endroits à la fois.

Il y eut un long silence. Alan fut le premier à parler.

— Écoute, Agnès, je dois descendre quelques minutes pour mettre Andrews et Morris au courant de ce que le laboratoire a dit sur la drogue trouvée sur ta robe et aussi de ce qu'on a discuté ici.

— Mais que faire si Harrison te voit ? Je pensais que tu faisais profil bas près de moi.

— Eh bien, je ne serai pas à tes côtés. Tu seras ici, à l'abri du danger.

— Donc, tu ne veux pas que je descende pour t'aider avec l'affaire ?

— Non. Il faut que tu restes ici, ordonna Alan, avant de se précipiter vers la porte. Quand je serai parti, verrouille la porte de ta chambre et n'ouvre à personne d'autre qu'Andrews ou moi.

— Mais je...

— Agnès, pour une fois, ne peux-tu pas faire ce que je te demande ? l'interrompit Alan. Je n'ai pas le temps pour les mais.

* * *

Le sergent Andrews trouva Morris dans le salon. Il était assis près de la porte, lisant un journal. Du coin de l'œil, il aperçut Harrison installé près de la fenêtre.

— Eh bien, bonjour, John. Quelle surprise de vous rencontrer ici, dit-il en franchissant la porte. Je ne me souviens pas de la dernière fois que nous nous sommes vus.

— Bonjour, répondit Morris et, devinant qu'il devait y avoir une raison à cette mascarade, il se leva et serra la main tendue d'Andrews. C'est bon de vous revoir.

— Écoutez, pourquoi n'irions-nous pas au bar prendre un verre pendant que nous rattrapons le temps perdu ? dit Andrews, en tapant dans le dos de Morris.

— Bonne idée, répondit Morris en riant de bon cœur.

Dans le bar, Andrews commanda deux pintes de bière, avant de désigner une table dans le coin le plus éloigné.

— Pourriez-vous apporter les boissons là-bas ?

Le barman acquiesça.

— On pense que ta couverture pourrait être compromise, dit-il, une fois qu'ils furent attablés.

— Quoi ? s'exclama Morris.

— Pas si fort ! le sermonna Andrews, en regardant autour de lui.

Heureusement, il n'y avait pas beaucoup de monde dans le bar et ils semblaient occupés par leurs propres conversations.

— Mme Lockwood a trouvé le dispositif d'écoute dans son sac, expliqua Andrews. Cependant, pour faire court, on pense qu'il a pu capter votre conversation avec elle à la réception.

— Mais je ne peux m'empêcher de me demander pourquoi il avait besoin de placer le microphone s'il avait l'intention de corser sa boisson ?

— Bonne question, souligna Andrews en regardant le jeune détective d'un air pensif. Aurais-tu pu te tromper en le voyant déposer quelque chose dans son verre ?

— Non ! rétorqua Morris sèchement. J'ai bien vu

sa main survoler son verre avant qu'il se penche pour ajuster son sac. Et pendant qu'il faisait ça, il a laissé tomber quelque chose dans le verre. Harrison a manifestement fait exprès de donner un coup de pied dans le sac pour lui donner l'occasion de trafiquer les deux.

— Tu pourrais avoir raison. Quoi qu'il en soit, le laboratoire a la robe qu'elle portait, donc on devrait avoir des nouvelles d'eux très bientôt.

Le barman apparut avec leurs boissons. Andrews régla l'addition et demanda au serveur de garder la monnaie. Quelques instants plus tard, son téléphone sonna.

— C'est l'inspecteur en chef, dit-il en dépliant son téléphone.

Il prit l'appel avant de mettre au courant Morris.

— Il semble que Smithers et Jones, qui suivaient Joanne Lyman au centre commercial, l'aient perdue. L'inspecteur sera là dans quelques minutes.

43

Une fois qu'Alan eut quitté la pièce, Agnès s'assit près de la fenêtre et regarda les quais. Le fleuve récemment gonflé, qui frappait sauvagement les côtés du quai, s'était un peu calmé. Il semblait moins effrayant qu'il y a quelques jours.

Agnès aimait regarder le fleuve de sa fenêtre. Regarder l'eau couler en aval l'aidait à se détendre. Elle se remémora le moment où elle était arrivée dans le Tyneside. Était-ce vraiment il y a quelques jours à peine ? Tant de choses s'étaient passées depuis.

Lors de son premier jour de retour en ville, alors qu'elle se promenait tranquillement dans le parc, elle était tombée sur le corps dans le parc. Elle secoua la tête en se rappelant la scène. Le pauvre homme avait presque été déchiré en morceaux.

Quel genre de personne saine d'esprit pourrait faire quelque chose d'aussi horrible ?

L'attaque aurait pu être attribuée à une personne sous l'emprise de drogues, si d'autres corps n'avaient pas été retrouvés dans le même état à Gateshead. Mais, à la réflexion faite, ils auraient somme toute dû reconsidérer la question lorsqu'une autre victime avait été retrouvée dans le même parc quelques jours plus tard, dans un état similaire à celui des autres. On avait ensuite découvert que les deux victimes trouvées à Newcastle possédaient une entreprise.

Agnès s'assit sur sa chaise et ferma les yeux. Même regarder le fleuve couler sous sa fenêtre n'était pas assez apaisant aujourd'hui. Ce dont elle avait vraiment besoin, c'était d'être dehors à l'air frais, et non enfermée dans sa chambre.

Elle se leva et commença à arpenter le sol.

Avant le départ d'Alan, ils avaient discuté de l'affaire de meurtre sous plusieurs angles. Pourtant, peu importe par où ils commençaient, ils finissaient toujours par impliquer Joanne et Richard. Cependant, Richard avait un bon alibi pour la nuit du second meurtre. L'inspecteur Morris l'avait surveillé toute la journée. Quant à Joanne, bien qu'on l'ait vue rôder dans les arbres cette nuit-là, il était impossible qu'elle ait pu sortir le corps d'une voiture et le transporter dans le parc.

À ce moment-là, Agnès se souvint de quelque chose qu'Alan avait dit plus tôt. Cela l'avait fait réfléchir, mais, pour une raison quelconque, le sujet avait changé assez soudainement. Elle était sur le point de se remémorer ses pensées quand on frappa à la porte.

— Sécurité de l'hôtel, appela une voix.

— Je n'ai pas appelé la sécurité, répondit Agnès, puis elle se tourna pour faire face à la porte.

— Oui, je sais. Un gentleman en bas m'a demandé de vous accompagner au salon.

— Oh, je vois. Bien, je suis à vous dans une minute.

L'esprit d'Agnès s'emballa tandis qu'elle se dirigeait lentement vers la porte. Alan lui avait demandé de rester dans sa chambre et de n'ouvrir la porte à personne d'autre que lui-même ou le sergent Andrews. Son ton avait été assez ferme, et c'était la seule raison pour laquelle elle avait résisté à l'envie d'aller se promener sur les quais il y a peu de temps. Par conséquent, Alan aurait-il soudainement décidé d'envoyer un agent de sécurité pour l'emmener en bas sans l'en informer au préalable ?

Maintenant, debout près de la porte, elle souleva le petit rabat qui recouvrait le judas et regarda à travers. Malgré le grand angle de la fenêtre, elle ne put voir clairement le visage de l'homme, qui tournait sans cesse la tête pour regarder de droite à gauche dans le couloir. Cependant, elle remarqua qu'il ne portait pas l'uniforme fourni par l'hôtel. À la place, il portait un costume sombre et, bien qu'elle ne pût pas le lire à travers le minuscule trou, il y avait un badge nominatif épinglé sur le revers de sa veste.

Il pourrait s'agir d'un responsable de la sécurité, pensa-t-elle en s'éloignant de la porte.

— Désolée de vous faire attendre, cria-t-elle, ne sachant toujours pas si elle devait ouvrir la porte ou non.

Elle décida soudain d'appeler Alan et de vérifier avec lui.

— As-tu envoyé un agent de sécurité pour me conduire en bas ? demanda-t-elle au moment où il répondit au téléphone.

— Non. Pourquoi ? Quelqu'un a dit ça ?

— Eh bien, pas exactement. En tout cas, il n'a pas donné ton nom. Agnès expliqua ce que l'homme avait dit.

— J'arrive, lui dit-il.

Quelques minutes plus tard, Agnès entendit frapper à nouveau à la porte. Cependant, lorsqu'elle regarda par le judas cette fois, elle fut soulagée de voir Alan et son sergent se tenir dehors.

— Vous l'avez vu ? s'enquit-elle, au moment où elle ouvrit la porte.

Elle regarda de gauche à droite dans le couloir, mais l'homme avait disparu.

— Non, répondit Alan, alors que les deux détectives entraient. Il a dû deviner que tu appelais quelqu'un et s'est enfui, bien qu'on ne l'ait pas croisé en montant. Andrews a utilisé les escaliers, tandis que j'ai pris l'ascenseur. Aucun de nous n'a croisé quelqu'un.

— Alors il a dû utiliser la sortie du personnel, dit Agnès, pensive. Il y a une porte au bout du couloir marquée *Staff Only*, expliqua-t-elle. Je crois savoir qu'il y a des armoires où sont stockés les draps. Il y a aussi des escaliers et un ascenseur pour le rez-de-chaussée.

— Je présume que tu n'as pas bien vu l'homme, demanda Andrews.

— Pas vraiment.

Elle réfléchit à ce qu'elle avait vu lorsqu'elle avait jeté un coup d'œil par le judas.

— Il n'arrêtait pas de jeter des coups d'œil dans le couloir, continua-t-elle. Au début, j'ai pensé qu'il surveillait peut-être quelqu'un dont Alan l'avait averti. Mais ensuite, je me suis demandé s'il ne craignait pas que quelqu'un *le* surveille. Néanmoins, je pense que je pourrais le reconnaître à nouveau si...

Elle interrompit sa phrase et mit sa main sur sa bouche.

— Qu'est-ce qu'il y a ? demanda Alan, anxieux. Ça va ?

— Oui, je vais bien. J'ai soudain eu l'impression de l'avoir déjà vu.

— Peut-être l'as-tu vu ici à l'hôtel ? proposa Andrews. Après tout, il a dit qu'il était de la sécurité de l'hôtel. Tu l'as peut-être vu en bas un jour où il patrouillait dans l'hôtel.

— Peut-être, fit Agnès, avec une grimace.

— Mais tu n'es pas convaincue que c'est là que tu l'as vu ? demanda Alan.

— Non, dit-elle, en déglutissant difficilement. Le fait est que j'ai vu quelqu'un retrouver Harrison un matin et j'ai eu l'impression étrange de l'avoir déjà vu, mais je ne savais pas où. Maintenant, j'ai cette sensation encore une fois.

Elle soupira lourdement.

— Il me manque une pièce du puzzle.

— Est-il possible que l'homme que tu as vu aujourd'hui soit le même que celui que tu as vu avec Harrison ? demanda Andrews.

— Non, l'homme que j'ai vu avec Harrison avait les cheveux coupés très courts. L'homme à ma porte avait des cheveux plutôt longs, expliqua-t-elle, avant de se remémorer la scène. Ils avaient l'air un peu en désordre – tu sais, non peignés. Mais j'imagine que c'est la tendance de nos jours. Il portait des lunettes et avait quelque chose d'épinglé sur sa veste. Peu importe, qu'en est-il de Morris ? Vous l'avez laissé seul en bas ?

— Oui, pour le moment, répondit Alan, qui se tourna vers son sergent.

— Tu devrais peut-être redescendre et informer Morris de ce qui s'est passé ici. Demande-lui s'il se souvient avoir vu un homme en costume avec des cheveux longs. Vous deux, gardez les yeux ouverts jusqu'à ce que je redescende. On ne sait jamais, il pourrait bien se montrer à nouveau.

Une fois qu'Andrews eut quitté la pièce, Alan poussa un long soupir.

— Maintenant, Agnès, qu'est-ce que je vais faire de toi ?

— Eh bien, tu ne vas pas me laisser ici, c'est sûr !

44

Andrews avait à peine mis Morris au courant que, à travers l'un des miroirs, il aperçut le chef sortant de l'ascenseur. Accompagné de Mme Lockwood. Les deux détectives quittèrent le bar et allèrent à leur rencontre dans la salle de réception.

— Harrison est toujours dans le salon, dit Morris. Il est seul et n'a pas bougé de son siège.

Avant que l'inspecteur en chef eût le temps de répondre, la porte de la salle à manger s'ouvrit et un homme en sortit, refermant fermement la porte derrière lui. Il jeta un coup d'œil dans leur direction alors qu'il se dirigeait vers le salon. Cependant, ses yeux s'étaient posés sur Agnès pendant quelques secondes avant qu'il ne détournât le regard.

Agnès ne l'avait pas quitté des yeux depuis

l'instant où elle l'avait aperçu. Maintenant, elle était plus convaincue que jamais qu'elle l'avait déjà vu auparavant. Elle le regarda entrer dans le salon et, à travers les miroirs, elle le vit prendre une chaise à côté de Richard Harrison.

— C'est l'homme dont je t'ai parlé en haut. C'est lui que j'ai vu avec Harrison au petit-déjeuner un matin, dit Agnès. Vous devez vous souvenir de lui, Morris. Vous étiez là, vous aussi.

— Oui, je me souviens de lui, répondit Morris. Je ne peux pas dire que je l'ai revu depuis ce matin-là, cependant. Et vous ?

— Je ne sais pas, répondit-elle lentement. Je suis certaine de l'avoir déjà vu. Son visage m'est familier, mais...

Elle s'interrompit et regarda Alan.

— Tu t'es souvenue de quelque chose ?

— Oui, répondit Agnès avec enthousiasme. Je suis presque sûre que c'est l'homme que j'ai vu transmettre quelque chose à Harrison dans le Sage il y a quelques jours.

— *Presque* certaine ? demanda Alan.

— Est-ce important ? renchérit Andrews. Au moins, nous avons quelque chose pour le retenir.

— Ah oui ? rétorqua Alan. Donc, un homme transmet quelque chose à un autre homme. Est-ce une raison pour interroger un homme ? Ça aurait pu être n'importe quoi. De l'argent qu'il lui devait, peut-être.

— Bien sûr, tu as raison. Ça aurait pu être n'importe quoi, répondit Agnès. Mais depuis, j'ai eu le temps de réfléchir à tout ce qui s'est passé et si...

— S'il te plaît, Agnès, interrompit Alan. Plus de « et si » !

— Et si, poursuivit Agnès, en ignorant l'interruption d'Alan, il transmettait une vieille photo d'un homme, qui avait été modifiée pour le faire passer pour mon père ?

Elle regarda tour à tour les trois détectives.

— Est-ce que ça a un sens ? Je ne suis pas très douée pour m'expliquer.

— Vous l'avez très bien expliqué, se lança le sergent Andrews en premier. Cependant, c'est un peu tiré par les cheveux. Maintenant, réfléchissez bien, Mme Lockwood. Est-il possible que vous l'ayez vu ailleurs dans l'hôtel, avant ou depuis le matin où vous l'avez vu au petit-déjeuner ? Il se pourrait qu'il soit simplement un client de l'hôtel.

Il est difficile de deviner à son ton s'il était sérieux ou s'il se moquait d'elle. Agnès décida de lui accorder le bénéfice du doute.

— Non. Je suis sûre de l'avoir vu en dehors de l'hôtel. J'ai besoin de me concentrer sur son visage pendant quelques minutes et avec un peu de chance, je pourrai tout reconstituer.

— Tu es sûre de toi, Agnès ?

Alan n'était toujours pas convaincu que permettre à Agnès de l'accompagner ici était une bonne idée. Cependant, elle avait insisté, lui disant qu'elle serait peut-être plus en sécurité avec des gens autour d'elle que si elle était coincée dans sa chambre toute seule. Sur le moment, cela avait semblé viable, surtout après ce qui venait de se passer. Pourtant, la façon dont l'homme l'avait regardée l'avait réellement inquiété. Même si Agnès ne le connaissait pas, il donnait l'impression de la reconnaître.

— Oui, confirma Agnès, les yeux toujours fixés sur le reflet de l'homme dans le miroir.

Alan suivit son regard jusqu'à l'endroit où l'homme discutait avec Harrison. Au bout d'un moment, l'homme fit la grimace et secoua la tête. Visiblement, cela ne plut pas à Harrison, car il serra le poing et le frappa contre l'accoudoir.

— J'aimerais pouvoir entendre ce qu'ils disent, dit Alan.

— Moi aussi, répondit Agnès.

À cet instant précis, l'homme tourna la tête vers la fenêtre, mais changea d'idée, frustré, et quelque chose fit tilt dans la mémoire d'Agnès.

— Oh, mon Dieu ! s'écria Agnès, les yeux toujours fixés sur les deux hommes. C'est l'homme qui était devant ma chambre et qui prétendait être de la sécurité de l'hôtel.

— T'es sûre ? demanda Alan. Je croyais qu'il avait les cheveux longs.

— Oui, j'en suis sûre. C'est la façon dont il a bougé sa tête d'un côté à l'autre qui me l'a fait réaliser.

Elle se tourna vers les trois détectives.

— Pour une raison quelconque, il laisse tomber sa tête au milieu, informa-t-elle, avec une démonstration de ce qu'elle voulait dire. Quant à ses cheveux, il aurait pu porter une perruque ou une serpillère sortie du placard à balais. N'oubliez pas, ces judas ne sont pas parfaits.

Elle regarda en direction de la salle à manger. Les portes étaient toujours bien fermées. Personne n'était entré ou sorti depuis que l'homme était parti il y a peu de temps.

— Que faisait-il là-dedans ? se demanda-t-elle. À moins que ce ne soit là qu'il ait atterri après avoir échappé à vous et au sergent Andrews. Maintenant que j'y pense, il avait plutôt l'intention de s'assurer que les portes étaient fermées. Il a peut-être laissé quelque chose de caché là-dedans.

— J'ai l'impression que tu en sais plus que tu ne le dis ? souligna Alan. Je pense que tu devrais tout nous dire.

— J'ai une théorie, répondit Agnès, mais j'ai

besoin d'être absolument sûre que ce qui tourne dans ma tête est correct avant d'en dire plus.

— Et quand le sauras-tu ?

— Quand je serai sûre ! rétorqua Agnès en faisant un clin d'œil.

— Andrews, soupira Alan, tu ferais mieux de fouiller la salle à manger. Ne néglige aucune chaise.

— J'espère que tu n'as pas envoyé mon sergent sur une fausse piste, dit Alan, une fois qu'Andrews se fut dirigé vers la salle à manger.

— Moi aussi, répondit-elle en regardant le sergent fermer la porte derrière lui. Mon idée entière dépend de ce qu'il trouvera là-dedans. Mais, vu sous un autre angle, ce n'est pas *moi* qui ai envoyé le sergent Andrews là-dedans, c'est toi !

* * *

Dans le salon, Harrison s'emporta devant son compagnon.

— Ce n'est qu'une femme, pour l'amour du ciel, s'exclama-t-il en tapant du poing sur la chaise. Elle aurait dû être une proie facile ! J'avais tout prévu. Une fois le grand magasin signé, nous aurions pu vendre le reste des actions et faire fortune. Nous aurions dû être riches à l'heure actuelle – faire ce que nous voulions. Les possibilités auraient été infinies. Et pourtant, on est toujours coincés ici.

— Je n'ai jamais pensé que ce serait facile, répondit l'homme. Nous aurions dû nous en tenir à notre plan habituel, celui que nous avions tous deux accepté – deux escroqueries et ensuite passer à autre chose.

— Mais tu ne vois pas, Joe ? J'ai pensé qu'elle serait une cible facile – une veuve quinquagénaire, des fils à l'autre bout du monde et aucun autre parent dans le pays… aucun que nous connaissions, en tout cas. Maudit soit cette femme !

45

— Peut-être que j'aurais dû accompagner le sergent Andrews. C'est une grande salle à contrôler.

Cela faisait dix minutes que le sergent avait disparu dans la salle à manger et Morris n'avait pas quitté la porte des yeux. À présent, ils avaient tous les trois traversé la réception, là où ils espéraient ne pas être vus par Harrison et son ami.

— Donne-lui quelques minutes de plus. Je suis sûr qu'il va sortir très bientôt.

Bien qu'Alan donnait l'impression d'être insouciant, au fond de lui, il était plus que mal à l'aise. Qui savait ce qui, ou qui, se cachait derrière ces portes fermées ? S'il avait eu plus d'hommes ici, il aurait envoyé quelqu'un avec son sergent. Là, il n'y avait qu'eux trois à l'hôtel. Par conséquent, il ne pouvait en épargner qu'un seul.

Alan soupira de soulagement lorsque les portes de la salle à manger se rouvrirent et qu'Andrews apparut.

— J'ai trouvé un petit sac derrière la porte menant à la cuisine, rapporta-t-il à l'inspecteur en chef. Je me suis assuré qu'il n'y avait personne d'autre avant de l'ouvrir. Mme Lockwood avait raison. Il y a une veste sombre et une perruque à l'intérieur. Je l'ai remis exactement comme je l'ai trouvé. Avec un peu de chance, nous le surprendrons en train de le récupérer.

Alan sortit son téléphone et appela le commissariat.

— Je veux deux hommes en uniforme à l'hôtel Millennium dès que possible. Pas de sirènes ni de gyrophares.

Ensuite, il s'adressa à l'une des réceptionnistes.

— Le directeur est-il dans son bureau ?

— Oui, je crois qu'il est seul pour le moment. Voulez-vous que je lui dise que vous voulez le voir ? demanda-t-elle en décrochant le téléphone.

— Demandez-lui de me rejoindre à la réception. Dites-lui que c'est la police.

Quelques minutes plus tard, M. Jenkins sortit de son bureau. En parcourant la réception, il reconnut l'inspecteur en chef.

— Que puis-je faire pour vous, inspecteur Johnson ? J'espère qu'il n'y a pas eu un autre vol à l'hôtel, dit-il, puis il fronça les sourcils. Bien que je pense que j'aurais été le premier à en entendre parler si c'était le cas.

Après avoir donné une brève explication sur la raison de sa présence, Alan demanda au directeur de vérifier si l'homme accompagné de M. Richard Harrison séjournait à l'hôtel.

— Les deux hommes sont dans le salon en ce moment. Nous savons que Harrison séjourne ici. Cependant, nous sommes désireux d'en savoir plus sur l'autre homme.

M. Jenkins jeta un bref coup d'œil dans le salon. Il n'y avait pas beaucoup d'invités assis à cet endroit, il pouvait donc facilement repérer les deux hommes qu'Alan avait décrits.

— Je reconnais Harrison. Je l'ai vu se promener dans l'hôtel. Un agent de sécurité m'en a glissé un mot un matin avant qu'il ne quitte son poste. Apparemment, il avait un peu trop bu et était un peu familier avec l'un des invités. Je ne me souviens pas de l'homme à côté de lui. Peut-être que les réceptionnistes pourraient vous aider. L'une d'entre elles se souviendra peut-être de l'avoir fait entrer.

Chacune des femmes se promena à tour de rôle dans le salon, prétendant qu'elles étaient là pour redresser les coussins ou ajuster les rideaux.

Il s'avéra que les deux réceptionnistes reconnurent Harrison. La première se souvint de l'avoir enregistré un jour, tandis que la seconde avait été avertie de son comportement alcoolisé par l'agent de sécurité.

Toutefois, seule une des réceptionnistes se rappela avoir vu l'homme assis avec Harrison.

— Le visage est familier, donc j'ai dû l'enregistrer, mais je ne pense pas l'avoir revu depuis, dit-elle, et elle se gratta la tête avant de regarder vers le bureau de la réception. Peut-être que si je consultais l'ordinateur, en regardant les noms des personnes que j'ai enregistrées au cours de la semaine dernière, il y aurait un déclic.

Le directeur hocha la tête et la réceptionniste se précipita vers le bureau.

— M. Jenkins, ce serait peut-être une bonne idée d'installer une caméra de surveillance dans cette zone, suggéra Alan.

— On en a parlé au siège social et tous les managers ont eu un vote, répondit le gérant. Cependant, j'ai voté contre l'idée et je crois que les « non » l'ont emporté. Pour ma part, je ne veux pas que nos clients aient peur que leurs moindres gestes soient surveillés.

— Pas même lorsque certaines personnes se présentent dans votre hôtel sous un faux nom, afin d'escroquer d'autres clients pour qu'ils cèdent leur entreprise ? rétorqua Agnès.

— Eh bien, Mme Lockwood, quand vous le dites comme ça...

— Oui, je le dis bien comme ça ! tempêta-t-elle. Au moins, avec une caméra dirigée vers la réception ou même la porte principale, vous auriez une idée de qui entre dans l'hôtel. En l'état actuel des choses, vous ne semblez pas vous soucier de qui franchit ces portes. Même vos réceptionnistes pourraient être attaquées à un moment calme de la journée et vous n'auriez pas la moindre idée de l'identité du coupable !

— Mme Lockwood a raison, reconnut Alan. Cela aurait certainement été utile dans ce cas.

— Je suis désolé de vous interrompre, appela le réceptionniste en face, mais j'ai les informations ici.

Une fois qu'ils eurent tous pénétrés dans le bureau, elle fit pivoter l'écran de l'ordinateur et désigna un nom sur l'écran.

— Joe Barnes, dit-elle. C'est lui.

— Merci, répondit le directeur.

Alan attira Agnès sur le côté.

— Les renforts sont en route. Tu devrais peut-être remonter dans ta chambre, à l'abri du danger, et nous laisser faire le reste.

— Tu te moques de moi ? lança-t-elle. Tu ne penses pas que je serais plus utile ici ?

— Non, Agnès, refusa Alan, d'une voix ferme. Je pense que, pour ta propre sécurité, tu devrais retourner dans ta chambre.

— Mais j'ai d'autres choses à te dire...

— Pas de mais. C'est pour ton bien !

Agnès dévisagea Alan pendant un moment, n'en croyant pas ses oreilles. D'après son expression, elle comprit qu'il était sincère. Il voulait l'écarter du problème.

— Alors, si c'est ce que tu veux, qu'il en soit ainsi, rétorqua-t-elle en se dirigeant vers l'ascenseur. Quand tu réaliseras que tu *as* besoin de moi, tu sauras où me trouver.

— Tu as peut-être été un peu dur avec elle, suggéra Andrews. Après tout, c'est elle qui a trouvé la plupart des réponses jusqu'à présent.

— Je le sais, Andrews, répondit Alan d'un ton sec. Mais regarde ce qui s'est passé l'année dernière. Elle a failli être tuée par cet homme du MI5. Quoique, j'ai peut-être été un peu trop percutant.

* * *

Agnès s'introduisit dans l'ascenseur dès l'ouverture des portes. Heureusement que personne n'en descendait, sinon elles se seraient heurtées.

— Vous allez bien ? demanda Larry, en

choisissant son étage. Vous n'avez pas l'air aussi joyeuse que d'habitude.

— Je vais bien.

Elle força un sourire. Après tout, ce n'était pas sa faute si Alan lui avait parlé si durement.

— Alors, comment ça se passe pour vous ?

— Super ! Demain, c'est mon jour de congé et je vais chercher une nouvelle voiture, dit-il, mais il fronça les sourcils. Enfin, pas une voiture *neuve*, vous voyez. Une voiture d'occasion, mais elle sera nouvelle pour moi.

— Je me souviens que vous m'aviez dit que vous économisiez pour une voiture.

Entre-temps, l'ascenseur avait atteint son étage et les portes s'étaient ouvertes.

— Puis-je vous conseiller d'emmener quelqu'un avec vous ? ajouta Agnès en sortant de l'ascenseur. Parfois, deux cerveaux valent mieux qu'un quand on recherche une voiture.

— Oui, mon père m'accompagne.

— Tenez-moi au courant de vos démarches, lança-t-elle, alors que les portes commençaient à se refermer.

Parler avec le jeune homme avait contribué à lui remonter le moral pendant un court instant. L'espace d'un instant, cela lui avait rappelé le moment où ses garçons avaient chacun acheté leur première voiture. Jim les avait accompagnés les deux fois pour leur donner des conseils. Il n'avait pas voulu que ses fils soient dupés, pour ainsi dire.

Cependant, maintenant que la conversation avec Larry était terminée, son esprit retourna à ce qui s'était déroulé en bas. Comment Alan avait-il pu lui parler de la sorte, surtout devant ces autres personnes ? Il y avait tant d'autres pensées qui tournaient dans sa tête et qu'elle voulait lui transmettre... des choses qui auraient pu aider à résoudre l'affaire. Pourtant, il l'avait écartée comme si elle était une enfant.

Les larmes lui montèrent aux yeux et coulèrent sur ses joues lorsqu'elle ouvrit la porte de sa chambre et se précipita à l'intérieur. Elle jeta son sac sur le lit et s'essuya les yeux avec un mouchoir. Poussant un soupir, elle se servit une coupe de vin et se dirigea vers la fenêtre.

C'était peut-être une mauvaise idée de se précipiter ici, pensa-t-elle. *J'aurais pu me tromper l'année dernière. Peut-être qu'Alan et moi ne sommes pas faits l'un pour l'autre après tout.*

— Eh bien, il n'est certainement pas l'homme qu'il me faut, si c'est ainsi qu'il me parle devant ses détectives, marmonna-t-elle.

Elle leva les yeux vers l'endroit où ses trois valises étaient empilées sur l'armoire et prit une décision.

— Tu n'as pas arrêté de me dire de quitter cet

hôtel, Alan. Eh bien, maintenant tu obtiendras ce que tu voulais. Je retourne dans l'Essex.

Elle grimpa sur une chaise et tira les trois valises de l'armoire pour les poser sur le lit. Elle allait bientôt commencer à faire ses bagages. D'abord, elle voulait s'asseoir près de la fenêtre et savourer son vin.

Peu de temps après, on frappa doucement à sa porte.

Ses yeux s'illuminèrent et elle se leva d'un bond.

— Ça doit être Alan, se dit-elle en se précipitant dans la pièce et en ouvrant la porte.

46

En bas, à la réception, le décor était planté.

Les deux officiers en uniforme s'étaient introduits dans l'hôtel par l'entrée du personnel pour éviter d'être repérés par les miroirs de la réception. Ils se trouvaient maintenant dans le bureau du directeur avec l'inspecteur en chef et le sergent Andrews, attendant que M. Jenkins y escorte Joe Barnes sous un quelconque prétexte. Entre-temps, Morris avait reçu l'ordre de rôder autour de la réception au cas où Barnes déciderait de s'enfuir. Néanmoins, lorsque le directeur entra dans son bureau, il était seul.

— Il est parti ! s'exclama Jenkins. Ils sont partis tous les deux.

— Mais de quoi parlez-vous ? hurla Alan. Partis ? Partis où ?

— Je ne sais pas ! Débrouillez-vous, c'est vous le détective.

— Y a-t-il une autre porte menant du salon à une autre partie de l'hôtel ? demanda Alan. Je ne me rappelle certainement pas en avoir vu une.

— Non, répondit le directeur, avec prudence. Cependant, il y a une porte qui donne sur le quai. Elle est généralement fermée à cette...

Les autres mots furent oubliés alors que l'inspecteur en chef et ses agents se précipitaient hors du bureau.

— Vous deux, regardez dehors – vérifiez tout autour du bâtiment, cria Alan aux officiers en uniforme. Andrews, fouillez la salle à manger – voyez si le sac est toujours là. Morris, trouvez les numéros de chambre de Harrison et Barnes et obtenez deux ou trois cartes de passe. Pendant ce temps, je vais vérifier la porte par laquelle ils se sont échappés. Ils ne peuvent pas être loin. Nous les avons quittés il y a quelques minutes.

Il ne fallut pas longtemps à Andrews pour découvrir que le sac avait disparu de l'endroit où il l'avait vu la dernière fois. Une porte qui menait de la cuisine à la petite cour extérieure était légèrement entrouverte. De toute évidence, c'était par là que Barnes était rentré dans le bâtiment pour récupérer ses affaires.

Andrews secoua la tête en retournant à la réception.

— Il n'y est plus, annonça-t-il à l'inspecteur en chef.

— Rien dans le salon, non plus, renchérit Alan. Morris a les numéros de chambre et les cartes-clés. On devrait y aller dès que possible.

Les détectives se séparèrent, l'inspecteur en chef en direction de la chambre de Harrison, laissant ainsi Andrews et Morris vérifier celle de Barnes.

Alan frappa à la porte, mais n'obtint aucune réponse.

— Police, ouvrez la porte ! cria-t-il, en frappant plus fermement.

Comme il n'y avait toujours pas de réponse, il inséra la carte et ouvrit la porte. Il entra prudemment dans la pièce, s'attendant à moitié à ce que Harrison lui saute dessus, mais ce ne fut pas le cas. Il n'y avait personne. Il vérifia la salle de bains ; là encore, personne. L'inspecteur en chef vérifia ensuite l'armoire et les tiroirs, mais il constata qu'ils étaient tous vides.

Harrison était parti.

Les deux autres détectives découvrirent que Barnes avait également disparu.

— J'espère que l'inspecteur en chef a plus de chance, dit Morris en fermant la porte de l'armoire. Comment a-t-il pu faire ses bagages et partir si vite ?

Quelques minutes plus tard, le téléphone d'Andrews sonna.

— C'est le chef, dit-il en l'ouvrant.

Il écouta un moment.

— Même chose ici, monsieur, déclara-t-il en jetant un coup d'œil dans la pièce. Il a rangé ses affaires et il est parti.

Alan lui donna quelques instructions, puis il raccrocha.

— Le chef veut qu'on retourne en bas et qu'on trouve les agents en uniforme , dit-il à Morris. Il espère qu'ils pourraient avoir quelque chose pour nous. Il nous rejoindra dans quelques minutes. En attendant, il appelle pour avertir tous les officiers de rester à l'affût pour Harrison. Malheureusement, nous n'avons pas de photos de Barnes. Cependant, avec un peu de chance, quand nous rattraperons Harrison, Barnes sera avec lui.

* * *

Alan se sentait mal à propos de la façon dont il avait traité Agnès. Il n'avait pas réussi à oublier l'épisode de la réception de l'hôtel. Même maintenant, alors qu'il devrait s'atteler à la tâche d'attraper les deux fraudeurs, son attention s'évadait ailleurs. Pourquoi lui avait-il parlé de la sorte ? Pourquoi l'avait-il interrompue alors qu'elle avait quelque chose à dire sur l'affaire ? Quel que soit ce quelque chose, cela aurait pu mener à une bien meilleure conclusion que celle qu'ils avaient maintenant.

Même s'il savait que c'était mal de tout laisser tomber à ce moment crucial de son enquête, il se sentait poussé à s'excuser pour la façon dont il lui avait parlé. Après un dernier coup d'œil dans la pièce pour s'assurer qu'il n'avait rien manqué, il se dirigea vers la porte.

Une fois qu'il se fut assuré que la pièce était bien sécurisée, il emprunta le couloir jusqu'aux escaliers menant à l'étage inférieur. Il n'était toujours pas sûr de ce qu'il allait dire à Agnès. De toute évidence, il allait devoir s'excuser pour sa brusque mise à l'écart.

Alan avait presque atteint les escaliers. Mais ce dernier mot lui trottait dans la tête. Il s'arrêta de marcher et appuya une épaule contre le mur pendant qu'il y réfléchissait.

Mise à l'écart... Il n'avait pas voulu que son commentaire donne l'impression qu'il rejetait tout ce qu'elle allait lui dire comme des bêtises. Pourtant, en y repensant maintenant, il savait que c'était exactement comme ça que ça avait sonné. Même son sergent avait fait des commentaires sur la dureté de son ton. Ce n'était pas étonnant qu'Agnès soit partie en trombe vers l'ascenseur.

Levant son épaule du mur, Alan poussa un

soupir avant de continuer à marcher vers les escaliers. Il devait lui faire comprendre à quel point il tenait à elle. Non, plus que ça, à quel point il l'aimait.

Maintenant, il descendait les escaliers jusqu'au quatrième étage. Très bientôt, il allait frapper à sa porte – mais allait-elle l'ouvrir en découvrant qui attendait devant ?

47

Quand Agnès ouvrit sa porte, elle fut choquée de découvrir que ce n'était pas Alan, après tout. À la place, elle se trouvait face à face avec une femme. Trop tard, elle réalisa qu'elle aurait dû regarder par le judas avant d'ouvrir la porte.

— Que voulez-*vous* ? demanda Agnès en essayant de se reprendre.

— Vous savez ce que je veux. Cependant, au cas où vous auriez des doutes, je vais vous l'expliquer clairement. Je veux que vous signiez ce document, dit-elle en agitant un morceau de papier devant Agnès, et ensuite, vous et moi allons faire une petite promenade.

— Vous avez perdu la tête si vous pensez que je vais signer tout ce que vous mettez devant moi, rétorqua Agnès.

Elle commença à fermer la porte. Mais elle était trop lente. La femme bouscula Agnès et s'introduisit rapidement à l'intérieur.

Tout s'était passé si vite qu'Agnès n'avait rien pu faire pour l'en empêcher. Maintenant, elle était coincée dans sa chambre avec cette horrible personne, potentiellement en danger, de surcroît. Elle devait réfléchir rapidement si elle voulait que tout se termine bien.

S'enfuir était hors de question. La femme se tenait entre elle et la porte. De plus, ayant senti la force derrière ces bras un peu plus tôt, il était inutile d'essayer de la contourner.

Agnès savait maintenant avec certitude que ses premiers soupçons étaient exacts. La personne qui se tenait devant elle n'était pas du tout une femme. Le fait d'être si proche d'elle le confirmait. Elle pouvait voir au-delà de la coiffure et du maquillage. La personne qui prétendait être Joanne Lyman n'était autre que Joe Barnes.

Soudain, c'était comme si une lumière s'était allumée. Tout se mettait en place. Joanne n'avait pas été à l'extérieur du parc la nuit du second meurtre simplement pour observer la police sur une scène de crime. Elle avait assassiné le pauvre homme et jeté son corps quelques instants avant que le jeune couple ne le découvre. Si seulement Alan lui avait donné la chance d'expliquer sa théorie, elle ne serait pas dans cette position maintenant et ils auraient leur homme !

Un rapide coup d'œil autour de l'endroit où elle se trouvait lui montra qu'il n'y avait rien qu'elle puisse utiliser comme arme pour se défendre. La chose la plus proche était son sac à main, mais il était sur la table basse à quelques mètres de là. Même ses valises se trouvaient de l'autre côté du lit. La seule autre option était de continuer à jouer la comédie et de faire parler Joe. Avec un peu de chance, quelqu'un allait frapper à la porte et le distraire.

— Joanne, pourquoi ne pas vous arrêter un moment ? Réfléchissez à ce que vous êtes en train de faire ? tenta Agnès. Vous et Harrison, si c'est son vrai nom, ne pouvez pas continuer à escroquer les gens de leurs affaires. Les gens ne le supporteront pas. Ils vous dénonceront à la police et vous serez arrêtés. Vous deux avez déjà essayé avec moi et j'ai refusé de me faire avoir. Pourquoi diable signerais-je quelque chose maintenant ?

Elle fit une pause, puis ajouta :

— Pourquoi ne pas partir, tant que vous en avez la possibilité ? Avant que vous n'ayez d'autres problèmes.

— Je ne peux pas partir comme ça. Vous ne comprenez pas ? J'aime ce que je fais, répondit

Joanne, joyeuse. Alors, pourquoi voudrais-je y renoncer ?

Agnès fronça les sourcils et secoua la tête.

— Je ne comprends pas.

— Laissez-moi vous expliquer, commença Joanne et Agnès décela une note distincte d'excitation dans sa voix. J'adore voir les gens nous céder leur entreprise. Les voir se tortiller lorsqu'ils cèdent leur héritage me donne un réel plaisir. Vous ne pouvez qu'imaginer le plaisir que j'aurai lorsque vous signerez le document. Vous aurez la nausée quand vous écrirez votre nom et j'en savourerai chaque seconde.

Joanne marqua une pause et détourna le regard une seconde, comme si elle imaginait la scène.

— Mais, continua-t-elle, ce moment est court. La prochaine chose dont je dois me réjouir, c'est de reprendre votre entreprise. Ce sera notre plus grande réussite. Mettre la main sur tout cet argent sera fantastique ! Comme vous pouvez le voir, j'adore dépenser de l'argent.

Elle désigna le collier de diamants qu'elle portait, avant de passer ses mains sur sa robe rouge très chère.

— Et, une fois que nous aurons vendu tes parts dans la société au plus offrant, nous serons installés pour la vie, dit Joanne, en souriant joyeusement. Pourtant, le simple fait de savoir que tout cela est le fruit du dur labeur de vos parents sera le véritable bonus pour moi. Cette merveilleuse pensée me fait vraiment vibrer.

— Eh bien, vous n'aurez pas ma signature, rétorqua Agnès – elle en avait assez entendu. Donc, en ce qui me concerne, votre horloge s'est arrêtée de tourner.

Joanne jeta un coup d'œil vers la fenêtre et poussa un soupir avant de se retourner vers Agnès.

— J'avais espéré ne pas en arriver là, dit-elle en sortant un couteau de son sac, qu'elle brandit devant Agnès et l'agita lentement d'un côté à l'autre. Vous devriez peut-être reconsidérer votre décision.

* * *

Alan était sur le point de frapper à la porte d'Agnès lorsqu'il entendit un bruit de voix provenant de l'intérieur de la pièce. Il semblait qu'Agnès avait un visiteur. Peut-être que ce n'était pas le meilleur moment pour appeler.

Il était sur le point de s'éloigner quand il se rendit compte qu'Agnès ne connaissait pas vraiment de monde dans le quartier. D'un autre côté, peut-être s'était-elle fait un nouvel ami lors d'une de ses escapades en ville. Ou peut-être avait-elle appelé le service d'étage et un membre du personnel était simplement en train de livrer sa commande.

Néanmoins, Alan avait besoin de s'assurer que tout allait bien avant de partir.

Il scruta le couloir de droite à gauche et, comme il n'y avait personne en vue, il plaça son oreille contre la porte. Au début, il ne put distinguer ce qui se disait. Cependant, quelques instants plus tard, il entendit distinctement Agnès dire à quelqu'un de poser le couteau.

Agnès avait des problèmes. Quelqu'un la menaçait avec un couteau ! S'éloignant de la porte, il sortit son téléphone et appela son sergent.

— Andrews, envoyez des agents dans la chambre d'Agnès tout de suite, ordonna-t-il à voix basse pour ne pas alerter l'intrus.

Il savait qu'il n'avait pas le temps d'attendre les officiers ; il devait faire quelque chose pour stopper ce qui se déroulait dans la chambre. Se rappelant qu'il avait toujours une carte magnétique dans sa poche, il prit une décision rapide. Il inspira profondément et, en introduisant la carte dans la serrure, il ouvrit la porte.

— Je suis désolé d'avoir été si long, Agnès, dit-il, en entrant rapidement dans la pièce.

Il poussa la porte, mais, ce faisant, il fit glisser le loquet pour s'assurer que les agents pouvaient entrer.

Joanne fut complètement prise par surprise. Elle

se retourna pour faire face à celui qui était entré dans la pièce.

—Qui êtes-vous, bon sang ?

— Je séjourne ici, avec Agnès, répondit Alan, en regardant le grand couteau dans la main de la femme. Elle ne vous l'a pas dit ?

Agnès, saisissant l'occasion, fit quelques pas en arrière et attrapa son sac à main sur la table basse. Elle le fit pivoter et frappa Joanne à la tête. La femme trébucha et tomba sur le lit, en laissant tomber le couteau et son sac à main. Le contenu du sac se répandit sur le sol, révélant plusieurs couteaux de différentes tailles.

— Ça, c'est pour avoir essayé de prendre le contrôle de mon entreprise ! cria Agnès, puis elle frappa une fois de plus Joanne avec son sac. Et ça, c'est pour avoir brandi un couteau sur moi.

Alan sortit un gant en latex de sa poche et ramassa le couteau que Joanne tenait, au moment où le sergent Andrews, le détective Morris et trois officiers en uniforme firent irruption dans la pièce.

— Je pense que nous tenons notre tueur, Andrews, dit Alan en montrant le couteau au sergent.

Il fit un geste vers le reste du butin étendu sur le sol.

— Lisez-lui ses droits.

— C'est difficile de croire qu'une femme puisse commettre de telles atrocités, dit Andrews.

— Une femme ? Ce n'est pas une femme, dit Agnès, avant de s'approcher de Joanne et de retirer la perruque de sa tête. Regardez de plus près. C'est Joe Barnes.

— Mais pourquoi s'habiller en femme pour monter une arnaque ? demanda Andrews.

Il regarda Agnès puis l'inspecteur en chef.

— Dieu seul sait, répondit Alan, en haussant les épaules. Lisez-lui ses droits, Andrews.

— Avez-vous une idée de la raison pour laquelle il aurait pu s'habiller en femme pour commettre une fraude, Agnès ? demanda l'inspecteur en chef, une fois que les droits eurent été lus à leur suspect et que les couteaux eurent été sécurisés par les officiers.

— Je pense qu'ils ont appris qu'un homme et une femme approchant quelqu'un avec une escroquerie ont plus de chances d'être écoutés que si un couple d'hommes tente la même chose, dit Agnès.

— Vous saviez ! dit Joe, en la regardant fixement. Vous saviez qui j'étais vraiment tout le temps.

— Non, répondit Agnès. Pas tout le temps. Quand je vous ai vu prendre le petit-déjeuner ici à l'hôtel, j'ai eu l'impression de vous avoir déjà vu quelque part. Depuis, je me suis creusée la tête pour savoir où cela avait pu être. Mais alors, tout à coup, deux choses m'ont mise sur la bonne piste. D'abord, l'inspecteur Johnson a dit que ses détectives en civil l'avaient presque dupé avec leurs déguisements élaborés. S'ils pouvaient le faire, pourquoi pas vous ? L'autre, c'est lorsque vous avez frappé à ma porte en essayant de me faire croire que vous étiez de la sécurité de l'hôtel.

Agnès secoua la tête.

— Vous auriez pu quitter Newcastle en toute sécurité à l'heure qu'il est. Pourtant, vous êtes venue dans ma chambre il y a peu de temps en vous faisant passer pour Joanne Lyman. J'ai vite compris que votre visite n'était pas pour me dire au revoir.

Elle jeta un coup d'œil aux couteaux.

— Ou ça l'était ? Vous allez me tuer, n'est-ce pas ? C'était votre adieu. Que j'aie signé le document ou non, vous allez me tuer, tout comme vous avez assassiné ces deux autres hommes à Newcastle et ceux trouvés à Gateshead.

Joe Barnes lança un regard noir à Agnès.

— Et alors ? Comme je vous l'ai dit, j'aime ce que je fais.

— Oui, vous m'avez dit à quel point vous aimiez regarder les gens se tortiller pendant qu'ils cédaient leur entreprise, dit Agnès en déglutissant, car le choc commençait à la faire trembler. Mais en fait, vous aimiez les tuer. Vous m'avez dit que vous preniez plaisir à enfoncer des couteaux dans ces innocents, puis à mutiler leurs corps.

Elle avait soudain envie de s'asseoir.

— Emmenez-le, ordonna Alan aux officiers.

— Attendez ! cria Agnès. Encore une question. Où est l'homme qui se fait appeler Richard Harrison ?

Les officiers ont fait un signe de tête à Barnes, lui permettant de répondre. Ce dernier regarda Agnès et pencha la tête sur le côté, comme s'il réfléchissait à sa réponse.

— Réfléchissez-y, ajouta Agnès, sur un ton encourageant. Voulez-vous vraiment qu'il s'en aille et qu'il prenne plaisir à dépenser votre part de l'argent, tandis qu'il vous laisse pourrir en prison ? Autre chose – garderait-il le silence sur vos allées et venues si la situation était inversée ?

Voilà qui sembla le décoincer.

— Il sait comment rejoindre le tunnel, répondit Barnes. Vous savez, celui qui a été utilisé pendant la Seconde Guerre mondiale comme abri antiaérien. C'est là que nous devions nous retrouver. Toutes nos affaires sont là.

— C'est là que vous avez tué ces hommes ? s'enquit Agnès.

— Oui, acquiesça-t-il en riant, puis il regarda l'inspecteur en chef. Vous devriez prévenir votre équipe. C'est un peu désordonné là-dedans... avec beaucoup de sang.

— Mais c'est impossible ! interrompit Alan. Il n'y a aucun moyen que quelqu'un puisse entrer dans le tunnel. Je sais qu'il est ouvert au public pour les visites guidées, mais une fois qu'il est fermé pour la journée, il est solidement verrouillé.

— Vraiment ? fit Barnes avec un rire moqueur. Richard peut ouvrir n'importe quel type de serrure. Une de ses relations lui a appris à le faire. Maintenant, c'est un expert en la matière. Montrez-lui une serrure et il est dans son élément. Il peut entrer dans n'importe quoi, n'importe où. Il a ouvert la porte la plus proche du musée sans le moindre problème.

— Cette relation..., commença Agnès.

— Avant que vous ne demandiez, je n'ai aucune idée de qui il était, interrompit Barnes. Tout ce que je sais, c'est qu'il a été un agent du MI5 pendant assez longtemps. Mais quelque chose s'est produit et il a été tué. Richard admirait vraiment cet homme et a juré qu'il ne l'oublierait jamais.

Agnès ferma les yeux et repensa à sa dernière visite dans le Tyneside.

David Drummond était un agent du MI5 qui avait mal tourné. Il se serait enfui avec des millions de livres sterling en bijoux si elle n'était pas intervenue. À un moment donné, il avait essayé de la faire tuer. Mais comme son plan avait échoué, il avait essayé de la tuer lui-même. Mais, dans le processus, il avait été abattu par quelqu'un qu'elle n'avait pas encore remercié de lui avoir sauvé la vie.

Agnès leva la tête et poussa un énorme soupir de soulagement. Maintenant, enfin, toutes les pièces du puzzle étaient en place. Richard Harrison l'avait traquée, non seulement parce qu'elle détenait le plus d'actions dans une grande entreprise, mais aussi parce qu'elle avait été la cause de la mort de son parent chéri.

Agnès était maintenant consciente qu'elle était revenue trop tôt dans le Tyneside. Si elle était revenue ne serait-ce que quelques jours plus tard, Harrison et Barnes auraient été partis depuis longtemps. Mais alors elle se demanda si son retour précoce pouvait être un présage. Peut-être était-elle censée être ici à ce moment-là, sinon la mort des hommes à Gateshead et à Newcastle aurait pu rester non résolue.

— Emmenez-le, répéta fermement Alan.

Il se tourna ensuite vers son sergent.

— Prenez Smithers, Jones et autant d'officiers que nécessaire et rendez-vous au tunnel Victoria. Je me moque des gens que vous devez froisser, mais vous devez entrer là-dedans et trouver Harrison avant qu'il ne s'échappe.

— Oui, monsieur, dit Andrews, avant de disparaître de la chambre d'Agnès.

* * *

Une fois qu'ils furent enfin seuls, Alan désigna les valises posées sur le lit.
— Vous partez ? demanda-t-il.
Agnès s'approcha de la fenêtre et regarda le quai. Une voiture de police s'éloignait. Il ne fit aucun doute que Barnes était assis sur le siège arrière avec un officier de chaque côté de lui. Le sergent Andrews et Morris quittèrent l'hôtel. Morris portait sa valise, tandis qu'Andrews avait son téléphone à l'oreille, probablement en train de donner des ordres aux détectives du commissariat. Tout était revenu à la normale.
— J'y ai certainement pensé, répondit Agnès.
Elle se retourna pour faire face à Alan et sourit.
— Mais, je n'ai pas encore pris ma décision.

Cher lecteur,

Nous espérons que vous avez passé un agréable moment avec *Mort dans le Tyneside*. N'hésitez pas à prendre quelques instants pour laisser un commentaire, même s'il est court. Votre avis est important pour nous.

Bien à vous,

Eileen Thornton et l'équipe de Next Chapter

À PROPOS DE L'AUTEUR

Je vis aujourd'hui à Kelso, dans les Scottish Borders, mais je suis née et j'ai grandi dans le Tyneside, où se déroulent mes quatre derniers romans. Geordie un jour, Geordie toujours, comme on dit.

Bien que je n'aie commencé à écrire qu'en 2001, nombre de mes nouvelles et articles ont été publiés dans des magazines nationaux au Royaume-Uni. Mais j'ai ressenti l'envie d'aller de l'avant et d'écrire quelque chose d'un peu plus corsé.

Mort dans le Tyneside
ISBN: 978-4-82419-290-5
Édition À Gros Caractères

Publié par
Next Chapter
2-5-6 SANNO
SANNO BRIDGE
143-0023 Ota-Ku, Tokyo
+818035793528

7 avril 2024

Milton Keynes UK
Ingram Content Group UK Ltd.
UKHW032140041224
452010UK00004B/328